행운의 터널
Lucky Tunnel

행운의 터널_Lucky Tunnel

발행일	2018년 2월 23일		
지은이	이 창 대		
펴낸이	손 형 국		
펴낸곳	(주)북랩		
편집인	선일영	편집	권혁신, 오경진, 최예은, 최승헌
디자인	이현수, 김민하, 한수희, 김윤주, 허지혜	제작	박기성, 황동현, 구성우, 정성배
마케팅	김회란, 박진관, 유한호		
출판등록	2004. 12. 1(제2012-000051호)		
주소	서울시 금천구 가산디지털 1로 168, 우림라이온스밸리 B동 B113, 114호		
홈페이지	www.book.co.kr		
전화번호	(02)2026-5777	팩스	(02)2026-5747

ISBN   979-11-5987-971-5 03810 (종이책)

이 도서의 국립중앙도서관 출판예정도서목록(CIP)은 서지정보유통지원시스템 홈페이지(http://seoji.nl.go.kr)와
국가자료공동목록시스템(http://www.nl.go.kr/kolisnet)에서 이용하실 수 있습니다.

(주)북랩 성공출판의 파트너

북랩 홈페이지와 패밀리 사이트에서 다양한 출판 솔루션을 만나 보세요!

홈페이지 book.co.kr • **블로그** blog.naver.com/essaybook • **원고모집** book@book.co.kr

이창대 소설

행운의 터널
_Lucky Tunnel

파란 것은 빈 곳에 있다!

북랩 book Lab

저자 서문

이 책의 기본 사상은 다음에서 출발한다. 우리는 젊을 때 청운의 꿈을 꾸고 살아간다. 사실 청운의 꿈은 과거에는 과거를 보거나 고시에 합격하는 관직 출세를 의미했다. 그러나 지금 다양화된 사회에서는 청운의 꿈도 이에 따라 각양각색이다. 더 궁극적인 개념으로 본다면 권력, 명예, 성취, 재물로 보는 것일 수 있다. 청운의 꿈을 파란색에 비유된다. 하늘에 있는 파란색은 넓어졌다, 좁아졌다를 늘 반복한다. 구름의 영향이기 때문이다. 따라서 파랑은 빈 곳에서 볼 수 있다.

여기에서 부제 '파란 것은 빈 곳에 있다'는 것은 하늘을 보면 파란색은 구름이 없는 파란 부분에 비유한 것이고 이 부분이 바로 청운의 꿈이라는 것이다. 이 책에서 주인공은 직장 조직에서 희로애락을 누렸고 사랑도 누렸다. 그런 가운데 영웅 소리도 듣고 장래 기대주로 상승하였으나 직장에서 열매를 맺지 못하고 도중하차를 하였다. 그래서 가정형편상 돈을 벌어야 되겠다고 사업을 하였는데 추락하고 헤매다가 강남에서 부동산을 하여 크게 돈을 벌어서 일단은 성공을 하였다. 그러다가 옛 연인이 찾아와서 형편이 나쁘니 도와 달라고 하여 뜻하지 않게 동거생활을 하였는데 결국은 연인이 외도를 하여 헤어졌다. 이것은 여직원의 농간으로 생긴 사건으로 후일 판명되었으나 이런 사실을 모른 주인공은 아이러니하게 여직원과 동거생활에 빠졌다. 겨울 동안 시골에서 동거생활을 하는 동안 원래는 주인공과 결혼할 작정을 하였는데 여직원이 능력부족을 절실히 느끼고 결혼보다는 공부하는 것이 가치 있다고 생각하고 유학을 떠나겠다고 하였다. 그래서 혼자가 된 주인공은 그간 번 돈으로 화진포에 가서 리조트를 지어서 숙박업을 하였다. 그 때 리조트를 건설하면서 출입한 다방에서 만난 여사장이 제대할 때 시골 고향에 부임한 첫사랑의 연인이란 것이 밝혀져 둘은 정식 결혼식을 하고 행복하게 살았다. 전에 동거하여 외도한 여주인공은 늦게야 아기를 낳아서 키우는데 감당하지 못하여 친부한테 돌려주고 수녀원으로 떠나게 된다.

소설의 흐름은 일련의 인생사에서 일어날 수 있는 치열한 경쟁, 이별, 사업 실패와 성공, 동거생활, 신앙, 생명의 창조주의 회수 등의 사상이 들어있다. 이러한 일련의 사상(事象)의 양(陽)의 면을 파란 것이라 보고 어두운 곳을 빈 곳이라 보았다.

부제에 있어서 '파란 것은 빈 곳에 있다'는 것을 좀 더 풀이하면 꿈은 빈 곳을 찾아야 성공할 수 있다는 것이다. 자기만의 능력에 맞는 일을 찾아서 노력해야 한다는 것이다. 그리고 아무도 손대지 않는 것을 해야 된다는 것이다. 그것이 벤처정신이라 할 수 있다. 과학에 있어서 기체는 진공(빈 곳) 속으로 빨려 들어가는 원리를 인생에 적용하는 것이 바람직한 생활 자세라 생각해 보았다.

2018년 2월

일소(一笑) 이창대

목차

제2부 부동산 사업 • 103

제3부 이별 후 화진포에서 • 253

제1부

부푼 꿈

파란 꿈

노량진 기슭을 따라 한강이 고요히 흐르고 있고 그 위로 철교가 지나고 있었다. 그 밑으로는 질펀한 물이 흐르고 있어 강이 유유함을 느낄 수 있었다. 내무반에서 강을 내려다보고 있노라면, 까마득한 시간이 걸릴 것 같더니 벌써 제대가 눈앞에 다가와 격세지감을 느꼈다. 제대를 얼마 앞두고 조용한 내무반에서 혼자 앉아서 이것저것을 생각했다. 일단은 홀가분하였다. 그러나 앞으로 가장 큰 문제는 사회에 나가면 앞길이 어떻게 펼쳐질 것인가에 대한 막막함과 두려움이었다. 청운의 꿈이 한창 왕성할 때다. 하늘을 바라보았다. 파란 하늘이 가슴을 출렁이게 한다. 파란 하늘과 구름은 상호 보완 관계에 있다. 구름이 많으면 파랑은 작고 구름이 적으면 파랑은 크다는 것을 터득할 수 있을 때다.

김유진은 학교 다닐 때는 공부를 제법 하였다. 그러나 사회는 학교가 아니다. 어디까지나 자유주의 사회다. 자유주의 사회는 당구대와 같이 공이 정해진 범위 안에서 마음대로 돌아다닐 수 있는 곳이다. 살다가 보면 언제 어느 곳을 튕기며 부딪칠지 모른다. 이 모든 것은 경제적 환경, 행운, 직장선택에 의해서 결과는 달라진다. 그는 앞으로 어떤 직장을 선택할 것인가에 따라서 앞길에 영향을 줄 것이란 것을 선배로부터 들었다. 쉽게 이야기하면 관직으로 가느냐, 공기관으로 가느냐, 대기업으로 가느냐에 따라서 앞길의 행로가 달라진다는 뜻이다. 이것 이외에 자유직업이 있다. 그는 집안이 넉넉하지 않으니 처음부터 조각배를 탄 기분이었다. 취업 준비할 돈도 없다는 뜻이다. 현재의 여건으로는 취업이 먼저 되는 것부터 아무 직장에나 들어가야 할 판이다. 결국은 준비할 수 없는 여건이기에 지금 여건대로 미래에 운명에 맡기는 수밖에 없다. 운명은 가변성이지만 숙명은 불변성이다. 운명은 고생과 영광과 롤러코스트를 선물한다. 우리는 살면서 사랑과 생명의 안위 속에서 지나 간 인생 자국을 남길 것이다.

유진은 내무반 침상에 앉아 지난 세월을 생각해 보았다. 내무 사열 때 고참한테 발길질 당했던 일, 몽둥이를 맞을 때가 되면 덜 아프라고 뒷주머니에 종이를 넣으면서 벌벌 떨던 기억들이 줄줄이 떠오른다. 공포에 떨던 세월도 지금 와서는 하나의 추억으로 머리에 맴돌고 있었다.

부대는 민간 연구원이 2백 명이나 있었고 일개 중대가 경비 및 지원 업무를 한다. 근무 분위기가 민간 중심이니 자연 군대생활은 부드러울 수밖에 없었다. 그러나 군대생활이란 어디까지나 군기가 있어 부대에 따라 정도의 문제는 있지만 고달픈 것은 일반 부대나 마찬 가지다. 그러던 세월이 엊그제 같았는데 막상 부대를 떠난다고 생각하니 어떤 의미에서는 군대 생활을 드디어 해냈구나 하는 자부심도 생겼다.

부대 울타리는 시멘트 블록으로 쌓아진 담벼락이 있는데 능선 따라 높낮이가 다르게 쳐져 있었다. 담벼락 위에는 철조망도 쳐져 있었다. 겨울이 되면 내무반에는 스팀이 들어왔다. 연구소용 보일러실에서 나오는 증기로 내무반 난방을 하니 내무반은 항상 깨끗하고 후끈하였다. 흔히들 말하는 특급호텔이나 다름없었다. 남들이 부러워하는 선택된 근무지인 셈이다.

병사들은 밤이면 매일 두 시간씩 담벼락 초소에 나가서 보초를 섰다. 어떤 때는 보초를 서다가 순찰이 느슨한 틈을 타 총을 어께에 메고 담벼락을 넘어가서 아가씨가 있는 구멍가게에 가서 막걸리를 마시기도 하였다. 아가씨는 가게 아줌마 딸이다. 병사들은 아가씨 구경을 가느라 자주 담벼락을 넘는다. 이러니 주인아줌마는 아가씨를 가게에 자주 나오도록 하였다. 겨울에는 병사들이 좋아하는 어묵 국을 준비하였다. 유진도 그 집을 찾아가서 생긋 웃는 그녀의 모습을 보고서야 혼자 흥겨워하면서 잠을 청하기도 하였다. 그는 그 멋에 자주 담벼락을 넘었다.

담벼락 곁을 따라서는 판자집이 다닥다닥 붙어 있었다. 짓궂은 병사는 여름밤이면 가정집 방 풍경을 보기 위해서 담벼락을 따라서 오가며 낄낄거리기도 하였다. 판자집의 야경은 울긋불긋한 빛이 요란하게 새어나오는 집이 있어서 더 호기심을 가지는 것이다. 그리고는 돌아와서 구경한 내용을 동료들에게 이야기하면서 재잘거리기고도 하고 낄낄거리기도 하였다. 심한 경우는 지붕 위를 밟고 오가면서 구경을 하다가 기왓장 소리에 주민이 놀라 주민이 항의하는 바람에 당사자는 벌을 받기도 하였다.

제대 말기가 되니 보초를 나가지 않아도 되었다. 제대 한두 달두고 제대 준비를 위해서 외출을 어느 정도 허가하는 것은 부대의 일반적인 관례였다. 그러고 보니 지금 달라진 것은 무엇보다 행동이 보다 자유스러워졌다는 것이다. 선임하사나 중대장에게 적당히 핑계를 대면 외출도 가능했다. 아직 제대 일자는 두어 달 정도 남았다.

오늘도 중대장에게 취직을 알아보기 위해서 외출을 하겠다고 보고를 하고 부대 정문을 나왔다. 우선 모교를 들러보기로 하였다.

복잡한 시내버스를 타고 종로 5가에서 걸어서 모교로 향했다. 모교에 들리니 드문드문 옛 친구들을 만날 수 있었다. 친구를 만나서 일자리에 대해서 어떻게들 대처하고 있는지 물어보기 시작했다. 대부분 일자리를 구하지 못해서 걱정을 하는데 그 중에 누구누구는 이미 어느 곳에 취직이 결정되었다는 소식을 전해 듣기도 하였다.

그러던 중에 마침 손현석이라는 천문학과 출신 친구를 만났다. 그는 학교 다닐 때 이화동에서 같이 하숙을 했던 친구였다. 그는 하숙 생활 때 해학(諧謔)이 넘치는 이야기를 하는 재주꾼이었다. 오늘 따라 그의 얼굴은 활짝 피어 있었다. 유진은 기대를 가지고 말을 건넸다.

"오늘도 만나게 되었네."

"잘 있었어?"

"그런데 지난번에 알아본다던 나 취직문제는 어떻게 되었어?"

"생각을 하고 있지만…."

"어디 잘 아는 곳 있어?"

"사실 내가 취직한 곳이 있는데 그곳에 자리가 있어서 소개해 줄려고 그래. 마침 부장이 이공학 공부를 한 사람을 찾고 있는 중이야."

"그게 어디야?"

"새로 생겼는데 장충단 공원에 있는 남산센터야! 행정원에서 새로 설립한 곳이야!"

"정보 계통 같은 것을 취급하는 곳 아니야?"

"그런 곳이 아니고 행정원이 주관이 되어서 설립한 것으로 장충

단에 지금 한참 건물이 완성되어 가고 있어. 그리고 특수 연구기관이며 앞길이 유망해."

"아~ 그런 곳이 다 있었구나. 관심이 가는데…."

"첫 봉급도 은행 보다 많이 주는데 이곳에 지원하지 않을래? 나도 실습으로 들어가 있는데 현재 부장의 인정을 받고 있어. 내 말이면 부장도 밀어줄 거야. 어때?"

"응, 그래? 그거 마음에 드는데. 한 번 지원해 보지."

"그렇다면 이력서를 지금 써주어 내가 대신 접수할게."

이 친구의 말을 듣고 부랴부랴 이력서를 정성들여 써서 친구에게 건네주었다. 그러자 그 친구는 '며칠 기다려. 연락을 해줄게.'하고 자신 있는 목소리로 약속을 하였다.

지금 근무하고 있는 육군 국방연구소에서는 제대와 동시에 특진을 시켜주겠다고 제안을 받았는데 보수는 일반 회사보다 낮아서 내키지 않았다. 그 봉급으로는 부모형제를 봉양하는 것이 턱없이 어려울 것 같아서다. 그래서 더 좋은 조건을 찾아 일자리를 찾는다고 모교를 찾은 것이다.

현석에게 이력서를 주고 그 후로 몇 번 연락을 하였지만 기다리라고만 하였다. 부탁한지도 오래되었고 아무런 기별이 없자 포기할까 하고 생각을 하였다. 이런 가운데 종로5가를 네거리를 자주 지나다니니 요가학원이란 곳이 눈에 띄었다. 궁금증이 생겨서 요가학원을 찾아갔다. 심신수련으로 복식호흡을 하는 곳이라 하였다. 들어보니 마음이 동하여 그곳에 등록을 하였다. 수련실 내부는 외부 광선이나 소음을 방지하기 위해서 커튼을 치고 어둡게 만들었다. 수련하는 사람의 연령층은 천차만별이었다. 그리고 유 선생이라는 나이 많은 사람은 자기도 모르게 식욕이 떨어져 이 훈련을 하면 도움이 될까 싶어 시작하였다고 하였다. 그 나이 많은 사람은 가끔 그와 같이 다방에서 자리를 하는 사이가 되었다.

한번은 유 선생이 당신은 보아하니 제대가 가까워진 군인인 것 같은데 어떤 동기로 이곳에 왔느냐고 물었다. 그래서 심신이 허약하여 훈련을 하기로 하였다고 하였다. 그랬더니 지금 무엇을 하느냐고 묻기에 제대가 얼마 남지 않아서 일자리를 구하는 중이라고 하였다. 그러면서 장충공원에 있는 남산센터에 지원서를 넣었는데 소식이 없다는 이야기도 덧붙였다. 그랬더니 그는 놀라면서 고향 사람 정유식이 이사장을 하고 있다고 맞장구를 쳤다. 유진은 어쩌면 여기서 인연이 닿을 수 있겠구나 하면서 깜짝 놀랐으나 애써 놀람을 감추었다. 잘 되면 그만이지만 잘못되면 망신스런 일이 될 수도 있다고 생각을 하였기 때문이다. 며칠 후 어느 날 유 선생은 차한 잔을 하자고 하였다. 자리에 앉자 유 선생은 좋은 방법이 있다면서 '나도 이사장을 잘 알지만 우리 고향사람 이강식을 앞세우면 된다.'고 하였다. 이어서 '이강식은 입심이 세어서 그 사람 말에는 이사장도 꼼짝하지 못할 것'이라하였다. 국회의원에 나오려면 고향 사람 잘 못 건드리면 골치 아프니 들어 줄 것이라고 이야기하였다. 이 말을 듣고 유진은 마침 잘 되었다는 생각에 그 사람 힘을 빌리고 싶었다. 사실 먼저 돈을 요구하지 않았고 유 선생이 이야기한 이런 인맥 관계가 신뢰성이 가서 전연 의심을 하지 않고 응하기로 하였다.

그리고 며칠 있다가 유 선생은 이강식을 만나기 위해서 그를 대리고 대연각 호텔로 향했다. 대연각 호텔은 명동에서 아주 이름난

호텔이었다. 생전 처음으로 으리으리한 대연각 호텔에 들어서고 보니 조명등이 휘황찬란하고 소파가 고급이라서 그 화려함에 눈이 휘둥그레졌다. 조금 기다렸더니 이강식 씨가 나타났다. 유 선생은 이강식에게 이 사람이 내가 소개하는 사람이라며 간단히 인사를 시키고 학벌도 준수하고 이미 남산센터에 입사서류를 제출했으며 입사를 기다리는 중이라고 하였다. 그랬더니 이강식은 대뜸 다른 이야기를 들어볼 생각을 하지 않고 일어나자고 하였다. 곧 유 선생과는 헤어지고 그는 이강식을 따라갔다. 걸어가면서 우리 둘이 사이는 친척이라고 이야기하도록 말을 맞추었다. 밖에 나오니 날씨는 쌩쌩하게 바람이 불었다. 바람에 옷이 펄럭일 정도로 온 몸이 오들오들 떨렸다. 그는 이강식 씨를 따라서 장충동에 있는 남산센터로 향했다. 사실 이 길은 처음 가는 길이다.

널따란 광장 쪽으로 가니 마지막 공사가 한창이었다. 밖에는 돌일 하는 사람, 톱질하는 사람 등 인부들로 작업장은 분주했다. 둘은 광장 작업장을 지나서 건물 주변을 온통 둘러싸고 있는 비계(飛階) 밑 틈바구니를 따라 고개 숙여 조심스럽게 들어갔다. 그러고 일층을 지나서 한 계단을 올라서 위층에 있는 정유식 이사장실로 들어갔다. 이강식은 앞장서서 무조건 따라오라고 하였으나 그는 초면에 쑥스러워 주위를 살피면서 조심스럽게 뒤따라갔다. 방에 들어서니 이강식과 정유식 이사장은 반갑게 인사를 하고 그를 간단히 소개를 하고 나서, 이강식 씨는 다짜고짜 '이 친구는 우리 집안인데 지난번에 입사원서를 제출했다는데 어찌됐느냐?'고 물었다. 그랬더니 정유식 이사장은 그의 버썩 마른 얼굴을 쳐다보고 어떨결에 잘 될 것이라는 답변을 즉석에서 하였다. 이렇게 쉽게 승낙을 한 것을 보면 그의 이력서를 이미 검토한 모양이다. 사실 이사장은

이강식 씨가 이런 청탁을 할 것이라는 것을 전연 예상하지 못하고
엉겁결에 기습당한 꼴이 된 것이다. 그는 둘이서 이야기하는 얼마
간 밖에서 기다렸고 이강식 씨는 둘 사이의 사적인 이야기를 끝내
고 그와 같이 계단을 내려갔다. 그리고 얼마 있다가 이사장은 이
공부장에게 채용지시를 하였다.

첫 직장

유진의 갑작스런 채용 결정은 소개해 준 친구 현석을 매우 어리
둥절하게 만들었다. 자기가 몇 번 부장에게 채용 문제를 이야기했
는데 아무런 반응이 없다가 느닷없이 부장이 헐레벌떡하며 그에게
출근하도록 지시가 떨어졌기 때문이다. 현석으로서는 아무리 곰
곰이 생각을 하여도 그 뒤 배경의 의문이 풀리지 않는 것이다. 자
기도 모르는 배경이 유진에게 있는 모양이라고 나름대로 추측을
하고 있을 뿐이다. 그래서 배경을 가지고 있는 친구에게 앞으로 조
심을 하면서 근무하고 진급 길을 밟아야 된다고 생각을 하였다.
물론 취업과정은 비밀로 지켰다.

유진의 취업 소식을 들은 아버지는 아들이 마치 벼슬이라도 한
양 기분이 좋으서서 주변에 자랑을 하였다. 그러나 막상 출근을
하려고 보니 양복이나 와이셔츠가 하나도 없었다. 아버지는 어렵
더라도 미아리에 있는 친척이 운영하는 양복점에 가서 값을 깎아
서 양복을 한 벌 맞추어 주었다. 와이셔츠가 없어서 현석 친구에
게 이야기를 하였더니 그가 입던 소매가 낡아빠진 옷과 넥타이를

건네주었다. 이렇게 하여 정장이 된 옷을 갖추고 1월 초순경에 출근을 하였다. 출근을 하니 오늘도 마당입구에는 온갖 건축자재가 널려있었고 공기를 맞추느라 인부들이 분주히 오가고 있었다. 십장들은 연신 작업지시를 하느라 정신이 없었다.

생애 처음으로 양복을 차려 입고 비계 틈을 비집고 들어가서 4층에 있는 종합 사무실로 갔다. 창설기라 한 층에 여기저기 부서가 분산되어 있는 것이다. 그래서 몇 곳에 난로가 있어서 사무실은 연기가 자욱하고 불을 지피기 위해서 직원이 장작을 가지러 오갔다. 마중 나온 현석 친구와 반갑게 인사를 하고 이공 부장에게 그를 안내하였다. 이공 부장도 반갑게 그를 맞이하였다. 이사장과 인맥이 있는 것으로 비쳐서 그런지 좀 어려워하는 것 같았다. 그리고 부장의 지시에 따라 현석이 친구가 앞장을 서서 종합사무실 안에 있는 각 부서를 찾아다니며 각 부장에게 인사를 시켰다. 각 부서는 아직 직원이 보충되지 않았고 건물 공사도 덜 끝났으니 넓은 공간에 함께 사무를 보는 것이다. 그리고 나서 먼저 채용된 직원들에게 일일이 소개를 하였다. 대략 둘러보니 직원 수는 그리 많지 않았다. 총 열 댓 명 정도였다. 그런데 눈에 띄는 것은 평사원 거개가 갓 졸업한 신입 여직원이라는 것에 놀랐다. 이때까지 살아오면서 여성 속에 어울린 일이 별로 없는 그로서는 수줍어서 몹시 조심을 하였다. 그러나 여직원들 수적으로 많이 우세해서 그런지 여사원은 남자 사원을 홍일점으로 보는 것 같았다. 마치 여자 친구들 끼리 대하듯이 아주 태연하게 관심의 눈초리를 보내는 것 같았다. 인사를 다 끝내고 미리 마련해 준 책상에서 업무를 시작하였다. 그러나 분야도 모르고 업무도 주어지지 않았기 때문에 자리만 지키고 있었다. 그러다가 보니 무엇인가를 해야 될 것 같아 생각해

낸 것이 틈만 나면 밖에 나가서 나무토막을 주워 와서 난로 곁에 쌓아두고 열심히 장작을 난로에 넣는 일들이었다.

출근하는 날부터 침묵으로 근무를 하였다. 말 많으면 실수한 말들이 남의 입에 오르내릴 것을 우려했기 때문이었다. 실수하면 남들에게 신경 쓰이게 되고 결국 자기관리를 위해서 시간을 빼앗기게 되기 때문이다. 그래서 자기만의 일을 찾아보았다. 그렇게 마음먹고 시작한 것이 바로 추운 곳에 나가서 공사장에 뒹굴고 있는 알맞은 크기의 통나무를 주워 모아 땔감을 쌓아 놓는 것이다. 그는 틈만 나면 이를 한 아름씩 안고 사무실 구석 벽면 곁에 쌓아 두었다.

근무 분위기를 보니 여직원들은 출근해서 자기 책상에 그을음이 쌓여 있어도 바로 청소하지를 않고 불만 쬐고 담소를 하였다. 한참 담소하고 나서 겨우 책상을 종이로 대략 털어 내거나 사용한 더러워진 걸레를 손가락으로 잡고 책상을 정리하는 것이다. 시골서 엄한 교육에서 자란 그는 이 광경을 눈 뜨고 볼 수 없어서 이번에는 아침마다 다른 직원의 책상을 청소하기로 하였다.

그래서 손수 양동이에 차가운 수돗물을 받아와서 걸레를 빨아서 각 직원의 책상을 깨끗이 닦았다. 나머지 여직원은 그 모습을 당연하다 싶이 바라보고만 있었다. 썰렁한 사무실에는 항상 그가 제일 먼저 출근하였다. 그리고 나서 난로 아궁이에 신문지 종이로 불을 붙이고 나니 불기운이 돌아 이때부터 책상은 물론 바닥까지 그을음이 수북이 쌓인다. 바닥은 청소부가 청소하고 책상은 몸소 청소하였다. 그리고 나면 완전연소가 되어서 불길은 밝았고 그을음이 생기지 않았다. 그가 생각하기에는 근무하는 사람은 다들 부유층이고 스스로 엘리트라는 생각을 하고 있는 것 같았다. 그러다보니 빈한한 농촌에서 자란 그 같은 사람은 자연히 활동이 위축되었고 뚜렷한 얘기거리가 없으니 자연히 말수가 적었다.

그렇게 숙맥 같이 아침마다 청소를 하니 현석은 곁에서 보고 민망해서 그런지 직원들이 각자가 청소를 하게 그만두라고 만류까지 하였다. 그러나 그는 이에 아랑곳하지 않고 오직 침묵하며 청소만 열심히 하였다. 이렇게 사무실 분위기를 익힌 지 두 주 정도가 되니 처음에는 거들떠보지 않는 직원들도 그의 품행을 달리보고 자기 책상을 스스로 청소하기도 하였다. 얼마 있다가는 여직원들도 성실한 남성으로 그를 주목하게 되었다.

서너 주쯤 지나니 낯 설은 직원도 누가 누구인지 알게 되었고 인적 사항도 조금은 알게 되었다. 그런데 그 중에 하나가 뚜렷하게 그의 눈에 들어왔다. 혜은이란 여성이었다. 그녀는 재치 있고 특출한 미모를 갖추었으며 애교가 대단했다. 게다가 매혹적인 얼굴을 하고 있어 주변에 인기를 독차지하고픈 욕망이 강해서 앞으로 일낼 사람처럼 보였다. 그래서 뭇 남자의 관심을 끌었지만 그녀의 콧대가 높다는 것을 감지한 남자들은 가까이 하려 하지 않았다. 흔히들 이야기하는 가벼운 친구 정도는 모르지만 장래를 꿈꾼 상대로는 부담스러운 여성으로 본 것이다. 그도 그렇게 생각하기는 마찬가지다. 가정이 어렵고 생활도 안정되어 있지 않았기 때문에 더욱 부담이 되었다. 처음에는 그녀가 눈앞에 있을 때는 가슴이 잠시 두근거렸지만 사라지고 한참 시간이 지난 다음에는 그도 모르게 잊어버렸다.

회사 조직구조를 보니 이사장 다음에 부장이 있었고 중간계층은 없었다. 적어도 중간에 대리급이 있어야 하나 신설 회사라서 그런지 바로 상관은 부장급이다. 그 중 어떤 부장은 무거운 태도로 권위가 표출되는가 하면 어떤 부장은 농담과 재치를 발휘하면서 업무를 처리하기도 하였다. 부장급 및 관리부 직원 일부를 보니 모두 이사장과 인맥이 있는 듯이 보였다. 두 달 먼저 선발한 동료급의 평직원은 추천 방식으로 채용하여 이들은 선발대라는 자부심을 가지고 있는 것 같았다. 선발대에서 15명 정도 충원하고 후발대도 15명 정도가 충원되었다. 행정원의 오영숙 사모님은 우수사원을 각 학교를 돌아다니면서 특별히 선발하도록 독려해서 뽑은 것이다.

친구 현석은 원래 비위가 좋아 짬이 날 때마다 여직원이 모인 곳에 끼어서 농을 걸기도 하고 재담을 풀기도 하였다. 어찌 보면 경박스럽고 조심성이 없는 것 같이 보이기도 하였다. 그리고 옆 부서 기획을 담당하는 채용달은 순진하고 바보인 듯 가끔씩 주변을 둘러보며 남의 이야기를 듣고 힐끗 웃는 버릇이 있었다. 그러고는 다시 무슨 책인가 열심히 읽고 있었다. 읽는 책은 아마 영문 서적 인 듯하였다. 그리고 용달은 사회학을 전공한 사람으로 틈만 있으면 구수한 이야기로 주변을 웃기는 이야기를 자주 하여 평직원 사이에 인기를 독차지 하였다. 그렇게 인기를 독차지 하다가 보니 나중에는 여직원들의 선망의 대상이 되기도 하였다. 구수한 이야기들이 어디서 줄줄 나오는지 궁금할 정도였다.

환영회

　동료와 같이 업무를 본지 약 한 달 정도 시간이 지나서야 각자의 얼굴과 품성을 어느 정도 익히게 되었다. 하루는 용달이가 신입사원 환영회라는 이름으로 유진이를 위해서 동료를 소집하였다. 무뚝뚝한 유진이가 어느 정도 친화력을 갖추었다고 생각한 것이다. 그래서 용달이가 가깝고 친근감 있는 주위 사람을 불러 모으기 위해서 명분을 만들어 회식 모임을 급조하였다. 여기에 동참한 사람은 여직원 4명에다가 현석, 유진, 용달 모두 합해서 7명이었다. 그러나 유진이는 오늘 모임이 어떤 분위기일지 짐작조차 되지 않았다. 유진이로는 모든 문화가 이들과 한참 멀기 때문이다. 그는 용달이가 안내하는 대로 뒤만 따르기로 하였다. 드디어 근무시간이 끝나자마자 우리 일행은 택시로 종로4가에 있는 화신백화점 뒷골목으로 갔다. 이곳은 전형적인 먹자골목으로 술집마다 사람들이 바글바글 하였다. 용달이 안내하는 단골집에 들어가서 자리를 하고 난생 처음 운치 있는 술집에서 같이 자리를 같이 한다고 생각하니 마음이 붕 떴다. 한 겨울이라 떨렸는데 들어서니 추위가 풀렸다.

　용달은 탁자 둘레에 둘러싸인 우리들에게 메뉴 주문을 물어보았다. 우리는 이곳 사정을 잘 아는 용달에게 모든 주문을 맡겼다. 가운데는 커다란 화덕이 준비되어 있었다. 이윽고 갈비가 준비되었다. 파전과 막걸리도 준비되었다. 용달은 잔을 높이 들고 '신입사원 유진 씨를 위하여!' 하고 축하 구호를 외쳤다. 그는 환영하여 주어서 고맙다고 미숙한 자세로 답례를 하였다. 그는 미혼 여성 네 명이나 마주하고 있으니 처신이 조심스러워졌다. 세상에 태어나서 생전 처음으로 여성들과 어울리는 것은 오늘이 처음이었다. 어찌 보면 처음으로 신비 속에 잠겨보는 순간이기도 하였다. 술 몇 순배가 돌아가자 용달이 화젯거리를 만들어서 대화를 이끌어 나갔다. 그는 화젯거리가 풍부했다. 제일 고참이다 보니 처음에 직원을 모집할 때 어떻게 각 대학 학교를 찾아다녔으며 누구누구는 무슨 학교 수석으로 졸업하였으며 누구누구는 누구 배경으로 입사하게 되었으며 이사장의 경력은 어떠하며 등 그동안 우리가 모르는 사항을 줄줄이 이야기하였다. 유진은 처음 듣는 이야기라 신기한 생각이 들었다. 그는 화술이 좋고 경험하고 읽은 인문학 책이 많아서 그런지 대화를 혼자 독점을 하다시피 하였지만 아무도 지루해하지 않았다. 유진도 어떻게 하면 저렇게 언변이 좋을까 하고 부러워하며 다음에는 어떤 에피소드가 전개될까 싶어서 기다려지기도 하였다. 그런데 오늘 분위기를 살펴보니까 용달은 유달리 곁에 있는 유필순 직원과 아주 자유분방하게 이야기하고 있어 그는 잠시 놀랐다. 한참 이야기를 하다가 대화 중에 그는 필순이가 만든 손수건을 뒤 포켓에서 꺼내서 자랑을 하였다. 유진은 그녀의 작품에 혹하여 손수건을 보자고 하면서 한참 살피다가 필순에게 나도 하나 만들어 달라고 하였다. 그랬더니 그녀는 흔쾌히 만들어 준다고 하였다. 그는 그러한 가운데서도 맞은편에 있는 장혜은이가 눈에 자꾸 어른거렸다. 하도 인형 같이 예뻐 시선이 가지 아니할 수 없었다. 그렇지만 용달이는 자기가 겪은 연애 이야기를 아주 진지하게 이야기를 하였다. 다들 귀가 솔깃하여 그의 이야기를 듣는데 정신이 없었다. 이날 용달이가 과거에 세상을 떠나간 연인과의 관계를 애틋하게 이야기 한 것을 정리하여 보면 대략 이러했다.

그에게는 그렇게 오래지 않는 과거에 한 사랑하는 아가씨가 있었다. 그는 연인과 자주 만나서 사랑과 청춘을 이야기하며 장래를 수놓고 있었다. 그러다가 어느 날 연인은 원인 모를 병에 걸려 서울대학병원에서 입원치료를 하게 되었다. 그는 사랑하는 연인이 병으로 고통을 받는 것을 보고 마음 아파하면서 열심히 곁에 붙어서 간호를 하였다. 그렇게 간호를 하였음에도 연인은 별 차도를 보이지 않았고 병세는 악화만 되어갔다. 그는 가슴 아픈 마음을 가눌 길 없어 가끔 병원을 나와서 혼자 술집에 가서 술을 마시며 연인이 호전되기를 기다렸다. 그렇게 열심히 간호하였으나 모든 것은 허사였다. 결국은 연인은 세상을 떠나고 말았다.

그는 그날부터 마음을 진정시키지 못하고 술로 세월을 보내다가 그녀의 모교가 있는 춘천 성신여대를 오가며 마음을 달랬다. 가을에는 버스를 타고 길가에 붉게 물든 단풍을 바라보며 틈만 나면 춘천을 오갔으나 그 슬픔은 오래 동안 지워지지 않았다. 버스길은 아래 위 좌우 굽이가 특별히 많았다. 버스에 올라 있노라면, 버스 흔들림 따라 마음을 더욱 흔들어 놓아 그의 가슴을 더욱 애달프게 하였다. 그렇게 일 년이란 세월이 흐르고 졸업할 때가 되어서 남산센터가 장래성이 좋으니 그곳으로 가라는 교수님의 권유가 있었다. 마음이 안정되지 않는 용달은 그 직장에 가서 기분전환을 시켜보겠다고 마음먹고 현 직장에 근무를 하게 되었다. 그러고부터 마음이 조금씩 안정이 되었다. 그래서 틈만 나면 슬픈 이야기를 들어 줄만한 동료 여직원이 있어 이들을 여러 명 데리고 함께 명동일대에 나가서 막걸리를 기울이면서 자기의 아픈 과거사를 이야기하면서 마음을 달랬다.

유진은 위의 이야기를 처음 듣고 정말 슬픈 사랑의 소유자란 것을 알고 용달에 대해서 애틋하게 생각하였다. 사실 유진에게는 꿈도 못 꾸는 부유한 인생 경험이라 생각했다. 용달은 여기까지 이야기하고 기분 전환을 위해서 '자- 여기까지 이야기했는데 이제 파우스트의 한 장면을 보여드리겠습니다. 나는 이래 뵈도 파우스트를 매우 좋아했답니다. 그런데 유진씨한테 지난번에 이야기 들은 것이 있는데 이 자리를 빌려서 공개를 하겠습니다. 곁에 있는 유진씨는 좀처럼 이야기하지 않는데 어느 날 나와 둘이 있을 때 잠깐 나눈 이야기들 중에 하나를 공개하겠습니다.'

메피스토는 파우스트를 먼저 술집으로 데리고 가 술잔치로 그를 도취시키려고 하였으나 실패하였다. 파우스트는 인생을 향락하기에는 너무 늙었다. 쾌락을 맛보여 주기 위해서는 무엇보다도 젊음이 필요했다. 그래서 악마는 그를 마녀의 주방으로 데리고 가 마약을 먹여 20대 청년으로 탈바꿈시켰다. 청년이 된 파우스트는 청순하고 성실한 그레트헨이라는 여성을 만났다. 그녀를 처음 보았을 때는 황홀한 미에 넘어가서 정욕의 불길이 솟았다. 그러나 그는 이를 억누르고 진정한 사랑을 느껴 번민하게 되었다. 그러자 메피스토의 기대와는 달리 둘 사이는 점차 진실한 사랑으로 승화되어 가기만 하였다.

이 이야기를 들은 아가씨들은 '와~! 유진 씨가 그런 말을 다 했어요? 다시 보아야 되겠는데요.' 하고 감탄을 하였다. 유진에게도 추억을 담은 한 때가 있다는 것을 알고 깜짝 놀란 것이다. 이 말을 들은 유진은 얼굴이 화끈하였다. 둘이 나눈 비밀 대화를 누설 한 것도 그렇고 여직원이 그를 보는 시선도 수줍었다. 더 나아가서 필순이 그의 눈동자를 뚫어지게 쳐다보는 데는 잠시 시선을 피했다. 심지어 혜은까지도 시선이 날카로웠다.

사실 유진에게는 오늘 용달의 이야기는 다소의 혼돈을 주었다. 도대체 어떻게 스토리의 맥이 흘러가는지 이것저것 섞어서 이야기하였기 때문에 이야기의 방향을 종잡을 수 없었다. 용달은 경복궁오른 쪽에 있는 가회동에 살고 있으며 그의 부친은 숭실대 현직 교수였다. 그의 부친은 한 때 내무부 고급 공무원을 지낸 쟁쟁한 집안이었다. 그리고 그는 봉급을 받으면 술값으로 모조리 써버리고 그것도 모자라 부모한테 돈을 타서 쓸 정도의 집안이었다. 그러나 부모도 아들의 똑똑함에 흡족해 하면서 술값 쓰는 것은 개의치 않았다. 그의 사교성은 대단했다. 사교성이 대단하다는 것은 남자 여자 누구에게나 호감가는 사람이란 것을 뜻한다. 오늘의 화신백화점 환영회는 그의 생애에서 처음으로 느껴보는 화려하고 황홀한 분위기였다. 한편 가슴 속에 그레트헨이 싹틀 것 같은 분위기가 만들어져 멀지 않아 연인이 출현할 것 같았다. 술이 거나하게 되어 헤어지고 나서 집에 갈 때 까지도 필순의 얼굴을 잊을 수가 없었다.

이사장의 인격

정이사장은 키가 작고 얼굴이 까무잡잡하고 잔정이 없어 보이고 무섭게 생겼다. 게다가 군인 출신이니 모든 것은 부로도저처럼 일을 밀어붙인다. 오픈날짜가 가까워오자 보도진을 만나랴 관련기관의 방문을 맞이하랴 공사 감독하랴 무척 바빴다. 공사 진도가 늦으니 외부 발주 시설물이 안으로 들어갈 수 없다며 연일 대림건설 현장소장을 불러놓고 질타를 하였다. 초여름이 되었을 때 우기로 접어들면서 비오는 날이 많아졌다. 이사장은 비가 올 때 마다 누수가 있을까 싶어서 전 층을 오르내리며 상태를 점검하였다. 그렇게 세세히 일을 보는 성격인데 하루는 비가 무척 많이 내렸다. 이

사장은 혹시 누수가 있을까 보아 공사 현장에 나가서 빗물 점검을 꼼꼼히 하였다. 그랬더니 많은 곳에서 비가 새는 것을 발견하고 현장소장을 불러놓고 크게 질타를 하였다. 이사장은 한 번 말을 하기 시작하면 질타시간이 길었다. 그럴 때마다 현장소장은 크게 녹초가 되어서 나오는 것이다. 그러나 그는 십장들에게 화풀이 하지는 않았다. 모든 것은 공정에 따라서 진행 되는데 어쩔 수 없이 비가 흘러내리는 데 이해 못하니 답답할 뿐이다. 이런 파쇼 지시를 잘 하는 사람은 원래 성격도 고약하지만 공사 뒤에서 떡고물 챙기려는 의도가 다분하였다. 이를 눈치 챈 직원들도 하나 둘 생겨났는데 그래도 최고 기관장이니 예우상 표현을 하지 않고 침묵을 지켰다.

 현장 소장이 기합을 받고 나오니 이번에는 연구직 직원을 불러서 기합을 주었다. 비가 새는 것도 모르고 있느냐? 뭣들 하느냐고 하면서 호통을 쳤다. 일부 직원은 건물 비가 새는 문제를 갑자기 들고 나오니 당황스러워 했다. 전연 예상외의 질책을 하니까 황당하였다. 건물 짓는 것은 관리부의 소관이기 때문이다. 하루는 누수 때문에 한참 눈물이 찔끔할 정도로 질타를 받고 나와서 연구직 동료는 회의를 열고 공통된 보고서 양식을 만들기로 했다. 그리고 조를 짜서 각층에 올라가서 십장들에게 공정항목을 물었다. 물었더니 창틀 공사, 경량철공공사, 아스타일 공사, 걸레받이 공사, 팬코일 공사 등 10여 가지가 넘게 가르쳐 주었다. 각 연구직들은 공사 진도 관계 보고서를 각자 볼펜으로 그려 여러 장 만들었다. 빈칸에는 지금 진도는 몇 %며 언제까지 어떤 부문을 완성하는지를 현장 기사로부터 다짐을 받아 기록하였다. 이렇게 하여 바닥, 벽, 천정 등에 대해 작성한 것을 팀별로 직접 이사장실로 들어가서 결재를 받았다. 유진이와 혜은과 한 조가 되어 18층 꼭대기를 점검하기로 하였다. 제일 무서운 층이다. 꼭대기 층에 올라가는데 4각형 건물 둘레에 쳐진 비계를 따라서 올라가야 했다. 외부 계단이니 밖에서 내려다보면 아래쪽이 까마득하였다. 혜은은 무척 무서워하면서 손을 잡아 줄 것을 부탁하여 그도 무섭지만 태연한 척하면서 같이 손을 잡고 한 계단 한 계단 올라갔다. 비계를 걸어올라 갈 때 마다 출렁거리니 가슴은 오싹하기를 더 하였다. 저 멀리에는 명동이 보이지만 제대로 내려다 볼 수 없을 정도로 등골이 오싹하여 위만 보고 갔다. 이러한 무서운 과정을 거쳐서 꼭대기 층까지 갔다. 그곳에서 실내와 옥상 까지 점검하고 보고 자료를 기록하고 비계를 따라서 내려왔다. 그러나 그것도 여러 번 점검하니 여자 혼자도 쉽게 점검을 할 수 있을 정도로 익숙하여졌다. 이런 일로 인하여 그는 업무상 그녀와 가까이 하다가 어떤 때는 서로 감정이 출렁이기도 하였다. 그는 흔히들 착각은 자유라는 것을 들은 바도 있으나 하여튼 그녀가 그를 좋아하는 것처럼 느끼기도 하였다. 그러나 가끔 보면 아가씨의 눈동자에서는 레이저 빛이 발하는 것을 보고는 착각은 아닌 것 같기도 하였다. 이런 일이 자주 있고부터 마음은 항상 흔들리고 고민하기 시작했다. 꼭대기에 올라 서울 시내 쪽을 바라보면 시내는 그렇게 아름다울 수 없었다. 다른 조도 계단을 올라가면서 서로 아찔함을 느끼면서도 애써 강심장을 자랑하기 위해서 태연한 척하였다.

그런데 이사장이 가장 관심을 가지는 것은 1층에 설치하는 투영실 돔 공사였다. 돔 공사 노하우는 국내 업자가 없어서 일본서 수입을 해왔다. 돔은 FRP소재로 만들어졌다. 돔은 8조각으로 되어 있으며 원형 건물구조 위에 둥글게 조립하는 것이다. 이 둥근 내부 천정에서는 아스트로비죤을 즐길 수 있는 공간이 마련되는 곳이다. 이 장치는 신기하기 짝이 없어서 남산센터에서 가장 자랑할만한 시설이었다. 그런데 이것이 말썽이었다. 이음 부분이 비만 오면 새는 것이다. 그래서 관리부장에게 일본에 연락을 하여 기술자를 보내서 누수문제를 해결하라고 지시를 하였다. 일본인이 와서 수리했으나 비가 한참 많이 오는 날 또 다시 비가 새는 것이다. 그래서 관리부장을 불러서 호통을 치고 난리법석을 떨었다. 그러고 얼마 있다가 또다시 밖에는 비가 엄청나게 내리고 있었다. 이런 날씨에 이사장은 다시 전반적으로 살펴보더니 화가 잔뜩 나서 연구직 직원을 부른 것이다.

그래서 대표적 활동을 하는 7명의 남자 연구 직원을 이사장실로 집합을 시키더니 장시간에 걸쳐서 불호령을 하는 것이다. 공사감독이 왜 이 정도냐, 열의가 이것 밖에 없느냐, 근무시간에 왜 잘 보이지 않느냐, 오픈날짜가 가까워 오는데 똑 부러지게 준비된 것이무어냐 등이다. 그러면서 한 사람 한 사람 이름을 불러 너는 어느 학교를 나왔어 라고 물어서 어느 학교를 나왔다고 하였더니 옆에 사람에게도 같은 질문을 하였다. 이번에는 유진이 차례에 와서도 같은 질문을 하여서 대답을 하였더니 학교가 아깝다고 하였다. 이 사장은 비오는 창밖을 한참 내다보고 또 한 마디하고 다시 창밖을 내다보고 생각에 잠기고 있다가 또 다시 한 마디하고 이렇게 하여 집단 모욕을 당하였다. 아침 11시에 이사장실에 들어갔는데 오후 1시 반까지 꼬박 서서 기합을 받았다. 너무 긴 시간이었다. 기합을 모욕적으로 받고 나오니 우리들은 마음이 잔뜩 상했다. 오늘따라 비가 우중충하게 와서 마음은 더욱 침울했다. 그리고 각자는 자기 자리로 돌아갔다.

퇴근 때까지 시무룩한 기분으로 퇴근 시간을 기다리고 있는데 채용달은 몇 사람에게 연락을 하여 약수동에서 술잔을 기울이자고 하였다. 평소에 자주 가는 집으로 선술집 정도의 풍치가 있는 집이었다. 전부 7명이 참석하여 술이 몇 순배 돌아가자 연장자인 김삼근 선배는 뜸 들였던 말을 꺼내기 시작했다.

"오늘 기분이 아주 안 좋은데 다들 기분이 어때?"

"그러게 말이야. 너무 심했어. 이사장이 왜 화가 난 건지 잘 이해가 안 돼. 설령 화가 났더라도 2시간 동안 서서 기합을 주는 것은 더욱 이해가 되지 않아."

"그거야 돔에 비가 새는 것 때문이지!"

"그것만도 아니야. 비가 새는 데 우리가 왜 기합을 받아야 돼. 담당자 김 삼근 선배가 기합을 받아야하지. 그렇게 오래도록 우리 남자만 세워두고 쫑코를 주는 것은 이상하단 말이야."

"그것도 모르오. 미운 사람이 몇 사람이 있어서 도매금으로 단체 기합 받은 것이지…."

"그 말도 일리가 있어."

"그런데 이러한 거대 사업을 파쇼 식으로 하지 않으면 완성시킬 수 없어. 하여튼 이사장은 난 사람이야. 군인출신이라 그런지 군대식으로 밀어붙이는 거야. 과거 서울시경국장도 하였으니까 밀어붙이는 기질이지."

"이제 화제를 다른 곳으로 옮깁시다."

"그런데 여직원들 보니 영 마음에 들지 않아. 다들 돈 많은 집안 딸이라서 그런지 청소도, 할 줄 몰라. 그리고 선배한테 인사도 제대로 하지 않고 하는 일들이 너무 깨지락거려…."

이런 식으로 세 사람은 직장 돌아가는 분위기를 서로 성토하고 있는 동안 유진은 듣고 있기만 하였다. 이런 곳에서 비판 발언을 잘못하면 그의 품위가 떨어지기 때문에 입조심을 하는 것이다. 그는 이곳에서도 두꺼비처럼 막걸리를 들이키기만 하였다. 다들 한참 성토를 하다가 현석은 분위기를 바꾸었다.

"그런데 우리 여자 연구원 인기투표나 한 번 하지."
"와~ 그거 좋다."

인기투표를 하자고 하니 다들 기분이 좋아서 희희낙락하였다. 여자 연구원 열댓 명 정도니 인기투표를 해보는 것도 재미있는 발상이었다. 그리고 종이를 찢어 간이 투표지를 만들었다.

개표해 보니 혜은이 네 표가 나오고 필순이 두 표가 나왔다. 나머지 한 표는 정자였다. 역시 혜은이 압도적 인기를 차지하고 있는 것이다. 이렇게 하여 오늘의 화풀이 식은 끝났다. 유진은 오늘 대화에서 추임새 몇 마디를 하였지만 평소와 같이 침묵으로 이들의 대화를 듣기만 하였다.

다음날 아침 일찍 유진은 홀로 공원 휴게실에 갔다. 출근 시간 한 시간 전이었다. 숙취에서 깨어나고 어제의 성토를 곱씹기 위해서다. 오늘따라 주변 아침 풍경은 무척 아름다웠다. 그리고 아침 일찍이라 계곡을 흐르는 물은 크게 들렸다. 요사이 장마철이라 수량이 많았다. 이 아름다운 아침을 사랑하는 연인이 있다면 그녀에게만 몽땅 선물하고 싶을 정도였다. 그렇게 공상하던 차에 창밖을 내다보고 한참 있으려니 문 쪽에서 혜은과 정자가 들어왔다. 아침 일찍 이들이 들어오니 생각 밖이라 눈이 번쩍 뜨였다. 이들은 어제의 만남이 어찌되었는지 궁금했던 모양이다. 그러고 보니 평소 업무를 보다가 보면 부쩍 유달리 혜은이가 눈에 띄었다. 그런데 오늘은 웬일인지 혜은이가 일찍 출근한 것을 보면 깜박이는 개똥벌레가 날아든 것 같은 착각이 들었다. 이들은 유진이와 함께 자리를 했다. 유진은 간간히 상대편의 눈동자와 마주치면서 대화를 하였다. 그러다가 자기 정신으로 돌아와서 '아참~' 하면서 차를 시켰다. 그리고 어제 남자들의 술집 모임에서 일어난 이야기를 하였다. 그리고 인기투표를 한 결과를 들은 두 여인은 깔깔 웃기만 하였다. 그리고 차를 한 잔 하고 그녀들은 사무실로 먼저 들어갔다. 그런데 나갈 때 정자는 곧장 나가는데 혜은은 뒤에서 머뭇거렸다. 그리고 그를 보면서 선정적인 눈을 쏘았다. 순간 유진이는 얼굴이 화끈하여 한참 시선이 맞닿다가 그녀가 떠난 다음에야 자리를 일어났다. 차 값을 계산하니 휴게실 아주머니는 이미 둘 사이의 눈동자를 알아챘었는지 여자는 품에 안겨야 된다고 하면서 웃었다. 아주머니는 카운터에 있으면서 손님 동향을 유심히 살핀 결과 한 마디 한 것이다. 이는 둘 사이가 궁합이 맞다는 것을 이야기하는 것 같았다. 지나가는 말이 아닌 것 같아 가슴이 흐뭇했다. 사랑이 싹트기 시작할 때는 원래 상상력이 풍부해지는 모양이다. 그리고 앞으로 어떻게 행동해야 좋을지를 생각해 보았다. 흩어진 가슴이 언제 파란색으로 집결할 때인지를 몰라 종잡을 수 없었다.

오늘도 혜은과 같이 공사 진도를 점검하기 위하여 늘 그랬던 것 같이 18층으로 갔다. 그런데 현장에 가니 혜은이가 없었다. 한참 기다려도 소식이 없어서 그녀가 근무하는 방에 갔다. 그곳에도 없었다. 곁에 직원에게 물어 보아도 모른다고 하였다. 그래서 혼자 18층 점검을 하고 결제를 내고 오전 일은 마쳤다. 그리고 같은 부서인 현석의 사무실을 찾아 갔다. 업무 상담을 끝내고 나니 현석이 말하기를 '네는 비보통이야! 내가 여직원 있는데 가서 네 별명은 비보통이라고 이야기하였지.' 유진은 이 말을 듣고 깜짝 놀랐다. 비보통이란 이름이 색다른 뉘앙스를 가져왔기 때문이다. 그가 놀라고 있는 동안에 친구가 첨언하기를 '그런데 이 말을 지어낸 사람은 다른 사람이 아니고 혜은이었어.'라고 하자 유진은 이 말에 더욱 깜짝 놀랐다. '그녀가 나를 어떻게 보고 비보통이라 하였지?' 그러고 보니 다시 별명을 음미해 보니 비보통은 나쁜 별명만은 아닌 것 같았다. 이를 좋게 해석하면 특별한 언어로 칭송하는 것이고 어떻게 생각하면 뜻이 한 없이 아리송한 별명이다. 하여튼 아리송한 맛에 듬뿍 젖어 흡족했다. 유진이는 혼잣말로 '헛참! 헛참!' 하면서 야릇한 심경에 빠진 체 엘리베이터에 올랐다. 에리베이터에 타고 앞을 보니 혜은이가 타고 있었다. 이외였다. '또 다시 만나다니…' 라 하고 멈칫하다가 오늘 아침에는 혜은 씨가 없어서 할 수 없이 혼자 결재 받았다고 결과를 이야기 해 주었다. 그녀는 무엇인가 잠긴 체 아무 말도 하지 않았다. 그는 8층 사무실서 내리고 그녀는 혼자 위층으로 갔다. 짐작해 보니 혜은이는 그를 만나기 위해서 일부러 에리베이터를 오르락내리락 한 것이다. 우연의 만남을 위장한 것이다. 이렇게 마음이 움직일 때 같이 저녁 시간을 가져…?. 그런데 '나는 아직은 배우자로 감당할 능력이 없단 말이야. 시골 가난한 놈이란 말이야.' 이런 생각을 먼저 하게 되었다.

하루는 사무실에 이사장이 나타났다. 뭔가 화가 잔뜩 난 것 같았다. 아래층으로 내려가자고 하기에 따라갔다. 따라갔더니 사무실 안에 연구 장비가 왜 하나도 들어오지 않았느냐고 하였다. 유진이 관리하는 방이었다. 그래서 건물이 완성이 되지 않아서 못하였다고 하였다. 그랬더니 "중요한 일을 맡은 사람이 그것을 관리부에 가서 물어보고 납품 받아야지 무책임하게 기다리면 어떻게 하나~ 시간은 없고…"하고 호통을 쳤다. 그는 생각지도 않은 질타에 어리둥절하였다. 건물이 언재까지 완성하며 구매신청을 한 업체가 어디며 도무지 모르고 있었기 때문이다. 그리고 저녁때가 되어서 이 사장은 직원 30명을 모아놓고 며칠 안으로 실내 장비시설을 갖추라고 화를 버럭 내며 지시하였다. 갑자기 지시하니 직원들은 눈이 휘둥그레졌다. 어디서부터 시작해야 될 줄 몰랐기 때문이다. 그래서 어리둥절하고 있는 동안에 회의실에 모이자고 현석으로부터 연락이 왔다. 현석에게 도대체 무슨 일이냐고 물었더니 오늘 이사장님이 지시한 사항을 실행하는 문제란다. 그는 친구가 이야기하는 것을 듣고 복잡한 일에는 말려들고 싶지 않으나 친구와 의리상 참석은 하겠다고 하였다.

오후 회의 시간이 되니 회의실에 직원 20여명 정도가 참석하였다. 그 자리에서 현석이가 회의를 진행하는데 시작부터 불만 사항을 스스로 터뜨리기 시작했다. 무엇을 해결한다고 모이자고 하더니 오히려 본인이 먼저 불만을 털어놓았다.

"간부층은 직원이 '내노라'하는 명문대학 출신이 대부분이라, 자존심은 무척 강한데 그런 배려를 하지 않고 있다. 그런 분위기서 근무환경이 형성되었는데 부장급은 시간이 흐르면서 뒷전에서 이들 남녀에 대해서 폄하 발언만 하고 있다. 남녀 직원이 자주 만나서 대화하는 모습을 보고 남자 직원은 암내 맡으려고 여자 꽁무니를 따라다닌다고 하면서 성적 수치심을 준다든가, 지시 사항도 반

말로 마구 해대기도 하였다. 또한 누가 누구를 좋아한다고 하면서 억측 소문을 만들어 내기도 하였다. 이러한 불미스런 소문들이 시도 때도 없이 사내를 돌기 시작했다. 소문은 또 다른 괴 소문이 만들어져 회사 안에 퍼지니 특히 미혼 여성은 장래 결혼에 지장을 주지않을까 늘 마음이 불안해하고 있다."는 내용들이었다. 그리고 추가 규탄 사항을 정리하면 다음과 같다.

일부 떠난 사람의 이직 이유를 물으면 이사장의 업무처리가 너무 파쇼적이고 엉뚱한 소문이 꼬리를 물고 생겨나기 때문이라는 것이다. 부장급이 가짜 뉴스를 만드는 것 같았다. 모든 것은 눈에 보이는 성과 위주로 업무가 진행되며 실질적인 내용에 대해서는 별로 관심이 없었다. 하기야 이사장은 군 출신에다가 서울시경찰국장 출신이니 성격이 그렇게 형성될 수밖에 없었다. 그리고 봉급을 몇 달 받아 보았는데 처음에 약속한 급여가 아니었다. 은행 보다 낫게 보장해준다고 하였는데 그렇지 못했다. 갓 입사한 젊은이는 기만을 당했다고 생각하게 되었고 근무 의욕은 떨어졌다.

이런 내용을 모르는 사람은 오늘에야 알게 된 경우가 많았다. 그러나 대부분은 오픈할 때만을 기다려 보자는 눈치다. 열심히 했으니 모든 대우는 달라질 것이란 기대를 가졌다. 이런 것들이 뒤섞여서 남산센터 근무 분위기는 물과 기름이 섞여 있는 상태가 되었다. 이렇게 성토는 하였지만 이사장의 지시는 성실히 따르기로 하였다.

윗선의 정보원

처음 직장 생활을 시작할 때는 몰랐는데 직원의 언행과 비판이 이사장의 귀로 신속히 보고된다는 것을 늦게야 알았다. 그래서 직원은 근무지에서 말조심을 하였다. 그렇게 해도 술집에서 친한 동료끼리 오간 이야기도 새어나간다는 것을 알았다. 날이 갈수록 직원들 사이에 일어나는 행동, 언행, 비판 등이 직장 내에 심어 둔 정보원에 의해서 사사 건건 이사장에게 보고되었다. 더구나 신분 보장이 안 된 상태에 있는 직원들은 한층 불안하였다. 벌써 발령장을 받았어야 하는데 아직까지 발령을 내주지 않고 있는 것이 약점이기도 하였다. 그래서 이런 불만을 눈치 챈 이사장은 우선 발령장을 내어야 되겠다는 생각에 신원 조회를 하여 발령장을 내 주었다. 그런데 유진은 학생 때 감방에 갔다. 그래서 탈락할까 걱정을 하였다. 그래서 시골 아버지 한테 경찰서와 방첩부대에 부탁하여 이상이 없도록 조처를 휘하도록 하였다. 이 기간 동안에 한 동안 가슴 조리다가 용하게 빠져나갔다.

이 일이 무마되고 나니 이번에는 유진에 대한 이상한 소문이 떠돌았다. 얼마 동안 시간이 흘렀는데도, 입사한지 석 달이 넘었는데도 이상하게도 말을 잘 하지 않는다는 것이다. 혹시 모자라는 것이 아닌가 하는 소문도 떠도는 것이다. 그저 홀로 일을 하면서 대화도 거의 없이 사무실에서 남의 책상 청소나 하고 묵묵히 근무만 하니 이상한 사람이라고 생각한 것이다. 유진도 이 이야기를 들었지만 기분 나쁘게 생각하지 않았다. 처음에 입사를 할 때 아무 말을 하지 않고 조용히 있다가 외국 유학을 떠날 생각을 하였기 때문이다.

남의 평판에 귀 막으며 어떤 인기에도 신경 쓸 필요가 없다고 생각했기 때문이다. 현석 친구는 자기가 추천해서 입사한 친구가 좋은 평을 받지 못하니 난처하게 생각하였다. 한편으로는 이사장에 대해서는 직원의 불만이 팽배해 있었다. 그래서 준비 없이 당할 지도 모른다고 생각하는 직원이 많아졌다. 눈치 빠른 현석은 자기 생존을 위해서 유진에 대한 좋지 않는 소문을 역이용할 묘안을 생각해 내었다. 현석 친구는 유진은 보통의 인물이 아니라는 것을 전파시킬 필요가 있었다. 그래서 말 잘 전하고 믿음이 가는 동료직원 정자를 선택해서 단 둘이 공원휴게소에 가서 콜라를 한 잔 하면서 비밀 대화를 나누었다.

우선 앉자마자 현석은 주변을 둘러보고 정자에게 일급비밀이 있는데 비밀을 지켜줄 것이냐고 물었다. 그랬더니 지켜줄 것이라 하여 정자 씨에게만 이야기하는데 '유진 친구가 저래 보아도 지금 중책을 맡고 있어. 보통이 아닌 사람이야.'라고 이야기하고 '저 친구는 경와대와 핫라인을 가지고 이곳에 파견되어 있는 사람이니 앞으로 저 친구를 만나면 각자 입 조심을 하라는 투로 이야기를 하였다. 이 이야기를 들은 정자는 깜짝 놀랐다. 유진이가 그런 존재인 줄 처음 알았기 때문이다. 사실 현석은 자기가 어떻게 될지 모르니 자기 방어를 위해서 친구를 영웅으로 키운 것이다. 특히 독재 시대에서는 지성인은 특별히 말조심할 때이기 때문에 돌아다니는 소문이라도 괴력을 발휘할 때도 있었다. 독재 하에서는 친한 친구 이외는 비밀의 이면을 알고 싶어 하지도 않고 이야기도 하지 않는다. 비밀 취급자는 항상 '노'도 아니고 '예스'도 아닌 행동을 취하는 것이 몸에 배어있는 것이다.

이와 같이 충격적인 이야기를 들은 정자는 비밀을 지킨다고 하고 테이블에서 일어났다. 현석한테 이야기를 들은 정자는 심한 충격을 받아서 결국 비밀을 지키지 못하고 친한 친구 혜은에게 이야기를 하고 말았다. 이로부터 이 소문은 순식간에 여직원 전체에 퍼지게 되었다. 그리고 이사장한테 까지 알려지게 되었다. 이것도 이사장이 심어놓은 자체 정보원에 의해서 보고된 것이다. 이사장은 뜻하지 않는 정보를 접수하고부터 아연 놀라지 않을 수 없었다. 자기가 처신에 주의를 해야 된다는 것을 이제야 깨달았다.

그리고부터 이사장은 유진에게 그렇게도 심하게 기합을 주던 것이 없어지게 되었고 직원 모두에게 부드럽게 대했다. 그러고 간부급은 유진을 경원시하게 되었다. 심지어 문제가 생길 때는 파워맨 유진에게 기댈 수밖에 없다는 생각까지 갖게 되었다. 그러고 얼마 있다가 분석과 김영숙은 학교 다닐 때 자기 친구로부터 들었다며 '그래 봬도 그 친구는 왕년에 학교 다닐 때 이름을 날렸던 친구라'고 주위에 귀띔을 하였다. 이 이야기는 다시 입소문을 타고 순식간에 직장 내에 퍼지고부터 유진은 보통이 아닌 영웅적 존재라는 것으로 모두가 은연중 믿게 된 것이다.

인연의 시작

오늘은 어쩐 일인 지 혜은이 유진의 방에 들어와서 주변을 서성거렸다. 무언가 생각에 잠기면서 유달리 얼굴이 심각한 것 같았다. 아마도 유진의 존재감이 상승하고 있기 때문에 관심을 끌기 위한 방문인 것 같았다. 그렇게 한 바퀴 돌고 나서 곧 나가버렸다. 유진이는 그런 행위를 느끼면서도 조금은 당황스러워 말을 걸지 못하고 그냥 두었다. 어쩌면 혜은은 유진이가 유망주라고 떠도는 이야기를 들었는지도 모른다. 혜은은 지성미로서 남에게 빠지지 않았고 결혼 적령기가 지나가니 초조하기도 하였을 게다. 그래서 유진이가 프러포즈를 할 듯 말 듯하는 태도에 대해 은근히 애탔다. 프러포즈가 없자 서로 지나갈 때는 그녀는 더욱 적극적으로 선정적 눈빛을 발해 보기도 하였다. 그러나 그는 혜은을 감당하기에는 아직 때가 아니라는 생각이 들었다. 그렇다고 놓아주기에는 아깝기도 하였다.

퇴근 후 이런저런 생각을 하면서 장충공원 산책길을 가는데 이번에는 혜은이 저쪽 언덕배기에 서 있는 모습이 보였다. 깜짝 놀랐다. 굽이길을 돌아서 나오는데 그녀가 먼 쪽을 바라보고 서 있어서 가슴이 두근거렸다. '이상하다. 이곳에 왜 서 있을까? 누구를 기다리는가?' 이렇게 생각하면서 순간적으로 인사를 하였다.

"어쩐 일이세요?"
"누구 기다리는데요…."
"무슨 고민이 있어 혼자 산책하세요?"
"그런 유진 씨는 어떻게 여기까지 나오셨습니까?"
"그냥~ 산책 나왔습니다."
"어디를 가시려고요?"
"그냥 이렇게 오솔길을 걸으러 나왔습니다."

그녀는 그의 이야기를 그 이상 들으려 하지 않고 유진의 앞길을 따라 총총히 걸어갔다. 뭔가 이상하여 유진이 다시 말을 건넸다.

"누구 기다리나요? 그렇지 않으면 같이 저녁놀을 구경합시다."

그랬더니 그녀는 유진을 따라 천천히 걷기 시작했다. 혜은의 얼굴 표정을 보니 약간 무거운 얼굴빛이었다. 둘 사이에 존재하는 거리감이 있는 것을 느꼈기 때문이다. 그는 그녀의 얼굴을 보고 숲 속을 살피다가 '숲이 많이 우거졌군!' 하면서 자문자답을 하였다. 그러나 그녀의 얼굴은 풀리지 않았다. 유진에게 뭔가 적극성을 기대했지만 그녀에게 다가서지 않기 때문이다. 둘은 묵묵히 걷다가 유진이 이야기를 먼저 꺼냈다.

"공원이 제법 넓네요. 저쪽에는 체육공원이 있고 오늘 따라 사람의 발길도 비교적 뜸하고 한산하네요."
"…"
"우리가 서로 얼굴을 같이 한지가 거의 5개월이 되었지요?"
"아~ 그런가요? 유진 씨는 너무 앞뒤를 재는 것 같아요."

그녀가 이렇게 직설적으로 이야기하니 그는 몸 둘 바를 몰랐다. 정확한 평이었다. 이점 때문에 그는 늘 고민을 한 것이다. 잊자고 하면 눈에 나타나고 눈에 나타나면 가슴이 뛰고를 반복한 것이다. 그런데 그녀도 마찬가지였다. 뜻이 있으면 프러포즈를 할 일이지… 밀당이 심한 것 같았다.

"무슨 말씀을 하시는 거예요."

"그게 아니라~유진씨는 장래성이 워낙 유망하니 나 같은 여자는 눈에 들어오지 않았겠죠?"

"?"

"혜은씨! 좀 비꼬는 것 같은데~ 그게 아닌가? 하! 하! 하!"

"대중 앞에서는 그렇게 말을 잘 하면서도 내 앞에서는 왜 어려워하지요."

"퇴짜 맞으면 가슴에 상처를 받을까 싶어 서지요. 하! 하! 하!"

"용감해지자면 뭐니 뭐니 해도 연애법을 좀 배우셔야지요. 그러면서 화술도 좀 연마하셔야지요."

그는 이 이야기를 듣고 깜짝 놀랐다. 그를 강하게 유인하는 말투였기 때문이다. 그리고 자기를 품에 안아 달라는 하소연의 의미도 있었다. 그는 혜은을 바라보니 눈동자에 빛이 발하는 것을 느끼고 이제 기회가 왔다는 생각을 하였다. 그리고 슬그머니 그녀의 팔짱을 잡았다. 그러나 그녀는 오른 손으로 슬그머니 팔짱을 밀어냈다. 아직 때가 아닌가 싶어 모른 척하고 화제를 바꾸었다.

"혜은씨는 앞으로 어떤 인생을 걷고 싶어요?"

"예술가의 길이 좋지 않을까 생각해 봐요. 인생 예술 말입니다. 처음엔 미친 듯이 매달리지요. 얼마나 끈기 있게 가느냐가 문제지요."

"글쎄요~ 뭐를 그리 복잡하게 살려고 해요. 서로 좋은 사람 만나서 평생을 잘 살면 되는 거지…. 모든 것은 운명이야. 여자의 마음은 호수 위에 떠다니는 나뭇잎 같은 마음이지요."

"그런데 자택이 어디지요?"

"이야기 안했던가? 아리랑고개 입구 있는 곳이라고."

"호화 저택이 있는 곳에 사네요."

"그곳에 언니 하나에 남동생 둘이 있어요. 2남2녀이고."

"응~그래요?. 처음 알았네요."

이렇게 혜은의 인적 사항을 알아보고 나니 그녀는 유진에 대해서 가정 상황을 되물었다. 유진은 집안에 내세울 것이 없어서 말머리를 돌렸다.

"그런데 유진은 앞으로 진로를 어떻게 생각해요?"

"사실 바람수저라서 바람 부는 대로 가는 거야. 당분간 직장 생활을 하여야 될 것 같아요."

"정말 유진 씨 답지 않네요. 야망이 무척 큰 것 같이 보였는데요."

"사실 배짱 빼 놓고는 가진 것이 없어요."

"그런데 지난번에 종교문제가 조금 나왔는데 어떻게 생각해요?"

"아, 그거. 조금 알아보았는데 아직은 종교를 가질 생각은 없고 살면서 생각해 보고 싶어요. 들어보니 살다가 보면 자연적으로 종교에 귀의하는 사람이 많은 모양이야."

밤은 깊어갔다. 둘이는 가로등을 피해서 숲 그늘 쪽으로 갔다. 유진은 키스를 하고 싶었지만 가볍게 그녀의 손목을 잡았다. 그녀는 피하지 않았다. 그리고 아리랑고개 집 있는 쪽으로 택시를 몰았다. 택시에서 내리니 마침 다방이 열려 있어서 그곳에서 차 한 잔을 하고 싶었다. 그녀는 이곳 가까운 언덕에 집이 있다고 하였다. 그러면서 그녀는 집에서 기다린다고 하면서 무 자르듯이 돌아섰다. 그는 자기도 모르게 사랑에 빠져들면 뒷감당이 어찌될지 몰라 물끄러미 혜은의 뒷자락만 바라보았다.

비리에 대한 소문

이사장은 오픈 날짜를 언제로 잡으면 좋을까를 대림 현장소장에게 물었다. 이렇게 불호령을 하여 준공날짜를 다짐 받고 이사장은 나름 데로 이 기간 안에 비자금을 모우기 위해서 그물을 펴기 시작했다. 이사장은 준공 날짜에 맞추어 나름대로 오픈날짜를 잡아보기 위해서 주변 참모에 물어서 적당한 날짜를 알아보기로 하였다. 그랬더니 관리부장이 '백운학이란 유명한 도사가 있지 않습니까?' 하면서 날짜 잡는 아이디어를 제안하였다. 이사장이 들어보고 그거 정말 좋은 생각이다 하면서 직접 관상의 대가 백운학을 찾아가기로 하였다. 백운학은 칠팔십 년대를 누볐던 관상의 대가로서 남대문 시장에서 남산으로 올라가는 육교 왼쪽 곁에 있었다. 백운학을 찾아간 이사장은 주술에 대한 몇 가지 설명을 듣고 날짜를 잡았다. 이사장은 부적 하나를 받아들고 복채를 두둑이 주었다. 그 날짜가 8월 8일이었다.

각종 루머 속에 하루하루를 보내던 어느 날 용달은 자기가 한 턱을 낼 터이니 명동에 한 음식점으로 가자고 몇 사람에게 이야기하였다. 이날따라 마음이 울적했는지 제법 여러 사람이 참석하였다. 남자 5명과 여자 6명이었다. 늘 자주 어울리는 멤버였다. 명동의 유명한 술집이었는데 술안주로 파전이 나왔다. 이때 가장 인기있는 것은 파전과 동그랑땡이었다. 용달은 회사에 대한 불만을 안주 삼아서 열심히 그의 주도로 대화를 하였다. 대화내용을 들어보니 지금까지 몰랐던 상관들이 이야기한 인격 모독적인 사실이

상당히 많았다. 그러나 어마어마한 규모의 장비 값이 턱없이 뻥튀기 되었다는 이야기도 들린다는 것이다. 이 말을 들은 직원들은 경악을 금치 못했다. 참을 수만 없는 노릇이라고 이구동성으로 이야기를 하였다. 술집은 으레 그런 곳! 여느 때와 마찬가지로 왁자지껄하게 성토하는 소리로 주변은 요란하기만 하였다. 그러다가 곁에 있는 유진을 눈 여겨 보던 혜은이는 '유진씨! 그렇게 침묵만 지키지 말고 말 한 번 해보세요.' 하면서 다소 독촉하는 투로 채근을 하였다. 그녀는 유진에게 '과거에 대단했던 사람이라는 것을 듣고 있는데 이 중요한 시기에 왜 침묵을 지키느냐'고 한마디 던진 것이다. 그때서야 유진은 그녀를 향해 고개를 슬쩍 돌려 보았다. 혜은의 얼굴에는 막걸리를 한 잔 하였는지 홍조가 띠어 있었다. 다른 사람은 아무 말도 안 하는데 혜은 혼자서 한 마디 하라고 하니 레이저 눈빛을 자주 받은 이력이 있는 터라 순간 가슴이 출렁였다. 그래서 어디서부터 말을 꺼낼까를 몰라서 엉겁결에 입을 열었다. '이런 일이 있어서는 안 되는데…'하고 추임새 정도로 약간 불만 섞인 이야기를 하였다. 그랬더니 벙어리가 말을 하니 이상하다는 표정으로 다들 쳐다보았다. 유진의 단순한 이 말 한마디가 이렇게까지 관심을 집중하는 것을 알고서 유진 스스로 깜짝 놀랐다. 이에 용기를 얻은 유진은 한 마디 하기 시작했다.

"사실 나는 이곳에서 그렇게 오래 근무하고 싶지 않았습니다. 그래서 가능하면 참고 묵묵히 내가 하는 일에 열중하려 하였습니다. 구설수로 남의 입에 입방아가 되는 것을 원하지 않았기 때문이죠. 오늘 여러분이 이야기하는 것을 들어보니 이사장이 너무 심했다고 생각합니다. 그래서 어떤 결단이 필요다고 생각했습니다. 나에게 시간을 주십시오. 다시 정리해 보겠습니다. 지금은 그 이상 할 말이 없습니다."

　이 이야기를 들은 직원들은 드디어 유진이 어떤 뜻을 가지고 있다고 믿고 앞으로 잘 처리할 것이란 기대를 하게 되었다. 특히 유진은 경와대와 핫라인을 갖고 있다는 것도 소문으로 알고 있었다.
　소문의 난무 속에 어렵사리 남산센터의 오픈 날짜는 눈앞에 가까이 왔다. 오픈 며칠 전날 연구원은 오늘은 오후 퇴근 시간이 가까워지면서 무언가 보너스 보상 소식이 있을 줄 알았는데 아무런 소식이 없어서 기대는 실망으로 바뀌었다. 그러지 않아도 마음고생으로 최근 피로가 누적 되었는데 아무런 소식이 없으니 여기저기서 수군거리기 시작했다. 하나 둘 유진에게 어찌되느냐고 물어 주목을 받아온 그로서는 어떻게 답해야할지 난처하였다. 경와대 핫라인이라 소문이 났는데 아무런 말할 재료가 없으니 난감한 노릇이었다. 많은 연구원이 '유진 선생! 오늘 기분이 다들 좋지 않네요.'라고 주변 분위기를 전하면서 무엇인가 움직임이 있기를 원하고 있는 것 같았다.

청해루서 결의

　유진은 이렇듯 다가올 일에 대비해서 장고하기 시작했다. 오픈이 가까워 왔는데 아무런 소식이 없었다. 들리는 바에 의하면 상부에서 격려금이 많이 나왔다고 하였다. 그는 인내의 선을 넘었다. 드디어 내일이 오픈일이다. 할 수 없이 퇴근 때가 되어서 청해루 중국집에서 모여서 거사를 할 것을 결심하였다. 전날 아무 소식도 없었기 때문이다. 직장 내는 조용한 침묵만 흘렀다. 할 수 없이 현석을 통해서 청해루에 모일 것을 지시하였다. 직원은 유진이가 공지했다는 소식을 듣고 이제 무슨 변화가 오는구나 하고 기대감에 차 있었다. 7시 반이 되어서 청해루에 약 30여 명이 참석하였다. 청해루는 중국음식점으로 전통이 있고 명동에서 제일 시설이 큰 중국 식당이다. 우리는 특별히 큰 방을 주문하고 그곳에 탁자를 설치하고 둘러앉았다. 우선 자장면을 시키고 배갈을 주문하였다. 오늘은 주도자가 유진이었다. 그는 아무 말 없이 연신 배갈을 마셨다. 머릿속에는 어떻게 오늘 이들을 리드해야 할까를 곰곰이 생각하였다. 어느 정도 술기가 오르자 준비해간 메모지에 기록할 준비를 하였다. 우선 전 직원에게 불만사항을 이야기하도록 하였다. 불만사항으로 성적모욕을 당했다는 사항, 처음에 주기로 한 급여를 주지 않았다는 사항, 안전부에서 격려금을 내려 보냈다고 알려져 있는데 그 행방을 모른다는 사항, 너무 권위적이라는 등 상상 이외로 많았다. 그는 이들 내용을 다시 읽어보면서 정리를 하였다. 하나같이 울분을 참을 수 없는 내용들이었다. 우리는 얇은 월급봉투로 이때까지 속으면서 일을 한 것이다. 그리고 배갈을 몇 순배 더 하면서 이를 어떻게 처리했으면 좋을까를 생각해 보았다. 한참을 생각하다가 그는 마무리 결심을 하였다. 거사의 모든 책임은 그 스스로 혼자 뒤집어쓰면 된다는 결론에 도달하였다. 그래서 앉아 있는 동료들에게 비장한 결심을 발표하였다. 그 발표는 가히 일방적이고 명령조였다.

지금부터 나의 결심을 이야기하겠습니다. 첫째는 오늘 이 자리서 사직서를 나에게 제출하는 것입니다. 둘째는 우리들의 이런 사실을 언론기관에 절대 알리지 않는 것입니다. 그렇게 되면 정보부에 끌려가서 우리들의 뜻을 관철하는 것은 실패로 끝날 것입니다. 셋째는 내가 협상 대표를 선임할 터이니 대표 선임은 나에게 맡겨 달라는 것입니다. 끝으로 모든 것은 내가 책임을 지며 여러분에게 절대 피해를 가지 않게 할 것입니다. 그리고 내일은 출근을 하지 않고 전부 공원 휴게실에서 대기하는 것입니다.

이렇게 폭탄선언을 하였더니 모두들 숨을 죽이고 듣고 있었다. 조금 침묵이 흐르고 나서 동의를 구했더니 모두들 동의를 하였다. 그리고 반대하는 사람은 아무도 없었다. 그러면서 여기저기서 웅성웅성하였다. 그 중에 어떤 여직원은 절대 비밀을 지켜야 한다고 하면서 자기 주변에 어떤 청년이 있었는데 학생운동을 하다가 정보부에 끌려갔으며 나중에는 일자리가 없어서 피해 다니는 것을 보니 마음 안됐다는 이야기도 하였다. 이윽고 식당 직원에게 부탁하여 갱지와 봉투를 준비하여 오도록 하였다. 그리고 즉시 그 자리서 다들 사직서를 쓰도록 하였다. 그는 사직서를 받아 쥐고 상의 안 포켓에 넣었다. 그리고 비장한 결심으로 약간 의미 있는 말을 하였다.

오늘 이렇게 한 마음이 되어 주어서 대단히 감사합니다. '즐탁동기' 라는 옛말이 있습니다. 알 속의 병아리가 성숙하여 바야흐로 바깥세상으로 나오기 위해 부리로 알 벽을 쪼는 것을 일러 '즐' 이라고 합니다. 마찬가지로 그 알을 내내 품던 어미닭이 자식의 출현을 짐작하고, 바깥에서 알 벽을 쪼아 알 깨는 것을 돕는 행위를 '탁(啄)' 이라고 하지요. 즐탁의 동기(同機)란 바로 알 안의 병아리 부리와 알 밖의 어미닭 부리가 일치하는 순간, 그

알이 깨지는 찰나를 이르는 말입니다.

살면서 참 많은 사람들을 만나기도 하고 또 헤어지기도 합니다. 미운 정도 들고, 고운 정도 들고, 사랑으로 남기도 하고, 아픔으로 남기도 합니다. 인연을 만난다는 의미가 줄탁의 동기와 같다는 생각을 해 봅니다. 사랑을 이와 같이 생각해도 좋겠습니다. 안팎의 두 부리를 맞대는 것과 같이 말입니다. 그런 마음씀씀이로, 헤아려주고, 도와주며, 손을 잡고 살았으면 좋겠습니다. 모든 사람과의 만남이나, 혹은 헤어짐일지라도 줄탁의 의미로 새기며 산다면 아름답지 않겠습니까?

이렇게 짧은 끝맺음을 하고 내일의 결연함을 가슴에 품고 우리는 청해루서 헤어졌다. 친구 현석이와 용달만 그 자리서 남도록 하였다. 다들 가고 난 다음에 셋이서 내일 행동 방법을 논의하였다. 우선 남자 세 명과 여자 세 명을 대표로 뽑는 문제를 상의하였다. 그리고 내일 아침 10시경에 이사장과 담판을 하기로 하였다. 담판 내용 중에는 인격모욕에 대한 사례를 전하며 이에 대한 재발방지와 원래 약속대로 급여를 지급할 것과 시간외 수당을 지급할 것과 안전부 격려금을 지불할 것 등이었다.

유진은 이렇게 요구사항을 정리하고 이 문제는 해결될 것이라고 장담은 하였다. 그러나 막상 성공할 것인가를 생각하니 혹시나 하고 미래에 닥칠 일에 대해서 은근히 불안하지 않을 수 없었다. 셋은 추가로 배갈을 더 시켰다. 같이 술을 나누면서 이런저런 이야기를 나누었다. 이야기를 나누다가 거나하게 취하고 보니 그는 마음이 욱했다. 그가 화장실로 가자마자 화장실은 울음소리로 소란했다. 이 소리를 듣고 동료 하나가 와서 보니 벽을 치고 통곡을 하고 있어 그만 참으라고 하였다. 너무 그렇게 하면 직원 사기가 흔들린다고 하였다. 한 바탕 통곡을 하고 나서 셋은 여관으로 들어갔다. 너무 긴장된 시간을 가져서 그런지 피로하여 정신없이 잠들었다.

이튿날 일찍 유진이 혼자 잠에서 깨어났다. 동료들은 정신없이 자고 있었다. 그런데 어제 괴이한 꿈을 길게 꾸었다. 그 꿈의 내용은 이러했다.

시골 고향 집에서 아침에 방문을 열어 보았더니 마루 바짝 앞부터 저 멀리 건너 동네까지 짙은 청색의 성숙한 벼가 펼쳐져 있었다. 완전히 총 천연색이었다. 벼가 익기 전의 짙은 청색으로 물든 벼의 풍성한 장면이 드넓게 눈에 들어오니 저절로 감탄사가 나왔다. 꿈에서 칼라 꿈을 꾸는 일은 아주 드문 현상이기 때문에 더욱 신기하였다. 한참을 풍성한 들판을 바라보다가 그만 꿈에서 깨어난 것이다. 감상 시간은 한참이 된 것 같았다.

꿈에서 깨어나니 이상하다…. 이렇게 총천연색 꿈이 나타난 것은 처음이다. 그것도 풍성한 들판이고 고향 풍경이었다. 오늘 일이 잘 되는 징조인지도 모른다는 생각에 마음은 한껏 가벼워졌다. 길몽이란 생각에 좋은 징조를 잘 간직하기 위해서 욕실로 갔다. 찬물로 온 몸을 씻어냈다. 오늘의 성공 명운을 비는 마음에 몸에 티끌 하나 없도록 정성을 다해서 목욕을 하였다. 그리고 나니 저 멀리 동녘이 트기 시작했다. 그리고 마루를 따라 입구를 나왔다. 다른 친구는 방 안에서 정신없이 자고 있었다. 그는 혼자 옷을 주섬주섬 입고 장충공원으로 향했다. 오늘은 성공이 기다려지는 상쾌한 아침이었다. 공원 주변을 혼자 산책을 하고 마음을 가다듬었다. 점점 운명의 시간은 다가오고 있었다. 서부활극의 한 장면이 생각이 났다. 직원은 출근은 하지 않고 공원 휴게실에서 다들 일찍부터 대기하고 있었다.

이사장과의 담판

휴게실에 가니 직원들은 다들 모여서 그가 오기를 기다렸다. 그는 아침 산책을 하고 늠름히 들어서서 인사를 나누고 그는 오늘의 여자 대표로서 유필순, 장혜은, 김정자 세 사람을 지명하였다. 남자대표로는 신현석, 채용달, 이유진 셋을 지명하고 도합 6명이 이사장 사무실로 향하기로 하였다. 이사장실로 들어가기 전에 우리 6명은 같이 앉아서 작전을 짰다. 10시 경에 2층 이사장실에 도착하여 총무과에 들렀다. 유진의 왼쪽 가슴에는 사직서가 불쑥 나와 눈에 띄었다. 총무과 전규정에게 이사장을 뵙자고 전하라고 하였다. 전규정은 오늘 일어날 일을 이미 알고 있었다. 전규정은 이사장실로 들어가 우리들이 도착했음을 전하였다. 조금 있으려니 전규정은 일층 식당에서 회의를 하자고 하며 우리를 데리고 한층 내려가서 식당으로 갔다. 이곳에서 이사장을 모실 탁자를 배치하였다. 높은 사람과 만난다는 자체가 심히 스트레스를 받았다. 우리는 남녀가 3명씩 마주 보고 앉았고 한쪽 끝에 이사장이 앉고 다른 쪽 끝에는 전규정 총무과장이 앉았다. 우리는 긴장을 하고 기다리는데 이사장은 우리를 한참 긴장시키고 난 다음에 들어섰다. 우선 인사를 나누고 이사장이 자리에 앉자 다들 같이 따라 앉았다. 그러면서 이사장은 그의 왼쪽 가슴에 보이는 불룩한 봉투를 힐끔 쳐다보았다. 단단히 준비하고 온 모습을 보고 잠시 눈이 휘둥그레졌다. 어제의 상황은 누군가에 의해서 보고된 것 같았다. 이사장은 이미 모든 것을 꿰뚫고 자리에 나타난 것이다.

이윽고 이사장은 자리에 앉으며 창 바깥을 한참 둘러보고 생각에 잠기더니 용무가 무어냐고 물었다. 물론 이사장이 오늘 면회 요청을 모를 턱이 없다. 이사장은 대화를 나누기 전에 기선을 잡기 위한 것이다.

사회 경험이 없는 우리들은 금전적 보상 때문이라고 기관장에게 직접 표현하는 것은 좀 쑥스러웠다. 그래서 우리들은 주장을 펴기 위해서 조금 머뭇거리는 시간을 갖기도 하였다. 이사장의 이러한 질문에 먼저 여직원 하나가 아무아무 부장이 반입된 사무용품이 비싸고 불량품이 많고 바꾸어달라고 하여도 바꾸어주지 않는다는 이야기를 하였다. 그리고 인격 모욕적인 언행을 했다는 사례도 이야기하였다. 이사장은 우리들이 말한 내용을 일일이 메모하며 들었다. 보상에 대해서도 이런저런 성토도 하였다. 우선 곁에 있는 노련한 용달 씨가 처음에 보수를 약속하였는데 지켜지지 않았다는 것과 그동안 야간작업을 하였는데 그 배려도 없다는 것과 안전부에서 보너스가 내려왔다고 하는데 아무런 소식이 없다는 것을 이야기하였다. 그랬더니 이사장은 얼굴을 찡그리며 '얼마를 주면 돼~' 하면서 보너스에 대한 언급은 없고 마치 없는 돈을 만들어 주는 식으로 이야기하는 것이었다. 순진한 우리는 얼마를 달라고 할 정도로 똑 부러질 말을 하는 데에는 익숙하지 않아서 임금약속을 지켜달라는 것과 시간외 수당을 이야기하였다. 그랬더니 몇 달 분을 주면 좋으냐고 하여서 5개월분을 달라고 하였더니 그것 다 받으려 하느냐 세 달 분이면 되지 않아? 하면서 혼잣말로 이야기하였다. 그리고 다시 '시간외 수당을 꼭 다 주어야 해?'하면서 재차 다짐을 하니 다들 입을 다물었다. 이렇게 하여 항목 항목을 점검하면서 얻은 성과는 석 달 분의 시간외 수당과 보너스 일부는 약속을 받았으나 원래 약속한 임금을 받아내는 데는 실패하였다. 그렇지만 움직일 것 같지 않는 이사장 얼굴에서 얻어낸 것이라 다들 생각 밖이라 생각했다.

그러나 전체적 성과를 평가한다면 당연히 받을 것을 다 주장하지 못 한 것이다. 승패를 이야기 한다면 임금 조정에서 많이 밀린 것임에는 틀림없었다고 자평하고, 승리한 점이 있다면 권위주의적 계층에 저항을 한 번 했다는 것이다.

협상을 마무리 짓고 나서는 이사장은 황급히 집무실에 들어가서 총무부장을 긴급히 불렀다. 이어서 '어제 사모님께 오늘 부로 이사장직을 그만둔다고 말씀드렸습니다. 사모님도 승낙을 하셨습니다.' 그러면서 직원에게 지불할 금액 지침서를 전달하였다. 명세서에는 시간외 수당 몇 달 분과 보너스 몇 %와 기타 격려금을 적시한 메모였다. 이 말을 들은 총무부장은 깜짝 놀랐다. 갑자기 떠난다고 하니 다음 이사장은 누가 올까 은근히 걱정이 되었다. 자기가 이 자리에 온 것은 현 이사장이 발탁하여 온 것이다. 그러니 기관장이 바뀌면 자기 신분이 어떻게 변할까가 걱정이 되었다. 이윽고 이사장은 부장들을 불러 모아 마지막 인사를 하고 점심때가 넘어서 홀연히 남산센터를 떠났다. 직원 전체에게 인사도 없고, 언제 다시 들리겠다는 남긴 말도 없이 떠난 것이다. 유진은 떠나가는 뒷모습을 위층에서 내려다보고 인생무상을 느꼈다. 그렇게도 당당하던 사람이 권력을 놓으며 떠나는 어께 처진 뒷모습을 보니 쓸쓸하기도 하였다.

두 여인

이로 인해 다음날 이사장은 남산센터를 떠나고 이사장 자리는 공석이 되었다. 이제 우리들은 마음이 더 무거웠다. 그래서 순수한 마음을 담은 결정체를 만들기 위해서 자체 친목회를 결성하기로 하였다. 전체 모임에서 이 안건은 일사천리로 통과되었다. 회장은 유진이가 선출되었다. 이런 과정을 통해서 남산센터 안에는 연구 친목회라는 새로운 파워 조직이 생겼다. 회사의 기존 조직의 일부를 무시하고 자발적인 마당을 만들어서 나머지 인적 마당까지도 흡수하여 회사를 음에서 움직인다는 것은 어찌 보면 아주 기형적인 형태로 보일 수도 있었다.

상승된 유진의 위치를 인지한 눈치 빠른 상관은 그의 앞에서 먼저 고개를 숙여 인사할 정도가 되었다. 언제 인사이동을 당할지도 모르니 조심할 수밖에 없었다. 더불어 그는 뭇 직원으로부터 존경을 받았고 일부는 영웅이라는 칭호로도 회자되기도 하였다. 일개 시골 풋내기가 짧은 시간 안에 가장 높은 상관을 제거하였기 때문에 지도력이 대단하다는 것이다. 이러한 나날을 한 달을 보내고 나서 용달로부터 신임 이사장이 부임하였다는 이야기를 들었다. 그동안 내부 반기에 의해서 격동의 과정을 겪었기 때문에 앞으로 신임 이사장은 어떻게 이끌 것인가? 그래서 신임 이사장의 추이에 대해서 신경이 쓰이지 않을 수 없었다. 가장 중요한 것은 신임 이사장이 온건파냐 강경파냐이다. 만일에 강경파라면 또 한 번 우리가 시달릴지 모른다는 생각이 들었기 때문이다.

신임 이사장은 부임하고부터 취임인사를 하지 않고 보름 동안은 오전에 2층 이사장실을 나와서 엘리베이터를 타고 맨 위층에 갔다가 거기서 한 층 한 층 각층의 시설 및 직원의 근무태도를 살펴보는 것으로 오전 일과는 끝났다. 이사장은 유진의 근무실에 와서는 유달리 시간을 길게 보내면서 이런저런 것에 대하여 물어보았다. 그는 처음에는 관심이 있어서 그런 줄 알았는데 나중에 알고 보니 반항의 주동자라 동태를 살피기 위한 것이다.

신 이사장이 부임하고부터 이사장의 동향을 살필 겸 혜은과 데이트 기회를 엿보기 위해서 그녀의 근무실을 방문하였다.

"혜은 씨! 아시다시피 그동안 정 이사장을 축출하고 뒷정리를 위해서 정황이 없었습니다. 그동안 어떻게 지내셨습니까? 인사 올립니다."

엉뚱한 방문 인사에 혜은이는 깜짝 놀랐다.

"어머! 깜짝이야! 왜 그리 정중한 인사를 다 하십니까?"

하면서 혜은은 웃으며 친절히 맞이하였다. 이제 성공한 거사의 영도자가 몸소 들리니 더더욱 대단해 보인 모양이다. 그러면서

"그런데, 오늘은 유진 씨 웬 일이세요?"

"오늘 모처럼 자료실에 들렀습니다. 다들 잘들 있었습니까?"

"옆에 사람이 같이 인사를 하였다. 다들 잘 있지요. 얼굴 뵙기 힘드네요."

"뭘~ 격정의 소용돌이가 쳐서…. 지금 밖에서 교육학 책을 찾아보니 재미있는 표현이 하나 있습니다. 한 번 읽어보시지요."

이렇게 서두를 꺼내면서 조금 전 읽었던 부분을 펴서 읽어보도록 하였다. 그녀는 즉시 한참을 읽고 있었다. 그리고 나서

"재미있네요. 유진 씨는 학문적 재질이 많은 것 같네요…."

그런데 책 읽는 사이 주변을 둘러보니 어떤 남자가 저쪽 의자에 앉아 있었다. 예감이 이상했다. 전에도 가끔 서로 이야기하는 것을 본 일이 있는데 상당히 혜은과 친한 것 같았다. 그런데 오늘도 다시 보이는 것이다. 누구냐고 물었더니 같은 학교에 선배이며 직원으로 들어왔다고 하였다. 이 말에 그는 깜짝 놀랐다. 실망한 표정으로 그곳을 나왔다. 괘씸한 것은 유진이 회장인데 그에게 인사를 시키지 않았다는 것이다. 이것은 분명 혜은이가 서로 만나기를 원하지 않는 꿍꿍이수가 있는 것이란 생각이 들었다. 그래서 그는 둘 사이에 맺어진 관계가 이미 있는가 싶어서 과감히 그녀를 잊기로 하였다. 나중에 알고 보니 그의 이름은 김정인이며 직급이 우리보다 높다고 하였다. 이 이야기를 들으니 가슴이 덜컥하였다. 그래서 아래층으로 내려갔다.

착잡한 마음으로 계단을 따라서 아래층인 미술부를 들렀다. 12층은 필순이 근무하고 있었다. 필순은 늘 마음속에 두고 있는 여성 중 하나로 미술에 대해서 관심 있는 부분을 물어보기도 하였다. 또한 친목회 회원의 돌아가는 정보를 얻기도 하였다. 사실 지금은 혜은과 필순을 가슴으로 저울질 하는 상대였다. 그래서 오늘은 위층에서 짜증 난 것을 이곳에서 풀어보자고 방문한 것이다.

"회장님! 어찌 오늘은 연락도 없이 들리셨습니까?"
"위층에 들렀다가 생각이 나서 잠깐 들렸습니다."
"위층에는 누구를 만나러 갔습니까?"

그는 잠시 머뭇거리다가 즉답을 회피하고 말을 다른 곳으로 돌렸다.

"회원들에 대한 무슨 특별한 소식은 없습니까?"

"없습니다. 그런데 분석실에 있는 숙인 씨는 결혼 때문에 떠난다고 하던데요."

"아~ 그래요? 나는 곁에 있으면서도 처음 듣는 소식인데요."

그는 이 소식을 듣고 깜짝 놀랐다. 그리고는 곧 대수롭지 않게 생각하며 미술에 대한 관심사를 물어보았다.

"콜라주를 많이 들어보았는데 콜라주가 무엇입니까?"

"콜라주(Collage)는 프랑스어로 '풀칠한다'란 뜻으로 질이 다른 여러 가지 헝겊, 비닐, 타일, 나뭇조각, 종이, 상표 등을 붙여 화면을 구성하는 기법입니다. 그러나 보통은 신문이나 잡지의 사진을 오려 붙이는 것이 가장 일반적인 방법입니다."

듣고 보니 신기하다는 생각이 들었고 그것이 어떻게 미를 창조하는 것인가에 대해서는 갸우뚱거려졌다. 우리는 수채화, 유화 정도만 알았는데 이런 영역이 있는 것을 듣고서 무식한 사람은 그것도 예술이냐 라는 생각이 들 정도였다. 그리고 화실을 둘러보며 미술 도구로서 붓, 물감, 팔레트 도화지, 파스텔, 콩테, 나이프 등을 관찰하고 마카라는 것도 살펴보았다. 미술에 대해서 무관심하게 지내왔으니 이런 것도 있구나 하면서 어떻게 보니 다양하고 신기하다는 생각이 들었다. 드로잉 하는 책이 있어서 인체 장면을 한 장 한 장 넘겨보니 드로잉을 공부하고 싶은 욕망마저 들었다. 필순 씨에게 한참 강의를 듣고 창칼 형 조각도가 있어서 이를 기념으로 달라고 하였더니 손수 골라서 하나를 꺼내주었다. 필순은 조각도를 달라고 하니 의아하다는 생각을 하였다. 그러나 그는 태연하게 포켓에 넣고 필순의 얼굴을 자세히 살펴보았다. 오늘따라 참다운 미인은 따로 있다고 생각하고 위층에서 흔들렸던 마음을 가라앉혔다.

오늘도 교양이 될 만한 많은 것을 배웠다. 그는 가끔 이런 식으로 용무거리를 만들어서 각층을 둘러보고 다른 전공자의 세계를 받아들이며 서로의 마음과 공감대를 만들어 나갈 결심이다.

양 선생과 협의

그러고 얼마 후 그가 근무하는 사무실에 여자연구사 하나가 부임을 한다고 하였다. 얼마 전에 퇴직한 여직원 후임으로 부임한 것이다. 그녀의 이름은 박선영이고 소식통에 의하면 그녀의 오빠는 서울특별시 부시장이라고 하였다. 대단한 고급 공무원의 집안이었다. 아침 출근은 부시장 차로 출근을 시켜준다는 것이다. 당시로는 관용차로 출근한다는 것은 대단한 화젯거리로 출근하는 당사자의 권세를 남의 눈에 띄게 하는 일이다. 박선영을 직원에게 소개하는 사람은 연구부장실에 근무하는 현석 친구가 맡았다. 일차로 그의 방에 와서 인사를 시켰다.

"안녕하세요. 박선영입니다."

"예, 김유진입니다. 같이 근무하게 되어서 반갑습니다."

"모든 업무가 서투르니 잘 지도편달 해주시기 바랍니다."

"보아하니 대단히 명랑하네요. 그렇지 않아도 오신다는 이야기를 듣고 마음의 준비를 하고 있었습니다. 사용할 책상은 이 쪽 책상이 좋을 것 같습니다."

그녀는 낯 설은 자세로 그를 유심히 바라보면서 머뭇거리고 있었다. 그는 처음 만난 사람의 마음을 편하게 하기 위해서 대화거리를 만들어야 했다.

"생물학을 전공하셨다고 하였지요? 그리고 P대학을 나오셨다면서요?"
"예 그렇습니다."
"이곳은 자유자재로 자기 개발을 하는 곳이라고 보면 됩니다."
"자- 그러면 이제 다른 층 직원들도 현석 선생이 안내할 터이니 돌아보고 오시지요."

이렇게 하여 현석 선생은 층층을 따라 인사를 시켰다.
그리고 얼마 있다가 남자 직원으로 양 선생이 하나 보충 되었다. 그는 신임 신 이사장 친척 이고 화학을 전공했다고 하였다. 연령은 그의 연배로서 이곳은 분석실이고 바깥은 장비실이라고 설명을 했다. 이렇게 현황을 설명하고 그는 이사장 친척이라 특별히 신경을 써서 가까이 하려고 노력하였다. 처음에는 신임 이사장의 친척이니 감시 받을 거라 생각했는데 그런 기미는 보이지 않았다. 그는 이를 역이용하여 회사의 발전에 도움이 되는 제안을 하기로 하였다. 둘이는 가끔 직장 돌아가는 상황에 대해서 이야기를 나누었다. 양 선생은 생각보다 점잖은 성격이고 그가 현황을 설명하면 거의 긍정을 하고 들어주는 편이었다.
그는 시간이 흐름에 따라 입사할 때와 다르게 인생관이 서서히 달라짐을 느낄 수 있었다. 처음에는 유학을 간다고 생각을 했는데 포기하게 되었다. 연구소가 잘 되자고 총대까지 메고 앞장서서 반기를 들었는데 이제 와서 뒤로 빠질 수는 없었다. 최소한 이에 상응하는 임무가 남았기 때문이다. 이렇게 생각의 방향이 바뀌고 결혼 문제도 어떻게 해결하여야할 지를 생각하니 마음은 심란하였다. 그래서 오직 이곳에서 오지랖을 넓혀서 장래에 대비할 생각을 하였다. 이곳에서 스스로를 개발하고 이 분야에서 인정해 주는 사람이 되고 싶었다.

그래서 짜낸 것이 연구소 전체를 부러워할 만한 직장으로 바꾸는 것이 필요하다는 생각을 하였다. 지금까지 연구소는 왜 매너리즘에 빠졌는가를 생각해보니 부장들의 생각이 다 콩 밭에 있기 때문이라고 생각을 하였다. 정신도 썩었지만 일할 의욕이 없고 뒷주머니만 생각하는 것 같았다. 그 한 예로 건립 단계에서 많은 부정을 해서 애사심이 해이해 졌다고 믿게 되었다. 이것은 비록 그의 생각만이 아니고 근무하고 있는 많은 사람의 생각이었던 것이다. 그는 틈만 있으면 양 선생에게 조심스럽게 현재 연구소가 돌아가는 분위기를 자세히 설명하였다. 직장 내부 문제를 이야기하다가 마침내는 내부 인적 구조조정이 필요하다는 이야기를 내 비치기도 하였다. 금기시 되는 사항까지도 끄집어내었던 것이다.

인적구조 조정이란 것은 부장급 간부를 교체하는 것을 뜻한다. 이런 큰 꿈을 꾸고부터 둘은 자주 같이 연구소의 구조조정에 대해서 활발한 대화를 나누었다. 그래서 가끔 저녁에 양 선생을 앞세워서 돈암동에 있는 신 이사장 자택을 찾아가서 현황 설명을 하기도 하였다. 그러던 어느 날 그는 간단한 선물을 들고 양 선생과 같이 이사장 집을 방문하였다. 그는 이사장을 찾아가기 전에 참고 자료로 일차적으로 직장 조직 개편에 대해서 도표를 만들어갔다.

"이사장님 방문 드립니다."

"아~어서 와. 자리에 앉아."

"예."

이렇게 간단히 인사를 하고 유진과 양 선생 둘이는 연구소에 대한 건설적인 여러 이야기를 하며 그 반응을 조심스럽게 타진하였다. 잘못 이야기하다가는 당돌하다는 인상을 받을 수 있기 때문이다. 그러면서 조직 개편에 대해 만들어 간 자료를 내 보이며 '지금 있는 6명의 부장은 모두 무능하고 깨끗하지 못합니다, 모두 교체되어야 한다.'고 이야기하였더니 이를 들은 이사장의 표정은 갑자기 달라졌다. 나름대로 조직은 야생조직과 온상조직이 있다고 하면서 제시한 내용을 들은 채 하지 않았다. 순간 그는 아찔하였다. 잘못 이야기 한 것 같아서이다.

그리고 얼마간 있다가 연구소에 갑자기 인사태풍이 몰아 닥쳤다. 이러한 분위기를 안 그는 이제 드디어 개혁이 시작되는구나 하고 생각하면서 일체의 모든 것을 비밀로 함구하고 인사결과를 주시하였다. 이런 와중에 부장 모두가 교체가 되었는데 관리부장 만은 인사 태풍을 예측하고 아부를 잘 하여 자리를 유지할 수 있었다. 집에 찾아갔을 때 이사장이 딴청을 부린 것은 이사장이 결심을 하기 위한 사전 숙고 기간이 필요했기 때문이다, 라는 생각이 들었다. 인사태풍이 일어나자 사내는 야단이었다. 그러면서 이곳저곳에서는 뒤 배경을 추측하기에 바빴다.

이런 인사태풍이 있고 가장 예민하게 받아들인 사람은 다름 아니 혜은이였다. 혜은은 얼마 전에 한 선배를 질투심을 유발하기 위해서 같은 방에 두었지만, 그 이후로 달라진 것은 없고 오히려 유진과 거리만 멀어졌다. 그러던 차에 인사 태풍이 일어나니 그의 능력이 대단하다는 것이 다시 평가되었다. 역시 놓치기에는 아까운 청년이란 생각이 들었다.

'직장이 설립 된지 얼마 되지 않았는데도 두각을 나타내며 동분서주 하고, 끊임없는 아이디어로서 뉴스를 만들어 언론에 주목을 받기도 하니 분명 놓쳐서는 안 될 인물이야. 그러나 그 정도로 자존심을 꺾고 유인 했는데도 모른 척만 하고 적극적인 면을 보이지 않았지. 나의 대화술이 부족 한가 미모가 부족한가 생각하니 은근히 화가 났다. 그러나 언젠가는 유진 씨는 내 품에 다가오겠지…. 자기가 무슨 독불 장군이라고…. 배길 수 있나?' 그녀는 이렇게 다짐을 하고 때를 기다렸다. 유진은 항상 친목회를 갖거나 야유회도 분기별로 개최해서 결속을 시키는 노력을 게을리 하지 아니하였다. 모임을 자주 하니 상대편의 성격을 파악하기도 하고 사적 환경도 파악할 수 있었다. 그에게는 눈에 들어오는 여직원이 몇이 있었지만 전체를 이끌어가자니 처신에 조심하였다. 조금만 누구를 좋아한다더라 하고 소문이 나면 리더십을 잃을 것이란 생각했기 때문이었다. 그렇게 몸을 사리다가 보니 결혼은 자꾸 미루어지게 되었다. 그런데 친구 현석은 커피 시간을 가질 때나 다른 기회가 있을 때 툭하면 그를 치켜세우곤 하니 알게 모르게 유진에 대한 인기는 항상 올라만 갔다.

이렇게 청춘을 구가하는 중 한 번은 퇴근 시간이 되어서 용달이는 필순과 함께하는 자리에 유진이도 불러냈다. 자리를 같이 하러 간 곳은 남대문 시장의 한 허름한 술집이었다. 필순은 신입사원 환영회 할 때 용달 곁에 앉아 있었으며 용달이 꺼내 보인 손수건을 직접 만들어 선물한 사이다. 그리고 그때 주변 사람들은 둘 사이가 장래를 약속한 사이로 다들 알고 있었다. 그러한 사이인데 둘이 있어야 할 자리에 같이 가자고 한 것은 좀 이상하다는 생각이 들었다. 우리는 셋이서 식사를 하고 용달과 그는 술을 거나하게 하였다. 필순은 술을 별로 할 줄 모르지만 우리들의 대화를 관심 있게 들으면서 맞상대가 되어주었다. 그런대 용달과 대화하는 내용을 들어보면 둘 사이는 그렇게 친밀하게 보여 지지 않았다. 필순은 용달이가 결혼 의사 표시가 없다고 기대를 하지 않는 눈치를 엿보였다. 한 마디로 오랫동안 같이 다니기만 했지 약속을 해주지 않았다는 것이다. 이러한 틈바구니에서 유진은 가끔 문학적 시어(詩語)를 섞어가며 필순의 아름다운 마음을 칭송하였다. 그랬더니 필순은 서서히 그에게 관심을 가지기 시작하였다. 사실 전부터 그녀의 태도로 보아 이미 유진에게 마음을 두고 있다는 것을 그는 감지하고는 있었다. 그러나 그가 혜은에게 마음을 두고 있었다는 사실은 아무도 모르고 있었다. 그래서 내심으로 오늘 두 사람과 대화에서 끼어드는 것이 은근히 부담이 되기도 하였다. 그러나 최근 서로 호감을 가지고 있다는 것을 느끼고 나니 뻣뻣한 혜은 보다 필순이 낫다는 생각을 가지게 되었다. 오늘따라 서서히 그녀에게 빨려 들어가고 있으니 스스로도 모를 일이다. 셋이 헤어질 때는 유진 보고 달용과 술 더 하지 말라고 큰 소리로 말리기도 하였다. 유진은 필순이가 적극적으로 말리니 달용과 따로 자리를 더 하지 못하고 셋은 헤어졌다. 자리를 하지 말라는 표현을 쓰는 것을 보면 유진을 생각하고 다른 이야기를 못 나누게 하는 배려가 있다는 생각이 들었다. 셋의 모임에서 헤어지고 나니 필순에 대한 얼굴이 눈에 아롱졌다.

이러한 갈등의 흐름 속에서 오늘 셋이 만나서 일어났던 이야기는 그의 머릿속은 온통 흩으러 놓았다. 갈수록 사랑의 두 연못에 빠져드는 것 같았다. 이를 어떻게 벗어난담.

혜은과 불쾌했지만

이렇게 두 여자를 두고 갈등을 하는 사이에 자료실 보조 여직원 영희가 저녁을 먹고 싶다고 하면서 슬쩍 웃었다. 그는 자료실에 있는 혜은과 과거에 자주 외부에서 만났고 지금은 직원이 되었다가 사직한 정인 사이의 관계를 캐고 싶어서 그렇게 하자고 하였다. 그러면서 명동에서 만나기로 하였다. 같이 식사를 하고 술도 하였다. 그녀는 소주도 잘했다. 이곳에서 둘은 2차로 호프집에 가서 대화 시간을 갖기로 하였다. 호프집에서 둘이 마주 앉아 맥주를 시켰다.

"유진씨! 나 말하고 싶은 비밀 하나 있어요."
"뭔데?"

그러면서 핸드백에서 담배와 라이터를 꺼냈다. 그는 이 모습을 보고 혼겁을 하였다. 어린 여자가 담배 피우는 것은 상상도 할 수 없을 때이기 때문이다. 잠시 깜짝 놀라다가 곧 끽연을 모른 척 하고 있었다. 그랬더니,

"유진 씨! 약속해요. 직장에 아무한테도 이 이야기하지 마세요."

"걱정하지 말어."

"유진 씨! 혜은 언니 좋아하지요?"

"왜 갑자기 그런 말을?"

"감추지 말아요. 다른 사람들은 몰라도 나는 다 알아요."

"그래 이야기 해 봐."

"자료실에 자주 오는 남자 있지요. 친구라는 남자 말예요."

"그런데 얼마 전에 발령 받고 근무를 두어 달 하다가 사직한 사람 말이지. 정인이인가 하는 사람."

"맞아요. 어떻게 된 경위인지 모르지요."

유진이는 무슨 비밀인가 싶어서 귀가 쫑긋해서 들었다.

"그들은 Y대학교 선후배 사이인가 봅니다. 둘이는 친하게 지내다가 어떻게 되었는지 새로운 이사장한테 언니가 아양을 떨어서 정인을 추천하여 입사했습니다. 언니의 미모에 정인은 말려들었고 또한 언니의 애교에 신 이사장이 발령을 내 준 것입니다. 그런데 정인은 혜은이가 이야기를 이 직장이 좋다고 하여 취직하였는데, 막상 와보니 혜은이가 좋아하는 다른 사람이 직장 내에 있다는 것을 알았습니다. 그는 다른 사람이 아닌 오빠 유진 씨입니다. 그러자 김정인은 배신당한 것을 알고 매일 술로서 세월을 보냈습니다. 그러다가 견디지 못하고 퇴사를 한 것입니다. 왜 그런지 아세요?"

"모르겠는데."

"혜은 언니는 잘 살고 귀족적인 생각을 갖고 있습니다. 오직 유진 씨만 기다리고 있어요."

"음 그랬었군? 그런데 자기가 나한테 프러포즈하면 안 되나? 그렇게 콧대가 높나?"

들어보니 괘씸했다. 이 이야기를 듣고 그도 혜은을 공격 하고 싶
었다. 그런데 생각해 보니 혜은 만의 잘못도 아니다. 잘못은 쌍방
이다. 결론적으로 궁합이 맞지 않는다는 뜻이다. 더 두고 볼일이
다. 영희의 이야기를 듣고 나니 기분이 심란하였다.

화가 치민 유진은 며칠 있다가 퇴근길에 혜은에게 필동 다방에
서 차 한 잔을 하자고 하였다. 혜은은 한껏 자존심을 지키다가 결
국은 승낙을 하였다. 퇴근 후 우리는 다방에서 직장 내부에서 돌
아가는 일에 대해서 대화를 나누었다.

"신임 이사장은 어떻게 보아요?"
"미남형이던데요."
"낚시를 취미로 갖고 있다고 하던데요?"
"그래요? 같이 따라가 보았나요?
"얼마 전에 초평저수지 간다고 할 때 따라가 보았습니다."
"낚시 재미를 보았나요?"
"도시(都市) 낚시는 처음이라 장비도 없이 낚시 바늘만 사서 맨 몸
으로 갔지요. 놀러가는 셈 치고 말입니다. 그런데 사실은 어릴 때
낚시를 좋아했지요. 어릴 때 낚시는 나뭇가지를 꺾어다가 나무 끝
에다가 실을 매서 하는 방법입니다. 나는 그렇게 생각하고 따라가
서 낚시한 것입니다. 참 멍청했지요."
"다른 사람들은 보니까 긴 낚싯대를 가지고 가던데요. 나 보고
뻥 치는 것 아닌지요?"
"아닙니다. 사실대로 이야기 한 것입니다. 정말 하나도 몰랐어요.

좀 더 이야기 할 터이니 들어보세요."

"뻥 좀 들어볼게요."

"하하하~ 나 보고 '뻥! 뻥!' 소리하지 마세요. 진실입니다. 버스에 내려서 보니 다들 준비물이 복잡했어요. 나는 낚싯줄만 준비했거든요. 그리고 낚싯대는 미루나무를 꺾어서 사용했지요. 나는 그렇게 해도 된다고 생각했지요. 사실 어릴 때 조그마한 웅덩이에서는 해 보았지만 큰 저수지는 처음이거든요."

"조금 이해가 갈 듯하네요."

"남들이 낚시하는 대(臺)에 타니 나도 낚시하는 대를 탔지요. 그리고 열심히 낚았지요. 그랬더니 남도 못 낚는 대어를 낚았지요."

-하하하-

"그것도 믿기 힘드네요."

"아닙니다. 그래서 주위에서는 한 바탕 웃음바다가 되었지요. 낚싯대 가지고 못 잡았는데 부지깽이 가지고는 잡았다는 것입니다."

"그래서 고기는 어떻게 했나요."

"올 때 남에게 주었지요. 그리고 집에 와서 혼이 났습니다. 짧은 낚싯대로 들었다 내렸다. 하니 온 몸이 무리가 온 것이지요. 결국은 몸살이 났습니다."

"그것도 뻥인 것 같은데요?"

"하하~ 나는 뻥을 모릅니다. 오직 진실만을 압니다."

"믿어 두겠습니다."

다방에서 한참 재미있는 이야기를 하고 그는 남산을 한 바퀴 산책을 하자고 하였다. 그랬더니 밤이 늦다고 하였다. 억지로 손목을 잡았으니 마지못해 응하는 것 같이 하다가 손목을 풀었다. 며칠 전 영희가 이야기한 사실은 얼굴 표정에서 전연 느끼지 못했다. 대단히 당돌하다는 생각이 들었다. 오늘은 우선 다른 이야기를 하면서 시간을 보내고 나중에 가슴을 털어놓고 이야기해 보려 생각하였다.

"지난주에 동생 동익이 하고 송도 해수욕장에 갔는데 그날 이야기를 하지 않던가요?"

"이야기 들었어요. 준비해온 조개를 온 식구가 잘 먹었어요. 많아서 작은 어머니도 나누어 주었어요."

"바닷가 모습에 대해서는요?"

"서해 바다가 멋있다고 해요. 그리고 갯벌에 있는 갯지렁이랑, 우묵한 곳에 남아 있는 여러 가지 생물도 재미있게 보았다고 해요."

"우리 언제 그쪽으로 여행을 떠나가 볼까요?"

"…"

혜은은 답을 하지 않았다. 처녀가 총각과 같이 멀리 떠나는 것은 아직 이르다고 생각한 것 같았다. 그래서 그는 혜은을 생각해서 다음에 데이트 신청을 하기로 하고 남산의 여름 풍경에 대해서 대화만 하였다. 그동안 사이가 껄끄러운 것이 당최 풀리지 않았기 때문이다. 아직 라포르가 성숙되지 않는 것이다. 다음 기회에 다시 시간을 만들고 싶었다. 결국은 혜은을 만나 분위기 반전을 시키려는 계획은 언변이 모자라서 포기하고 굴복을 한 셈이다. 우리는 동대문서 아쉽게 헤어졌다. 영희에게 들은 이야기는 다음에 적당할 때 반격할 자료로 사용하기로 하였다.

필순과 백운대 등정

때는 한참 더운 여름이다. 그는 번민을 풀기 위해서 고민 고민하였다. 그러다가 헤어나기 위해서 그는 힘이 빠진 채로 계단을 슬슬 올라가서 필순 사무실을 찾아갔다. 필순은 그의 갑작스런 방문에 깜짝 놀라서 어지럽게 널려 있는 책상 위를 정리하느라 분주했다. 조각품을 만든다고 사방이 어지럽게 흩어져 있었기 때문이다. 그래도 혜은 보다 필순이가 친근감이 더 있어서 좋았다.

"어서 오세요. 왜 오늘은 기분이 심산한 것 같네요."
그는 인사를 받는 둥 마는 둥 멍하니 창밖을 내다보았다. 그렇게 한참을 있다가
"바깥에 녹음이 아주 진하게 깔려 있네요."
"예. 그래요. 무엇을 그리 생각을 하시나요."
"…"

그렇지 않아도 필순은 지난번에 용달과 같이 만나서 헤어진 이후에 내 마음을 몰라주나 하면서 기다렸지만 아무런 방문이 없어서 섭섭했던 참이었다. 그렇게 생각하던 차에 지금이라도 찾아오니 반갑기 그지없었다. 그는 방에 들어서자마자 필순이가 반가워하고 홍조를 띄는 모습을 보니 그도 모르게 마음이 눈 녹듯이 풀렸다. 필순은 재스민 차 한 잔을 대접하여 주었다. 유달리 향기가 진하고 그윽했다. 의자를 내어주어 자리에 앉았다.

"너무 뜸하게 찾아뵈어서 죄송합니다. 필순 씨!"

"유진 씨가 나를 찾아올 때가 다 있었네요."

"죄송합니다. 마음은 있었지만 조용한 시간이 없어서요."

"아직도 처음에 만났을 때 보여 준 손수건을 갖고 싶나요?"

"아직 잊지 못하고 있지요. 웨딩드레스 입을 때는 받을 수 있을 라나요? 무작정 기다릴까요?"

"어머나! 그 때는 이미 늦지요. 내가 지금부터 준비를 할게요. 만들자면 공이 많이 들어요. 그런데 아이디어가 마땅하게 떠오르는 것이 없어서 생각 중이었어요. 너무 부담이 되어서 그런 거 같아요."

그는 이 말을 듣고 깜짝 놀랐다. 필순 씨가 생각보다 훨씬 마음 깊이 새겨놓고 있는 것 같았기 때문이다.

"필순씨! 화제를 바꿀까요?"

필순은 화제를 바꾼다고 하니 약간 쌜룩하였다. 서로 로맨틱한 내용을 이야기하고 싶었던 모양이다.

"이번 주 토요일에 백운대 등산을 가면 이때요?"

"누구랑 가요?"

"필순씨 친구 하나와 내 친구 하나 두 커플이 가지요."

"그거 좋은 아이디어인데…. 그래 가요. 우이동 입구 그린파크에서 만나요."

우리는 토요일이 되어서 우이동에서 만났다. 필순 친구 하나와 내 친구 나 이렇게 두 쌍이 팀이 되었다. 우리 두 쌍은 서로 인사를 나누고 백운대까지 오르기로 하였다. 그의 친구는 고향 친구로 음악에 조예가 있었다. 백운대는 높이가 836m인 백운대를 정점으로 북쪽으로는 인수봉과 남쪽으로는 만경대가 서로 삼각의 뿔 모양을 이루고 있고 자연이 신비하고 웅장한 자태를 뽐내는 명산이다.

우리 넷은 우선 도선사 광장을 갔다. 이곳에서 약수를 한 컵 마시고 하루재로 올라갔다. 우리는 올라가면서 세상 돌아가는 이야기며 친구 이야기로 꽃을 피웠다. 그리고 그는 필순의 손목을 잡고 즐겁게 고개를 넘었다. 필순이도 몹시 즐거워했다. 서로는 내일이라도 웨딩 데이가 될 것만 같은 숨찬 하루였다. 고개를 넘어가니 제법 땀이 흘렀다. 그리고 백운대피소에서 한참을 쉬면서 인수봉 바위를 쳐다보며 구경도 하였다. 인수봉의 신비함과 암벽 산악인의 아슬아슬함도 감상하였다. 이렇게 하여 최고봉인 백운대에 오르니 천지가 다 내 것 같았다.

다리를 건널 때 학교 다닐 때 친구와 조마조마하게 겁을 내면서 다리를 건너던 기억이 났다. 이곳에서 서울 시내 풍경을 한참 감상하고 우리는 서서히 하산을 하였다. 등산을 하면 하산할 때가 더욱 즐겁다. 나는 하산할 때 콧노래를 불렀다.

"필순 씨 내가 지금 무슨 콧노래를 하는지 아세요?"

"흥이 나니까 중얼거리는 거지요."

"따라해 봐요. '어떤 바보가 산 사나이를 미친놈이라 불~렀오~그러나 산 사나이는 웃으며 산에 가요~자 합창으로~'"

"어떤 바보가 산 사나이를 미친놈이라 불~렀오~ 그러나 산 사나이는 웃으며 산에 가요."

우리는 이렇게 합창을 하면서 즐겁게 내려왔다. 세상의 행복을 온 가슴에 앉고 있는 것처럼. 저녁때가 되어서 우리 넷은 우이동 입구에서 뒤풀이를 하였다. 음악 하는 친구가 한 곡조를 불렀다. 그와 필순은 지긋이 음악 감상을 하였다. 역시 전공한 사람은 노래솜씨가 다르다는 것을 느꼈다.

즐거운 시간을 보내는 가운데 그의 마음은 은근히 필순에게 쏠리기 시작하였다. 필순과 헤어질 때는 볼에다가 살짝 키스를 하였다. 필순은 놀라서 얼굴이 홍조가 되었다. 이것으로 필순에 대한 사랑을 대신 표시한 것이다.

백운대의 정취도 시간이 흐르면서 흐려져 갔다. 그러다가 보니 그것 또한 더 큰 번민을 가져왔다. 그가 바라는 것은 천사 같은 여성이 내 품에 안기는 것을 최고의 행복이라 생각했기 때문이다. 이들 중 그가 하나에게라도 당돌 하게 프러포즈를 했으면 하고 생각했다. 하지만 만일에 거절당한다면 지조가 있어야 한다고 생각하는 지라 잘못하면 자존심에 치명적인 타격이 있을 거라 생각하니 그런 방법도 선택할 수가 없었다. 그래서 프러포즈를 받기를 원하는 맹꽁이 정도를 벗어날 수 없는 순진파라 할 수 있다. 그동안 그가 태어나서 작은 성공은 했지만 흙 속에서 울고 이류인생에서 울었던 터라 지독히 한심스러웠던 존재였던 것이다. 그는 내부적으로는 불의에 저항하고 갑질에 복수하고 영웅심에 도취되고 싶었던 것이다. 그러니 결국 가정적이지 못한 자기중심적 생각을 가지게 되었고 이웃 봉사에 대해서는 훈련이 안 된 두더지 정도가 되었다. 남이 칭송하는 영웅은 헛 영웅이라는 생각이 들었다. 그리고 보니 참다운 영웅은 참으로 아름다운 여자만이 유혹할 수 있고, 그런

여자를 강제로 탈취할 수 있는 사람이 참다운 영웅이라는 생각이
들었다.

이사장 저택에서 송년회

그는 혜은에 대한 생각에 사로잡히다가 세월이 흘러 어느덧 단
풍은 땅에 떨어지고 나무는 앙상하게 되었다. 12월이 들어서자 찬
바람이 불기 시작하고 몸은 움츠러지기 시작했다. 남산은 음산한
빛으로 덮이고 금년도 이달로 끝나는구나 하고 생각하니 모든 것
이 무상함을 느꼈다. 이러한 분위기에 휩싸여 그는 올해 처음으로
멋진 송년회를 개최하여 행사의 별미를 혜은에게 보여주고 싶었다.
멋지고 기억에 남는 연말을 만들고 싶었다. 멋있는 송년회를 갖기
위해서 여러 모로 구상한 결과 신임 이사장 집에서 회식을 갖는
것이 좋을 것 같았다. 최고 기관장 집에서 행사를 주선할 수 있는
능력을 보여줌으로서 혜은에게 영웅적 면모를 보여주고 싶었다. 그
래서 큰 마음먹고 이사장한테 가서 올해 송년회를 이사장님 집에
서 하자고 하니 쾌히 승낙을 하였다. 날짜는 징글벨 소리가 들리
는 12월 24일로 하였다.

오늘은 이사장 집에서 송년회를 하는 날이다. 그가 어려운 큰 행
사를 성사시켰으니 다들 기대를 갖고 즐거운 회식시간을 기다렸
다. 모임 시간이 다 되어서 이사장 집에 들어서서 주변을 살펴보니
정말 큰 저택이었다. 거실 넓은 방에는 가구가 잘 정돈되어 있었
다. 밖에는 저녁때부터 눈이 조금씩 내리기 시작했다. 시간이 흐를

수록 눈은 더 많이 내렸다. 시간이 되니 이사장 집에 20여명 정도가 모였다. 그런데 복장을 살펴보니 혜은이만이 한복을 입고 나와서 뭇 사람들의 시선을 끌었다. 그도 이 우아한 모습을 보고 얼빠진 채 한참을 곁눈 구경을 하였다. 그리고 곁에 가까이 가서 인사를 하고 자리를 같이 하였다. 거실에 음식이 차려지고 우리는 음식을 들기 시작했다. 회식이 한창 진행되면서 기관장의 즐거운 입담에 우리는 시간가는 줄 모르고 흥미 있게 들었고 곁에 있는 사람끼리도 친교를 가졌다. 다들 다사다난한 한 해에 대해서 한 마디씩 하였다. 그러면서 이사장이 직접 술 한 잔을 권해주기도 하였다. 이야기를 나누는 중에 그는 연신 혜은의 얼굴을 훔쳐보며 연정에 도취되었다. 그는 혜은이 곁에 있으니 더욱 마음이 흐뭇하였다.

즐거운 회식을 끝내고 문 밖을 나오니 밖에는 백설기 같은 하얀 눈이 마당부터 덮여 있었다. 발이 푹푹 빠질 정도였다. 문을 나와서 오른 편으로 걸으면 넓은 광장이 펼쳐진다. 넓은 광장은 바로 로터리 거리였다. 회식 시간에 완연히 변한 세상을 보면서 전부 다 '우와!'하고 탄성을 지르기 시작했다. 아직도 눈은 내리고 있었다. 그리고 각자는 '바이! 바이!' 인사를 하고 택시나 버스를 타고 흩어지는데 혜은이만은 바로 집으로 가지 않았다. 그래서 소매를 잡으면서 택시를 잡아 주려고 하였더니 저쪽에서 택시를 잡겠다고 하면서 건너편으로 혼자 갔다. 가더니 이리저리 눈을 밟고 택시를 잡으려고 하면서도 막상 택시를 잡지 않는 것이다. 그는 떠나는 모습을 보고 가려고 하였는데 그녀 혼자 오가니 멀리서 멍하니 서서 그 모습을 지켜볼 수밖에 없었다. 그녀는 자기의 모습을 그의 눈에 띄게 하기 위해서 이리 저리 왔다 갔다 하고 있는 것이다. 마치

희귀종 나비가 하얀 눈 위에서 날라 다니는 것 같았다. 그는 전봇대 뒤에 비켜서서 그 모습을 보면서 한참을 감상하였다. 그의 눈앞에서 더구나 눈 위에서 춤을 추니 그 황홀경을 놓칠 수 없었기 때문이다. 혼자 한참을 오가다가 결국은 그녀는 택시를 잡아서 떠났고 그제야 그는 자기 정신으로 돌아갔다. 그녀는 오늘 자기 특유의 발레의 솜씨를 연출하기 위해서 애썼던 것이다.

그런데 필순이는 이 모습을 멀리서 숨어서 끝까지 훔쳐서 바라보았다. 혜은이와 유진이가 진하게 가까운 것을 알았다. 며칠 전에 백운대 등산도 그녀만을 생각하지 않고 무게를 재는 행위로 보았다. 마음은 점점 억제할 수 없는 상태가 되었다. 그래, 다음에는 그녀가 적극적으로 가슴을 열어서 도전해야 되겠다는 생각을 하였다.

남이섬 야유회

다음 해 봄이 되었다. 쌀쌀한 긴 겨울은 지나고 냉이가 푸르게 돋아나는 계절도 지났다. 그런 계절의 변화 속에 신년 초의 바쁜 일을 열심히 하다가 늦봄이 되었다. 이번에는 야유회 장소를 남이섬으로 정하였다. 이곳을 목적지로 정한 것은 남이섬의 유래가 조선 세조 때 병조판서를 지내다 역적으로 몰려 28세로 요절한 남이 장군의 묘가 선착장 인근에 조성돼 있어 남이섬으로 명명되었다는 역사적 사실 때문이다. 또 하나는 이 섬은 청평댐이 생기면서 수위가 올라가서 강 가운데 섬이 만들어져 생겨났으며 이로 인해서 경치가 빼어났기 때문이다.

이곳을 야유회 장소로 정한 또 다른 이유는 분위기가 낭만적이며 경치가 좋다는 소문이 자자하다고 하여 여자 직원이 선정을 하였기 때문이기도 하였다. 당일 필요 음식 준비는 구내식당에서 마련하였다. 특히 유진을 잘 따르던 주방장이 밤이 늦더라도 식자재 준비와 요리를 준비하겠다고 하였다. 그는 요리사 주방장 혼자서 요리하는 동안 적적하지 말라고 옆에서 일이 끝날 때까지 지켜주었다. 아무리 주방장이 일한다고 하지만 말로 부탁하고 홀로 퇴근할 수가 없었기 때문이다. 준비가 끝나니 음식 가지 수가 많았고 맛이 좋아 전체적으로 풍성하다는 생각이 들었다.

이윽고 이튿날 회사 버스로 남이섬을 향했다. 그도 이곳은 처음이며 다들 경치가 빼어났다고 하여 잔뜩 기대를 가지고 있었다. 인솔자로서 나이가 든 총무부장이 탔다. 우리는 젊은이끼리 갔으면 좋았을 걸 하면서 생각했는데 느닷없이 연장자인 총무부장이 합석을 하니 조금은 부자연스러웠다. 더구나 총무부장은 이사장 직속이며 자질한 보고가 올라갈 것이라는 생각 때문에 부담이 되었다.

들뜬 마음으로 북으로 가는 한강 변은 경치가 빼어났다. 북으로 갈수록 새로운 풍경이 나타나기 시작하는 것이다. 경춘가도를 가는 도중에 강의 풍경도 그렇지만 산의 풍경도 우람하여 우리는 이에 매료되어 자주자주 탄성을 질렀다. 11시경이 되어서 남이섬에 도착하였다. 사방을 둘러보니 낯 설은 지형이라 다들 기대가 잔뜩 차 있었다. 이곳에서 배를 타고 남이섬으로 들어갔다. 남이섬으로 출발하는데 주방장이 배를 타려다가 좀 늦어서 못 탔다. 늦게야 이를 안 우리는 배를 후진하여 태우려 하는데 너무 성급히 배가 닫기 전에 배에 올라 강에 빠져 하마터면 큰 사고가 날 번 하기도 하였다. 야유회 책임자인 유진으로서는 사뭇 아찔할 수밖에 없었다. 주방장은 다행이 온 몸이 물에 젖어서 배에 올랐지만 다친 곳은 없어서 다들 걱정을 풀었다. 배를 타고 가면서 남이섬을 바라보니 녹음이 우거져서 섬 경치가 참으로 훌륭하였다. 강 가운데 자리 잡은 작은 섬은 마치 신선이 사는 동네 같았다. 다들 처음 가는 곳이라 '와!' 하면서 처음 맞이하는 풍치에 감탄할 뿐이다. 섬에 도착하자마자 각자 잠시 자유 시간을 가졌다. 다들 숲 속을 거닐고 섬 둘레를 일주하며 주변 풍광을 열심히 감상하였다.

그런데 혜은이는 홀로 걸었다. 무슨 고민이 있는 것 같았다. 이 모습을 보고 유진은 말을 걸고 싶지 않았다. 아마 지난번에 혜은은 정인이 직장을 떠나고 나서 그 후유증에서 머릿속이 갈팡질팡 흐트러진 것 같았다. 이 일이 가슴에 걸린 혜은은 야유회를 끝마칠 때 까지 사뭇 강 건너 산 구경만 하며 홀로 고독한 시간을 가지고 싶었을 게다. 정인과 가까이 하여 질투심을 불러 일으켜서 보다 적극적으로 접근하도록 만들려는 것이 오히려 엉뚱한 부작용이 나타난 것이다. 그래서 이 즐거운 날에 혜은과 그는 서먹한 하루를 보내게 된 것이다.

그는 전체 분위기를 즐겁게 하기 위해서 필순과 다른 여직원이 한 조가 되어 같이 모터보트를 타고 강위를 날아 다녔다. 모터보트도 처음 타 보는 것이라 상쾌한 맛은 말로 표현할 수 없었다. 물살을 갈라내고 바람에 여성의 머리카락이 갈라지는 모습은 아주 멋졌다. 특히 배 머리에는 필순이가 타서 즐거워하는 모습을 보니 유진의 가슴도 더욱 흐뭇하였다.

남이섬을 뒤로 하고 서울로 돌아오는 길에 일행 중에 청평댐에 들러보자는 의견이 나와서 다들 '와-'하고 박수를 치기에 그렇게 하기로 하였다. 이런 분위기를 잘 잡는 사람은 역시 용달이었다. 용달이는 '그곳이 무척 아름다우니 가서 매운탕이나 합시다.'라고 하니 일동은 대찬성이었다. 그래서 우리는 청평댐을 건너서 꼬부랑길을 따라서 댐 중류 편으로 올라갔다. 강 양편에는 초록빛이 점령하였고 우리는 그 사이 길을 따라서 한참을 갔다. 가다가 청평 매운탕이라는 수상음식점에서 차를 주차시켰다. 산에는 아카시아 나무가 한들거렸다. 길옆에서는 여치 소리가 바람에 흘러갈 듯 말 듯 은은하게 들려왔다. 날씨는 생각보다 무더웠다. 버스에서 내리니 유진은 어쩐지 갑자기 마음이 울컥하여졌다. 갑자기 심한 외로움을 느낀 것이다. 그는 다들 먼저 수상 식당에 들어가도록 하고 뒷전에서 서서히 생각에 잠기면서 걸어갔다. 그러다가 그도 모르게 돌발적인 행위를 하고 싶은 욕망이 생겼다. 그 이유는 남이섬에서 밝지 못한 혜은의 표정이 떠올랐기 때문이다. 그 뿐 아니라 직장에 대한 불만이 쌓여서 무언가 폭발을 시키고 싶었다. 이러한 마음을 달래기 위해서 혼자 뒤에 남아 가게로 가서 소주 한 병과 오징어 한 마리를 사서 오른 쪽 계곡 중턱에 있는 외딴 집이 있는 곳을 따라서 홀로 묵묵히 걸어갔다. 마음은 아주 침울하였다. 외딴 집으로 갈수록 바람에 아카시아 나무가 심하게 하늘거려 마음은 종잡을 수 없는 상태로 되었다. 마음은 한 없이 소외됨을 느꼈다. 누구 한 사람 혼자 걷는 것을 알아서 뒤따라 왔으면 하는 바람마저 강열하게 가슴을 흔들었다. 한참을 가니 온 몸은 계곡에 묻히고 몸 전체가 아카시아에 묻힌 채 산으로 올라가 아무도 볼 수 없었다. 그러다가 누군가가 그를 부르는 소리를 기다렸으나 아무도 부르는 소리는 못 들었다. 그만큼 보이지 않는 곳까지 간 것이다. 굽이 길과 아카시아 나무가 소리를 막은 점도 있다. 저기 보이는 외딴 집에 가서 들고 간 소주 한 잔을 하고 싶었다. 한참을 숲 속에서 합창하는 여치 소리에 푹 빠져 묵묵히 걸어갔다. 한참 있다가 회원들은 유진이 모습이 없어진 것을 알고서 그를 찾기 시작했다. 그러나 아무리 보아도 회장이 보이지 않으니 용달이가 주변 사람들에게 물어보았다. 그랬더니 어떤 사람이 저 계곡을 따라서 홀로 걸어가는 것을 보았다고 하였다. 용달은 그 말을 듣고 오던 길을 뒤 따라서 산 쪽으로 올라갔다. 그의 모습은 아카시아 나무에 묻혔다 나타났다 하여 잘 보이지 않기 때문에 용달도 쉽게 발견할 수 없었다. 한참을 걷는데 어디선가 그를 부르는 소리가 들려왔다. 그는 이 외진 곳에 누가 찾아올 사람이 없다고 생각하고 홀로 계속 산언덕 집을 향했다. 그런데 시간이 지날수록 부르는 소리는 점점 가까이 오고 있지 않는가? 그래서 뒤를 돌아보니 계곡 길 숲 사이로 용달이 올라오고 뒤편에는 청바지를 입은 필순이가 따라 왔다. 유진은 이 모습을 보고 술기운에 마음이 지극히 흔들렸다.

"유진 씨! 이렇게 홀로 올라오면 어떻게 해요! 우리 내려갑시다. 밑에서 직원이 형님이 없다고 기다리고 있어요. 지금 직원의 마음이 흔들리고 있어요. 이러지 말고 내려갑시다."

그는 이 이야기를 듣고 위로에 감사하며 현실에 억하여 눈물을 왈칵 흘리면서,

"그래요? 잠깐 바위 위에 앉았다가 내려갑시다."하고 둘이서 바위 위에 잠깐 앉았다. 그러면서 "남은 소주를 나눠 마시고 갑시다."

하면서 둘이 나누어 마시고 내리막길을 향했다. 결국 외딴집까지는 도착하지 못하였다. 내려가면서 서로를 위로하며 눈물을 흘리면서 '저 강 건너 저 산을 보세요. 우리는 산 밑에 있는 길에 있습니다. 저 산 꼭대기에 오르자면 앞으로 많은 시련이 있을 것입니다.'라고 이야기하여 또 다시 눈물을 훌쩍이며 말 못할 현실에 대한 가슴앓이를 하면서 내려갔다.

내려가니 기다리던 동료가 너도 나도 '어디 있다가 이제 오느냐.'고 하면서 반갑게 맞이하였다. 그도 애써 마음의 평정을 찾고 아무런 일이 없었던 것처럼 표정을 관리하였다. 수상 식당 주변은 경치가 일품이었다. 저 멀리 산이 보이고 앞에 파란 물이 보이고 수상스키가 오가니 이곳에 별장이라도 갖고 싶은 생각이 들었다. 우리는 이곳에서 매운탕을 시켜서 즐겁게 시간을 보내는데 총무부장이 우리들을 보고 너무 시끄럽다고 간섭을 하였다. 그래서 여흥 분위기가 깨어지는 사태가 생기자 전부들 불만을 털어놓기 시작했다. 그래서 그는 리더로서 기가 죽기 싫어서 앞에 나서서 '임원들은 직장 운영을 너무 안이하게 하고 이사장은 장관자리만 생각하고 권위주의적'이라고 지도부에 대한 불만을 쏟아내었다. 이 말에 인솔 총무부장은 권위에 도전한다고 판단하여 화를 버럭 내며 우리를 청소년 다루듯이 무례하다고 나무랐다. 유진도 지지 않을세라 앞장서서 맞불을 놓는 자세로 대꾸를 하고 술김에 일어나서 곁에 있는 버드나무를 손바닥으로 치면서 '나에게도 파워가 있어!' 하면서 이제 출발하자고 채근하며 일어섰다. 우리는 기분이 처진 채 버스에 올라 서울로 향했다. 서울로 올라오는 길에 직원들은 긴 침묵을 지키다가 피곤해서 잠들어 버렸다. 이날 행사에서 유종의 미를 만들지 못한 것이 사뭇 걸렸다. 차에서 귀경할 때는 두 여인이 눈에 아른거려 더욱 마음의 갈피를 잡지 못했다. 경우의 수가 많기 때문이다.

필순과 이별

어제 유진이 총무부장한테 행패를 부린데 대해서 어떤 방법으로라도 징계절차가 있어야 될 것 같지만 그냥 넘어갔다. 그 대신 이를 고민하던 용달이 도의적 입장에서 자진해서 자기가 십자가를 진다며 사표를 내었다. 사실 사표를 낼 사람은 바로 유진이었다. 이사장은 사표를 받고 미련 없이 수리하였다. 그는 늘 붙어 지내던 용달 친구마저 떠났으니 허전하고, 슬프고, 막막하기만 하였다. 울적한 마음을 달래려고 대화를 나눌 사람을 주변에서 물색 하던 중 언뜻 머리에 떠오른 사람은 다름 아닌 연인 필순이었다. 며칠 전 혜은은 무슨 연유인지 시무룩하기만 하였다. 옛날 눈빛은 사라졌다. 그래서 돌아서는 결심을 할 지도 모른다는 생각이 들었다. 은근히 놓칠까 걱정이 되었지만 설령 그렇더라도 운명에 맞길 수밖에 없었다. 그러나 그에게는 대신 필순이가 있었다. 그는 필순에게 조마조마 하면서 어렵게 전화기를 들었다. 어디론가 바람을 쐬러 가고 싶었기 때문이다.

"필순 씨! 오늘 시간을 가졌으면 좋겠는데요."
"유진 씨! 오늘따라 웬 일이세요. 요사이 부쩍 나를 찾는다니 깜짝 놀랄 일이네요."

"오픈 행사 준비를 위해서 대화를 나누고 싶어서요."

"그러지요. 어디서요?"

"회현동 명지학교 아래쪽 언덕배기에 장미 다방이 있어요. 그곳에서 만나요."

둘은 회현동 장미 다방에서 만났다. 장미 다방은 산비탈 숲 속에 있어서 적막감마저 드는 곳이다. 둘은 조용한 곳에 자리를 잡았다.

"필순 씨 그동안 어떻게 지냈습니까?"

"잘 지냈지요. 얼마 전 남이섬 풍경은 대단하더군요. 장소를 아주 잘 잡았습니다."

"아~그렇습니까. 다들 만족하니 나로서는 무척 기쁩니다."

"유진 씨는 늘 역동적입니다. 선두에서 활동을 열심히 하고요."

"필순 씨. 처음에 이 회사에 입사하였을 때 내가 첫눈에 필순 씨에게 반한 것 아시지요?"

"유진 씨! 왜 가슴을 놀라게 하세요. 이제까지 무관심하다가…. 다시 가슴에 떠오르는 것이 있는 모양이지요."

"사실 평소에 관심을 가졌지요. 표현을 못했을 뿐입니다."

"…."

"필순 씨도 알다시피 엘리베이터나 출근할 때 만나면 내가 곁눈질을 많이 한 것을 모르셨나요?"

"어머~ 그런 말을…. 물론 그렇게 했다는 것은 알고 있었지만."

"내가 용기가 없어서 자주 들르는 것도 쑥스럽더군요. 그래서 업무가 조용해질 때까지 때를 기다린 겁니다."

"그런데 유진 씨는 왜 용감하지 못했나요?"

"조용한 때가 올 때까지 기다리느라 보니…. 그런데 조용하려고 하면 자꾸 새로운 일이 생기던데요."

"유진 씨는 혜은 씨를 마음에 두는 것 같이 보이던데요."

"아~ 그래요? 오해입니다. 업무상 그렇게 생각할 수 있을 때가 있지요."

사실 그가 두 여자 모두를 좋아했다는 것은 사실이다. 그동안 필순 씨는 조용히 그를 리드했고 혜은 씨는 적극적은 아니지만 얼굴표정으로 끊임없이 그를 유인한 점이 달랐다.

"우리 관심을 다른 데로 대화를 돌립시다. 우리 작년 연말에 동료 몇이 함께 본 러브스토리 감상을 이야기 해 볼까요? 일 년 전의 추억을 생각하면서 말입니다."

"그러고 보니 참 감동스러웠던 영화 말이지요?"

"그래요. 우선 줄거리를 한 번 훑어볼까요? 명문 부호의 아들인 올리버는 도서관에 갔다가 똑똑한 여성 제니를 만나는데. 그녀는 고집이 세지만 그래도 똑똑한 그녀와 사랑에 빠졌지요."

"맞아요. 어찌 기억을 다 하시지요? 현실이 아닙니까?"

"아니 어렴풀이 생각한 것인데 자료실 혜은 씨가 연상된다는 뜻인가요?"

"잠깐, 짚어본 것입니다."

"하지만 제니는 가난한 이민계 출신으로 둘 사이에 신분차이가 너무 심해 주위 사람들이 교제를 반대한 걸로 기억하는데요."

"나는 둘이 애써서 공부를 하여 변호사가 되었는데 살만하니 아내가 백혈병을 얻어 시한부 인생을 살게 된다는 것이 안타까웠어요."

그리고 잠시 차 한 잔을 하고 생각을 했다. 필순은 마침 겨울을 상상했다.

"그것도 감동적이지만 눈 오는 날 서로 뒹굴어 가며 사랑을 나누는 장면은 한 폭의 동양화 같았어요."

"미술 학도니 미술학도 다운 시각으로 보네요. 하하하…."

"그리고 때로는 풋풋하고 때로는 청순하고 때로는 활달하고 명랑한 성격의 연기를 잘 하여서 눈에 들어 왔어요."

"명 대화로는 '사랑은 미안하다고 말하지 않는다.' '나는 모차르트, 바하, 비틀즈 그리고 너를 사랑해'라는 말도 아름다웠지요."

이 대목에 가서는 필순이가 얼굴을 붉혔다. 자기를 사랑한다는 간접 표현이기 때문이다.

"나는 그 영화를 보면서 누구를 상상했는지 알아?"

"…."

여기까지 대화를 나누고 나니 필순은 순간 아무 말을 하지 않고 어두운 창밖을 내다보았다. 필순도 망서렸다. 지난번 백운대 등산 갈 때 어떤 프러포즈가 있을 줄 알았다. 오늘도 미지근한 태도를 보니 강열하게 포옹할 생각이 없는 모양이다. 지금 고향에서는 맞선보라고 하면서 직장을 그만 두고 내려오라고 야단이다. 이 남자에게는 인생을 걸 수 없다는 생각이 들었다. 그녀는 이미 노처녀로 접어들었다. 이렇게 무작정 시간을 보낼 수는 없었다. 주변 소문을 종합하면 혜은을 더 좋아한다는 말도 있다. 그리고 아직도 명확한 표현을 하지 않고 있으니 이제 결단을 내야했다. 시골에 내려가서 부모가 정해 준 남자가 마음에 들면 결혼하는 것이 현명한 길 같았다. 그렇게 생각하면서 고심을 하였다. 그리고 둘은 다방을 나왔다. 필순은 집에 가서 밤새 엎치락뒤치락하였다. 새벽에 겨우 잠을 조금 잤다. 아침 세수하고 크게 결심하였다. 그것은 다름 아닌 며칠 내로 사직서를 제출하고 고향에 간다고…. 이별이 아쉽지만 어쩔 수 없었다. 사실 키는 뒷 배경에 혜은이가 깊숙이 뿌리 잡고 있다는 것을 모르는 필순의 순진성이었다. 체감으로 그런 것을 느꼈지만 유진을 너무 믿었고 너무 빨려 든 것이다. 그리고 우선 결혼 적령기에 매달리다가 그 이상 참을 수 없어서 떠나기로 한 것이다. 어찌 보면 착한 필순이었고 사악한 게임을 피해간 필순이기도 하였다. 이것도 운명인가 보다.

그리고 며칠 있다가 필순은 갑자기 그의 방을 찾아왔다. 이제 사직서를 제출하고 떠난다고 하였다. 그는 예고 없는 그녀의 말에 머리가 멍했다. 갑작스런 그녀의 통보는 그에게 단단히 충격을 주기 위해서 작정을 한 것 같았다. 무언가 그 사이에 심경 변화가 크게 생긴 것 같았다. 그의 가슴에는 의지할 대들보 하나를 잃은 것 같았다. 그는 어떻게 인사할까를 생각하다가 결국은 제대로 된 인사도 하지 못하고 그녀의 뒷모습만 바라보게 되었다. 그녀는 문을 열고 계단을 내려갔다. 멍한 그는 뒤 따라 가지 않았다. 오늘도 가슴에 묻어 둔 여인이 떠나간다고 생각을 하니 억장이 무너지는 것 같았다. 그는 어디로 가야할까? 망연자실하여 창을 향하여 저 멀리 남산 꼭대기를 바라보았다. 이제 모든 것은 변하여 가는구나하고 생각하니 가슴은 한 없이 흔들리기 시작했다. 이제 그를 옹호하였던 동료는 하나 둘 곁을 떠났다고 생각하니 그의 어깨 힘은 점점 빠지기 시작했다. 왜 필순이 갑작스런 심경의 변화가 생겼는지 생각해 보았다. 즉흥적으로 생각나는 것은 얼마 전 혜은과 데이트를 한 것이 몇 사람에게 소문이 난 것이 문제된 것 같다는 예감이 들었다. 필순이는 그가 기둥이 될 수 있고 순정을 가졌다고 믿었는데 이제 보니 생각한 만큼 진실하지 않다고 생각한 것 같았다. 나아가서 자기에 대한 관심은 별로 없었고 혜은에게 관심이 있었는데 그러한 이면을 모르고 지금까지 헛 다리를 짚었다고 생각한 것 같았다. 그러면서 며칠 전에 둘이 만나서 대화를 나눈 것 중에 '사랑은 미안하다고 말하지 않는다.'라는 그의 표현이 가슴에 못을 박았는지도 모른다고 생각했다. 어쨌든 떠난다는 소식에 가슴이 철렁 내려앉았다. 그는 어차피 둘을 감당할 수 없는 사이, 이렇게 생각하면서 무덤덤하게 그녀가 이별의 여운을 남기고 떠나는 뒷모습만 바라보았다, 마지막 인사는 가슴 속으로 '잘 가세요.'라는 단 한 마디였다. '그래. 그녀와 처음 만나서 받고 싶은 것이 손수건이었지. 그런데 결국 손수건을 받지 못했지. 그리고 얼마 전 연말에 유행한 러브스토리 영화를 주제로 대화를 진지하게 나누었지…' 등 그녀와의 과거가 주마등처럼 지나갔다.

그리고 얼마 있다가 신순자가 미술 도구가 든 보따리를 가져왔다. 그녀는 연구소 초창기에 엘리베이터 걸로 취직을 하였다. 수원에서 야학을 담당하던 친구로부터 가정이 어려우니 남산센터 내에 취직을 부탁한다고 하여 그가 관리부 간부에게 부탁하여 취업이 이루어진 일이 있었다. 그녀는 유진이 보고 틈만 나면 오빠라고 하면서 애교를 떨면서 연구소의 돌아가는 각종 소문을 그에게 전해주었다. 그녀는 처음에는 엘리베이터 걸로 일했다가 승진이 되어서 필순 사무실 보조원으로 일했다.

순자가 가져온 보따리를 받고 풀어보니 각종 미술 도구가 있어서 그는 깜짝 놀랐다. 붓, 물감, 책자, 팔레트, 등이 들어 있었다. 순자는 '언니가 떠나면서 이 물건을 전해주라고 하였다.'고 하였다. 이렇게까지 이별의 선물을 줄 줄이야 꿈에도 생각을 하지 못했다. 잊으려고 하던 지난날이 다시 생각이 났다. 이 귀한 선물을 받으니 정신이 몽롱하였다. 그는 미술학도가 아니지만 이 귀한 도구를 기념으로 보관하기로 하였다. 서로 좋아한 것은 사실이지만 막상 이것을 전해 주니 이 선물은 어떤 의미일까? 혹시 까마득한 날에 부탁한 손수건을 만들어주지 못해서 대신 자기 손 때 묻은 모든 도구를 전해준 것은 아닐까? 더구나 이들 선물을 예쁘게 포장한 다음에 '앞으로 영원히 잊지 않겠다.'라는 말을 하면서 전해 주라고 하더라는 것이다. 떠난 사람이 그가 어려운 사람을 취직시켜 준 순자를 통해 전달하니 인연이란 바로 이런 건가? 하고 생각하니 더욱 마음이 흔들렸다.

혜은에게 맹세

남이섬 야유회 행사가 끝난 지도 제법 시간이 지났다. 필순이 회사를 떠나기 전에 혜은이와 대화가 있었다. 필순과 유진과 관계를 눈치 챈 혜은은 다시 정신을 번쩍이기 시작했다. 그러던 차에 에리베이터에 있는 유진이를 보고 다시 강렬한 눈빛으로 그를 끌어들였다. 유진은 혜은의 그런 눈빛에 잠시 잊었던 지난날의 아름다운 모습이 머릿속에 어른거렸다. 그러면서 그의 마음을 마음대로 주무르는 혜은의 휘둘림에 대해서 너무 시달려서 한 편으로는 역질투가 났다. 그런 점을 알면서도 눈빛에 끌려가는 스스로가 몹시 얄미웠다. 그래서 마음은 양 갈래 속에서 헤매게 되었다. 이래야 되느냐 저래야 되느냐, 그것이 문제였다. 혜은은 과감히 프러포즈를 하지 선정적인 눈살만 주는 데는 아주 질렸다. 아니면 데이트에 응해서 이것저것을 가슴 펴 놓고 대화를 하던지.

그래서 이번에는 담판을 내야 되겠다는 생각이 번듯 머리를 스쳤다. 큰마음을 먹고 충무로에 있는 팔레스 호텔 정문에서 만나자고 연락을 하였다. 혜은도 한 동안 그와 거리가 멀어서 걱정이 되던 차에 쉽게 받아들였다. 팔레스 호텔 곁 미아이 뷔페식당에서 식사를 나누었다. 식사를 하면서 궁금한 점을 물어보았다.

"지난 번 남이섬에 갔을 때 기분이 별로 좋지 않던데요?"
"그냥 자연을 홀로 감상하고 싶었을 뿐입니다."
"나도 대화를 나누고 싶었는데 영 기회가 오지 않던데요. 게다가 이목이 있어서 억지로 기회를 만들 수도 없고…. 전체 분위기를 이끌어 나가자니 시간 여유도 없었습니다."

그의 이야기를 들은 혜은은 무엇인가 번민에 쌓여 있는 것 같은 생각이 들었다. 보아하니 모처럼 만나자고 하여 놓고 화끈하게 프러포즈를 하지 않고 주변만 맴돈다는 생각을 하는 것 같았다. 그러던 중 얼마 전에 필순 씨가 선물로 준 조각칼이 주머니에 있다는 것을 깨달았다. 이 조각칼을 가지고 그의 일편단심을 표시하면 되겠다는 생각까지 미쳤다. 식사를 마치고 나와서 그는 일방적으로 오늘의 드라이브를 이끌 생각을 하였다. 여기서 뭔가를 보여주고 싶었다. 그도 화끈하게 프러포즈를 할 수 있다는 것을 보여주고 싶었다. 택시 정류장에서 말없이 택시를 기다렸다. 혜은은 그가 무엇인가 굳은 결심을 갖고 있는 것 같아 어디로 가느냐고 감히 물어보지 못했다.

한참을 기다리자 택시가 왔다. 둘은 말없이 택시 뒤편에 올랐다. 그는 반 지시조로 택시에 타라고 하였다. 물론 조용한 목소리로 이야기를 한 것이다. 혜은이 먼저 차에 오르고 다음에 그가 올랐다. 오늘 따라 명령조로 택시에 타라고 단호하게 이야기하니 혜은은 이제야 이 남자로부터 강한 표현이 있을까 하고 기대하였다. 그러나 한편으로는 기대를 하고 한편으로는 불안하다는 생각을 하였다. 택시에 앉자마자 '나를 따라가면 무사히 집에 도착할 것'이라 예고하고 택시를 출발시켰다. 그는 운전기사에게 오늘 내가 명령하는 데로 운전을 할 것을 부탁했다. 택시는 손님의 주문에 이런 일이 흔히 있는 일이라 생각했는지 당연한 것처럼 받아들였다.

"혜은 씨! 지금부터 내가 거미줄을 치니까 그렇게 아세요. 거미줄은 해롭지 않는 거미줄입니다. 운전사 아저씨! 우선 3.1 고가도로로 올라갑시다."

"…"

"동생 공부 잘해요?. 얼굴 보니 공부 잘하게 생겼더군요."

"…"

혜은은 아무 말이 없었다. 택시가 고가도로를 올라가니 서울 시내 야경이 한 눈에 들어왔다. 운전기사는 묵묵히 운전만 하였다. 3.1 고가도로가 끝나는 지점에서 그는 다시 지시를 하였다.

"성북동으로 갑시다."

유진이 일방적으로 방향을 정하니 혜은은 걱정이 되면서도 설마 자기를 해치기야 하겠는가 하는 생각을 하였다. 그리고 그녀는 오늘 일이 어떻게 될 것인가가 사뭇 궁금했다. 혜은은 그의 기세에 눌려서 어디로 가는지를 묻지도 못하고 혼자 서울 시내의 찬란한 불빛만 바라보고 묵묵히 침묵을 지키고 있었다.

"기사님! 저기…. 아리랑 고개로 갑시다."

이 말에 혜은은 눈이 번쩍이고 고개를 돌렸다. 고개 저쪽 언덕에 보이는 반짝거리는 동네가 자기 집이기 때문이다. 그런데 자기집 방향으로 갈 줄 알았는데 왼쪽 스카이웨이를 따라서 택시가 올라가니 시큰둥하였다. 혹시나 나쁜 거미줄에 걸린 것은 아닌가 싶은 생각을 한 것 같았다. 택시 기사가 알아서 스카이웨이로 방향을 튼 것이다. 혜은이는 궁금해서 겨우 한 마디 물었다.

"어디로 가세요?"
"나만 따라가면 됩니다. 걱정 마세요. 스카이웨이로 갑니다."

혜은은 따라오라고만 하니 마음은 더욱 불안해졌다. 그녀가 과거 질투심을 불러일으키기 위해서 정인을 끌어들인 연극 때문에 미안해서일까? 아니면 얼마 근무 하지 않아 떠난 정인에 대한 미련을 상상하는 걸까? 하여튼 다른 외적 사정이 있는 것 같았다.

"스카이웨이서 내려 본 서울의 야경은 아름답지요?"
"…."
"혜은 씨는 나를 너무 못 알아주는 것 같아요."
"…."
"혜은 씨가 너무 자존심이 강한 것은 아닌가요? 지난 번 이재일 친구와 같이 저녁에 명동에서 데이트했지요? 그것도 나를 질투심을 일으키기 위해서지요? 그날 저녁 그 친구가 내 방에 와서 같이 만났거든요? 그날 일어났던 이야기를 잘 들었습니다. 동네 정릉에서 차 한 잔 하였다면서요? 물론 '나에게 사랑하는 사람이 있는데 그 사람이 지금 고민에 빠져 있다'고 말했다면서요?"

이 말에 혜은은 깜짝 놀랐다. 친구와 데이트한 내용을 그날 그로부터 생생히 들어서 다 알고 있다는 생각이 들어서이다. 처음에는 비밀에 감추어졌다가 먼 훗날 되어서는 알리라 예측하고 있었는데 당일 알았다니 얼굴은 홍당무가 되었다. 그러나 하필이면 그날 저녁 그와 친구 둘이 한 방에서 만나서 자세한 대화를 나누었으리라고는 생각도 못했다.

"그리고 혜은씨 추천으로 신규로 발령받은 김정인과 같은 방에서 책상을 맞대고 근무하였는데 왜 일찍 그만두었나요? 발령도 대리급이던데요? 그것도 질투심을 유발하기 위한 것은 아니었나요?"

이 말에도 혜은은 또 한 번 놀랐다. 이에 대해서 그녀는 그럴듯하게 답변할 내용이 생각나지 않았기 때문이다. 그리고 자신이 한 남자의 가슴에 질투심을 불 질러 고통을 안긴 상황이 백일하에 들어났기 때문이다.

"불쾌합니다."
"…"
"위의 두 사례는 나를 뇌쇄(惱殺)시키기 위해서 만든 연극이 아닌가요?"

"왜 불쾌한 이야기만 해요! 그것 밖에 할 이야기가 없었나요?"

그녀의 한 마디에 가슴이 뜨끔하였다. 결국 여자를 다루는 솜씨가 그 정도냐는 것이냐라는 것이다. 그래서 준비한 조각칼을 가지고 퍼포먼스를 해 볼 작정이다.

"기껏 그렇게 밖에 말 못하십니까? 무슨 말을 할 줄 모르나요? 내가 이 언덕길에서 구르기라도 해야 하나요? 조각칼은 미(美)를 위한 도구입니다."

"…"

"내 손에 조각칼이 하나 있어요. 이 칼로 자해(自害)하고 맹세를 해야 믿으시겠습니까?"

이 말에 혜은은 멈칫 놀랐다. 유진의 손에 쥐어 든 날카로운 칼로 무슨 짓이라도 할 것 같았기 때문이다. 유치하지만 이런 방법으로 혜은에게 그의 결심을 보여주면서 어느덧 스카이웨이 정상 팔각정에 올랐다. 그는 오르막까지는 혜은을 굴복시키고 사랑의 맹세를 보여주기 위해서 기분 상하게 이야기를 하였지만 내려가면서는 마음을 달래기로 작정을 하였다. 우선 팔각정에 택시를 대기시켜 놓았다. 혜은의 마음을 풀기 위해서다. '우리 생맥주를 한 조끼합시다.' 하면서 혜은 씨를 안내하여 위층으로 올라갔다. 그런데 계단을 올라가는데 따라오는 속도가 좀 느릿하였다. 그는 이 모습을 보고 스카이웨이를 올라올 때 심리 상태가 잔뜩 떨려있다는 것을 짐작할 수 있었다. 그러면서 '간단히 맥주 한 조끼만 하고 내려갑시다.' 라고 다시 이야기하면서 마음을 안심시켰다. 드디어 둘은 서울 시내가 보이는 창가에 마주 앉아서 생맥주 대신에 맥주 한 병을 시켰다. 한 병을 두 컵에 나누어 마셨다. 혜은이가 마시는 모습을 보니 창밖을 내다보고 무언가 심각하게 생각하고 있는 것 같았다. 이제야 늦게 이 남자가 부드럽게 접근하고 있음을 다행으로 생각하고 있구나 하고 생각하는 것 같기도 하였다. 독촉을 몇 번 하였더니 마지못해서 맥주 컵을 들더니 '오늘 내 생전 처음으로 많이 마셨다.'고 하였다. 그리고 조금 있다가 혜은은 슬그머니 계단을 내려갔다.

그는 화장실에 잠깐 들리는 줄 알고 잠시 기다렸다. 그러나 한참을 기다려도 올라오지 않았다. 은근히 걱정이 되어서 아래로 내려갔다. 혜은은 주차장에서 무언가 기는 것처럼 두리번거리고 있었다. 그래서 무엇하고 있느냐고 물었더니 공중전화를 찾고 있다고 하였다. 그 말에 의심이 갔다. 오가는 택시를 타고 집으로 도망가고 싶은 마음을 가졌는데 빈 택시가 없어서 기회를 못 잡은 것 같았다. 혜은의 이런 행동에 대해서 그는 속이 조마조마했다.

그래서 손목을 붙들고 2층으로 다시 올라갔다. 조금 앉았다가 아무래도 분위기가 어색해지는 것 같아 둘은 금새 내려와서 주차시킨 차를 타고 자하문으로 내려갔다. 오를 때는 코스가 제법 길었는데 내려올 때는 거리가 짧아서 금방 내려올 수가 있었다. 내려오면서 너무 사랑하기 때문에 과격했다고 하면서 잘못을 빌었다. 그러나 그녀의 자존심은 이를 받아들이지 않는 모양이다. 올라오면서 너무 모욕을 당했는지 내려갈 때는 아무리 달래도 아무 대꾸가 없었다. 이번에는 운전기사에게 중앙청 앞을 지나도록 하였다. 밤은 깊었다. 밤이 깊으니 삼청동 공원 조용한 곳에 있는 여관으로 가서 이야기를 나누자고 하였다. 그러면서 그는 어차피 집에 가는 버스가 끊겨 여관 신세를 져야 한다고 둘러 되었다. 혜은은 무척 얼떨떨하여 수동적으로 뒤따랐다. 그는 주인에게 방 둘이 필요하다고 하였다. 방에 들어가서 냉장고서 맥주를 꺼냈다. 한 잔을 권하니 마음이 격했는지 연거푸 잘도 마셨다. 어느 정도 서로 술이 취했을 때 둘은 자기도 모르게 서로 포옹을 하였다. 새벽이 되자 둘은 여관을 나섰다. 그는 정릉 그녀의 집까지 안내를 하였다. 새벽에 다방 불이 켜져 있었다. 등산객을 위해 연 것이다. 그는 차에서 내리면서 차를 한 잔 하자고 하였는데 혜은이는 택시에 내리자마자 '횡~' 하고 뒤도 돌아보지 않고 자기 집을 향해서 떠났다. 가면서 이런 매너는 처음 본다는 독설 하나를 남기고 떠났다. 유진은 골목길을 따라서 떠나는 그녀를 멍하니 한참을 바라보았다.

혜은은 지난 새벽에 그에게 반강제로 안겼더니 설 잠을 잤다. 같이 술을 많이 마셨더니 정신은 휘황한 상태가 된 것이다. 그녀는 새벽에 집으로 들어가서 지난밤의 사건을 어머니한테 이야기를 하지 않았다. 단지 친구를 만나서 시간이 늦었다고만 이야기 한 것이다. 그녀는 어머니에게 나 오늘 직장에 안 나갈래. 나가면 위층에서 뛰어내릴 것만 같다고 하였다. 어머니는 심각하게 받아들이지 않고 그렇다면 오늘 하루 결근하라고 하였다. 그러나 무슨 생각이 있었는지 혜은은 권유를 뿌리치고 출근을 하였다. 사무실에 나와서 창밖을 내다보면서 혼자 묵묵히 산과 경치를 내다보았다. 하루 종일토록 말이 없었다. 그녀는 지난밤을 묵묵히 회상하였다. 정사는 무슨 일이 있었나 싶어서 말을 건네지 않았다.

어제는 나의 자존심을 짓밟는 것 같아 분노가 치밀었지만 이제 생각을 해 보니 그는 나를 아주 좋아했어. 그리고 나도 오랜 동안 그를 사랑했어. 이제야 사랑을 고백하고 싶지만 내가 먼저 말하기는 내키지 않거든.

혜은은 오후 내내 침묵하다가 오후 늦어서야 정자에게 말을 걸었다.

"나 있잖아! 유진 씨를 이해할 수 없어."
"왜? 유진 씨가 너를 좋아하는 것 같은데."
"좋아하는 것은 틀림없어. 그런데 왜 결혼하자는 말을 하지 않지?"
"아직 때가 안 된 모양이지. 아니면 앞뒤를 재는지도 몰라."

혜은이는 지난 일을 생각하고 싶지 않았다. 그래서 혜은은 마음에 품은 속 내용을 정자한테 이야기하고 싶지 않았다. 혜은이는 스스로 사랑을 고백하고 싶지만 마음이 허락하지 않아. 단지 스스로 간직하며 때를 기다리고 싶었다.

결국 이별

유진은 혜은과 스카이웨이를 다녀오고 하루를 쉬었다. 너무 긴장되고 큰 일을 저질렀기 때문이다. 가랑비 내리는 아침에 포장마차 집을 찾아서 술잔을 놓고 곰곰이 생각해 보았다. 지난날의 역사는 그녀가 만들어낸 나날이라는 생각이 들었다. 지난날을 더듬어 보니 이사장을 퇴진 시킨 일이나 부장을 해임한 것, 이 모든 것이 돈키호테적이고 자유분방한 마음이 만들어낸 것임을 깨달았다. 결코 그의 인격이 뒷받침 한 행위는 아니었다. 더 솔직히 고백하면 그의 약점을 커버하기 위해서 온갖 일을 저질렀다는 생각까지 들었다. 수많은 여성과 눈팅에 빠진 것도 같은 맥락에서 생각해 볼 수 있다. 그는 얼마 전에 휘숙이가 그의 성격을 잘 비판했다고 생각을 하며 과거 과오를 이제 정리할 때가 된 것 같았다.

그리고 며칠 있다가 혜은이 부서로 갔더니 혜은은 고개도 돌리지도 않고 홀로 창밖을 내다보고 있었다. 혜은의 마음은 심한 갈등에 사로잡힌 것 같았다. 그러면서 혜은은 남 못 지 않는 여걸인데 일개의 유진에게 강압적으로 당한 것을 심히 불쾌하게 생각하는 것 같았다. 다시 용기를 내어서 그녀의 방으로 가니 그녀는 방바깥 열람실로 나갔다. 그리고 혜은은 창가에 앉아서 먼 북한산을 쳐다보고 있었다. 그는 조용히 그녀 곁에 가서 앉았다. 그녀는 힐끔 보더니 오른 쪽 방향 창 가까이로 피해 갔다. 그는 묵묵히 또 뒤를 따랐다. 그러자 그녀는 입을 열기 시작했다. 그녀는 최후의 비장한 준비를 하고 있었다. 그는 그녀가 무슨 말을 할까 근심스럽게 쳐다보고 있는데 자꾸만 불길한 마음 쪽으로 기울어졌다. 한참 침묵이 흘렀다. 그러고 나서 그녀는 차분히 이야기하기 시작했다. 그녀는 좁은 문을 인용하였다.

"『좁은 문』 읽어보셨어요?"

"못 읽어보았습니다."

"『좁은 문』의 주인공은 제롬이라는 남자입니다. 그가 사랑하는 사람은 알리사입니다. 알리사의 여동생 쥘리에트도 제롬을 사랑했습니다. 제롬을 사이에 두고 자매 알리사와 쥘리에트는 괴로워하였지요. 이후 알리사는 동생을 위해 제롬을 멀리하였습니다, 결국 쥘리에트는 언니에게 제롬에 대한 사랑을 양보하고 나이 많은 사람에게 시집을 가 버렸습니다."

"…"

"제롬은 사랑하는 두 자매 사이에서 방황합니다. 나의 말뜻을 아시지요?"

그는 이 말을 듣고 멍멍하였다. 『좁은 문』을 읽지 못한 그로서는 무엇을 말하려고 하는지를 잘 모르겠으나 다른 여자와 교제한 것을 두고 하는 말인 것 같았다. 그러면서 혜은은 인생을 관조한 듯한 이야기를 하였다. 한참 뜸을 들인다.

"내가 호호 백발이 되었을 때 유진 씨는 나라는 사람은 보잘 것 없는 사람으로 생각할 것입니다. 그렇기 때문에 결혼 하자고 말하지 않았지요?"라고 이야기하면서 자기 방으로 들어가 버리고 말았다.

그는 도무지 감이 잡히지 않았다. 이제 떠난다는 건지, 나를 잊지 말라는 것인지, 그렇게 노력을 했는데 남자가 왜 강력한 리더십을 발휘하지 못한다는 건지 종잡을 수 없었다. 조금 있다가 그녀는 마지막으로 부탁한다고 하면서 자기 방을 나왔다.

"내가 직장을 떠나면서 결혼 때문에 떠난다고 거짓으로 말 할 터이니 유진 씨는 비밀로 알고 있으세요. 그러면서 어쩌면 진실이 될지도 모르겠습니다."

갈수록 아리송한 혜은의 말은 두고두고 숙제로 생각해 볼 문제란 생각이 들었다. 그렇다! 먼 훗날에 풀어보자. 사람의 일이란 언젠가는 서로 이어질 수도 있지 않는가…유진은 혜은의 그 말을 결별사로 받아드렸다.

이 만남을 끝으로 그는 그녀 곁을 떠났다. 그리고 사무실에 내려와서 멍하니 남산 꼭대기를 지나가는 파란하늘에 떠돌아다니는 흰 구름을 물끄러미 쳐다보았다. 청운의 꿈이 이루어지다가 무너지는 것을 느꼈다. 무언가 잘못된 것이 있는 모양이다. 그 후로 언제부터인가 그녀는 눈에 보이지 않았다. 사직서를 낸 모양이다. 인생 제 2막의 필요성을 느꼈다. 그는 그가 스스로 바보라는 생각이 들어 눈물이 주르륵 흘렀다.

오픈 회식 몽니

혜은과 장시간 밀당을 끝내고 나니 머리는 멍하였다. 그동안 얼어낸 진실이 하나 있었다면 미끼를 던졌으니 덥석 물라는 것이다. 괜히 미끼 근처서 이리 저리 재고 있는 것이 남아답지 못하다는 것이다. 하여튼 이러한 아름다운 생각도 이제는 저 멀리 사라진 것이다. 늘 혜은을 생각한 지난 3년이 주마등처럼 지나갔다. 그래도 미련은 있어서 미련 속에서 승화시켜가는 대는 한 달 동안 시간이 걸렸다. 업무도 손에 잡히지 않았다. 그가 앞으로 어떻게 방향을 틀어야 할지 감이 잡히지 않았다.

시간이 지나 오픈 기념일이 되었다. 직장에 정의를 세운다고 철없이 설친지 벌써 3년이 되었다. 지난 일들이 주마등처럼 머릿속에 깜박인다. 오늘이 오픈 기념일인데도 기쁘기는커녕 마음이 심란한 하루였다. 오전에 밖에서 정처 없이 돌아다니다가 근무지로 돌아왔다. 만나는 사람마다 '어디 갔다 왔느냐'고 근심 어린 심정으로 인사를 하였다. 그는 쑥스런 표정으로 잠깐 볼일이 있어서 나갔다가 왔다고 대답을 하였다. 오늘의 행사는 오픈 기념만찬으로 저녁에 스탠드 뷔페를 갖는다고 전해 주었다. 장소는 지하층에 있는 종합 홀이라 하였다. 그래서 그런지 구내식당에서는 음식을 준비하느라 오후 내내 분주히 움직였다. 드디어 만찬 시간이 되었다. 연회 시간이 되어서 입구 쪽에는 큰 식탁 세 개를 놓아서 직원이 빙 둘러서 사용하도록 하였다. 안쪽은 탁자 두 개를 두어 정보원 원장 내외, 비서관, 등 경와대 거물이 10명 정도가 앉았다. 그리고 직장에서는 이사장과 부장 몇 명이 앉았다. 만찬이 시작되었다.

홀은 바닥이 마루가 아닌 아코스틱으로 만들어졌다. 일반 바닥보다 좋다고 하여 미끄러지지 않는 재질을 일본서 수입을 하여 만든 것이다. 그러나 홀은 방음 기술이 미흡하여 대화를 하면 사방이 울려 대화에 불편을 주었다. 이윽고 건배를 하고 식사를 시작하였다. 건배는 직원끼리 하였고 정보원장 자리는 간단한 인사로 식사를 하였다. 출입문 안쪽에는 경호원이 배치되어 있었다. 화장실 가느라 외부로 출입문을 나서면 다시 못 들어오도록 통제가 되어 있었다. 그는 옆에 있는 동료와 몇 순배를 하고 옆 동료에게 샴페인 병을 힘껏 흔들고 병을 딸까? 하고 물어보았다. 그랬더니 동료는 그렇게 한 번 해 보라고 하였다. 그는 원장이 있는데도 겁 없이 샴페인 병을 힘껏 흔들고 뚜껑을 열었다. 그랬더니 펑! 하는 소리를 내고 거품이 넘쳤다. 이에 놀란 경호원은 문 가까이 있는 그를 손으로 집적거리더니 '살살하지 않고…'하면서 가벼운 목소리로 주의를 환기시켰다. 물론 상관은 한 순간 가슴이 철렁하였을 것이다. 이렇게 만찬이 시작되고 만찬을 끝낸 원장 내외는 곁 출입문을 통해서 빠져 나갔다.

이때부터 식사를 끝낸 사람은 하나 둘 빠져나갔다. 그는 최근에 울적한 상태가 연속으로 생겨서 그런지 오늘따라 곁에 남아 있는 사람에게 손에 잡히는 대로 술을 한 잔 씩 권하고 받았다. 술이 점점 올라갔다. 나중에는 직장에서 그를 건드릴 사람은 누구냐는 식으로 간이 잔뜩 부었다. 그러다가 울컥하여 한 순간에 식탁을 들러 엎었다. 그리고 곁에 있는 남아 있는 접시를 들고 바닥에 내동댕이쳤다. 그릇이 산산이 부서졌다. 먹다 남은 음식들은 바닥에 흥건히 깔려 있었다. 곁에 있는 사람들은 너무 놀라서 그런지 아무도 말리지 않았다. 사실은 그가 열심히 하였는데 그에 마땅한 대우를 못 받은데 대한 불만이 주원인이었다. 공적 원인도 있었다. 상관들은 직원 복지를 생각하지 않고 마음이 콩 밭에 가 있는 것이다. 그러고 한참을 있다가 심한 소란 소리를 들은 관리부 직원은 이사장실로 가서 보고를 하였다. 이사장은 보고를 듣고 퇴근하려다가 돌아와서 그가 저지른 것을 창 너머로 보고 하도 어이가 없어서 아무 말도 없이 퇴근하였다. 그가 당당한 위세로 한참을 흩뜨려 놓았더니 청소 아줌마가 뒷전에서 기다리다가 그가 누그러진 장면을 보고서야 청소를 하기 시작했다. 그제야 속이 후련해졌는지 그는 혼자 눈물을 흘리면서 계단을 올라갔다. 8층까지 계단을 걸어 올라갔다. 경비 빼 놓고 모든 사람이 퇴근하여 관내는 조용하였다. 아직도 억한 마음이 풀리지 않았는지 그의 집무실에 가서 철제 책상 서랍을 발로 심하게 밟았다. 몇 번을 밟았는지 모른다. 이렇게 한 바탕 화를 풀고 홀로 계단을 내려가서 유유히 사라졌다. 이것이 보스의 내리막길을 밟는 징조인가 보다.

아침에 자고 나니 머리가 깨어질 것 같았다. 사실 어제 한 일은 잘 한 것도 없었다. 단순히 스스로에 대한 화풀이일 뿐이었다. 일종의 영웅심으로 저지른 것이다. 영웅심으로 잘못을 덮어버리는 것이 젊은이의 특권이라고 생각할 시대의 이야기다. 아침에 정시에 출근을 하였다. 만나는 사람들은 아는지 모르는지 아무도 어제의 이야기를 하지 않았다. 어쩌면 알려져 있지 않아서 말을 안 한 지도 모른다. 그리고 이제 모든 행위는 실패한 놈의 짓이란 생각을 하면서 직장을 떠날 결심을 하였다. 먼저 부장한테 사퇴의사를 전달하였다. 그리고 일주일 안에 직장을 떠나기로 했다. 떠날 때까지 직원들 몇 명은 그래도 한 시대를 풍미했던 영웅이 마지막으로 떠난다고 성대한 회식을 해 주었다.

사실 떠난 직장도 희망이 없었다. 유진 혼자만 훌륭한 직장을 만들려는 기대에서 앞장섰을 뿐이다. 직원들은 일회용일 뿐이다. 그는 유종의 미를 거두지 못하고 직장을 떠나서 당분간 집에서 시간을 보냈다. 시표를 내고 집에 있으니 직장에서 긴 시간 동안 있었던 역사는 뇌리에서 쉽게 떠나지 않았다. 혜은은 그동안 그를 마음껏 골탕을 먹였다고 생각한 것도 사실 그의 생각이었다. 돌이켜보면 여성에 대해서만은 수영이 미숙하여 연정의 호수에서 헤엄을 제대로 못 쳐서 물거품만 내품었던 그였다.

그는 가끔 떠나버린 필순이가 생각이 났다. 같이 생활할 때는 몰랐는데 떠나고 나니 그녀의 빈 자리는 더욱 그리워졌다. 사실 그가 새삼스레 필순이를 생각한 것은 미술도구를 받고부터 회상해 보니 그 진실성을 알고부터다. 어쩌면 혜은의 그늘에 가려 필순의 가치를 제대로 평가하지 못한 점이 있는 것 같았다. 처음에는 그녀와 대화한 모든 표현은 그저 호감 가도록 하는 정도로만 생각했다. 그러나 이제 생각해 보니 깊은 마음을 담고 한 이야기들이 대부분이었다는 생각이 들었다. 이러한 생각들이 혜은이의 여성스러움과 비교하니 선택의 혼란은 더욱 헷갈려서 참다움을 잃었다는 것을 생각하니 견딜 수가 없었다. 지금까지의 유진의 삶의 역사를 간이 평가를 한다면 루저일까? 위너일까? 아니면 다른 무엇일까?

제2부

부동산 산업

다사다난(多事多難)

유진은 한동안 빈둥대면서 시간을 보냈다. 약 4년 가까이 직장에서 보냈던 아름다웠고 모험적인 사건들에 대한 생각이 영화 필름처럼 돌아갔다. 일이 손에 잡히지 않아 얼마를 빈둥대며 지냈다. 게다가 직장이 없으니 주변에서는 하자가 있는 남성으로 보았다. 다른 한편으로는 지인들도 다들 자기 살기에 바빠서 그런지 고등 룸펜이 된 그를 이제 쓸모가 없어졌다고 평가절하 했다. 인간의 가치가 떨어진 것이다. 일찍이 직장을 떠난 용달은 이미 결혼하고 아버지가 마련해준 아파트에서 행복하게 살고 있었다. 다들 빠져나가서 결혼을 했는데 유진이 혼자만은 가난한 노총각이 되었다. 혼자 보내면서 가치 없게 지내는 서러움을 이제야 알았다. 그래서 자주 술로서 시간을 보냈다. 고독을 달래는 약은 바로 술이었다. 그러면서 지난날을 생각해 보았다. 우선 생각나는 것은 헤어질 때 혜은이가 말한 것이 궁금하고 아리송하였다. '내가 호호백발이 되었을 때는 당신은 나라는 사람을 보잘 것 없는 여자로 알게 될 것이다.' 그리고 '직장을 떠나면 결혼 때문에 떠난다고 거짓으로 말 할 것이며 사실이 될 수도 있다. 지금 말하는 데 언젠가는 나의 이야기를 이해할 때가 있을 것이다.' 정말 미치도록 아리송한 말만 하고 떠난 그녀가 몹시 요괴스러웠다. 미래를 점쳤나?

그녀는 그가 잊지 않도록 하기 위해서 그녀의 초등생인 남동생을 그의 근무처 연구실에 자주 보내어 놀도록 하였지. 그는 올 때 마다 반가워서 정성을 다해서 학습을 지도하기도 하였지. 그는 그녀가 미래에 짝이 될 지도 모른다는 생각에 동생에게 정성을 다 하였다. 남동생은 응석을 부리면서 그에게 여러 가지 질문을 하였으며 필요에 따라서는 음료수도 사 달라고 하였지. 유달리 남동생이 착하게 보이기도 하였지.

또한 어떤 사람은 이곳이 문화영화를 제작하기에 좋은 시설과 소재를 갖고 있다고 하여 찾아와서 협조를 요청하기도 하였다. 문화영화란 20분 내외 정도로 학습할 수 있는 시청각 영화를 말하는 것이다. 감독 한 사람과 보조원 둘이 찾아 왔다. 이곳을 둘러보고 문화영화로 현미경 사용법, 분석기기 다루는 법을 촬영하였으면 좋겠다고 하여 협조를 부탁했다. 그래서 승낙을 하고 심혈을 기울여 원고를 작성하여 건네주었다. 이들은 마음에 든다고 하여 제작에 들어갔다. 여기에 주연으로 등장하는 사람은 혜은이 남동생인 동익을 선정 하였다. 그는 혜은과 연결 관계를 계속 하기 위하여 마침 기회가 왔다고 생각하여 감독에게 강력 추천을 하여 혜은이 남동생이 주연을 맡도록 하였다. 그럴 때가 아름다웠나. 용돈도 생기고.

이렇게 지난날에 얽매이고 현재 하는 일이 없으니 마침내는 장래가 따분하다는 생각이 들었다. 다른데 직장을 얻으려 하니 푼돈으로는 거대 우리 가정을 구제할 수 없었다. 마음만 조급해졌다. 이런저런 생각으로 빈둥거리고 있을 때였다. 그런데 기적이 일어났다. 어떤 초등학교 교장선생님이 어디서 들었는지 과학시설 전시장을 하는 데는 남산센터에 있는 유진이라는 사람이 최고 기술자라고 들었다고 하였다. 그렇지 않아도 교육청에서 특별 지시가 내려서 시설에 걱정하던 차에 기술자를 찾은 중이었다. 교장회의에 그를 불러 이 사업에 협조해줄 것을 당부 하였다. 들어보니 시설은 10개 학교에 학교마다 같은 아이템으로 시설을 한다는 것이다. 예산은 2억이다. 엄청난 돈이었다. 그래서 유진은 솔깃하여 협조 요청에 응했다. 마침 이러한 시설은 전국에서 처음이며 실적을 갖춘 업체가 없어 유진의 개인 실적으로 대체하는 편법으로 수의 계약으로 시설하자는 결정이 떨어졌다. 이렇게 결정이 떨어지고 나니 이제야 살았구나 하고 생각하면서 기쁨에 들떴다. 금방 거금을 벌어드린 것 같은 착각 때문이다. 그런데 커다란 공사를 하려니 돈이 없었다. 퇴직금은 일천만 원이었다. 약 7천만 원은 외부로부터 빌려야 했는데 마침 돈 있는 몇 친구와 지인을 찾아 협상하여 자금 협조를 얻어냈다. 협상 내용은 이익이 남으면 반분하며, 투자한 것은 차용금으로 하라는 것이었다. 이익이 남으면 나누고 밑지면 투자한 돈은 책임지라는 것이다. 불평등 약속이다. 자본이 판치는 세계에서는 어쩔 수 없이 불이익을 감수해야 되었다. 이런 조건을 들은 유진은 이거야 땅 짚고 헤엄치는 장사라고 얕 본대서 생긴 약조였다. 이재(理財)에 무지한 그는 실패를 염두에 두지 않고 급한 데로 밀어붙이니 문제가 생겼다.

이것이 자본주의의 속성이니 이에 굴하지 않는 것도 이상한 것이다. 하여튼 거대한 돈을 투자한 것을 성사한 것만으로도 스스로를 대단한 능력자로 생각한 오만에 빠진 실수를 범한 것이다. 그러나 공사 결과는 그는 엄청난 부채에 시달린 것이다. 사업을 시작하고 보니 사업의 생태계를 그는 너무 몰랐다. 우선 사업자 등록증이 없었다. 그래서 할 수 없이 주변의 조언에 따라 계약서류를 빌려 쓰기로 하였다. 그러자면 적당한 수수료가 들어갔다. 다음에는 검수가 까다로웠다. 나중에 알고 보니 뇌물을 줄줄 몰랐다. 뇌물 없으면 모든 것이 트집이다. 시설이 잘못됐다거나 서류가 하자가 있다며 온갖 서류를 준비시키는 데는 똥개 훈련시키는 것 보다 더 혹독하였다. 트집도 찔끔찔끔한다. 이것이 서무과장의 권한이다. 공무원 뇌물 천국이다. 이렇게 10개월을 끌어서 결산을 해보니 자재 값 미수, 인건비 미수, 차입금 미수 등등 미수 덩어리였다. 하여튼 4천만 원이나 빚을 지고 말았다. 이것뿐이랴. 사방에서는 채권자의 포위망이 닥쳐와서 활동 자체를 못하게 하였다. 그것뿐이랴 화장실까지 따라 다니면서 활동을 제한하였다. 별의별 욕을 다 얻어먹었다. 그래서 비상금 500만 원을 숨기고 빚잔치를 하였다. 빚잔치를 하여도 나중에 돈 벌면 갚겠다는 각서를 썼다. 그래도 그의 사정을 잘 알던 의리 있는 하도급 사업자는 잔금을 포기하였다. 이런 와중에서 악덕 채권자는 채무액을 뻥튀기의 기회로 삼고 호된 독촉을 하여 뻥튀기 채권에 사인하라는 것이다. 이런저런 방법으로 각개 채무조정에 나서서 채권자를 설득시키느라 혼쭐이 빠졌다. 학교의 교장, 서무과장이 재주부리는 것을 당할 수 없어서 당한 것이니 용서해달라고 하여 총 채무액을 2천만 원으로 축소시켜 놓았다. 하여튼 도둑놈 소굴에 들어갔다가 용하게 빠져 나온 셈이다. 이런 것은 소문이 나면 재기에 불리함으로 이 사건에 대해서는 친한 친구에게 함구하여 아는 친구는 아무도 없었다.

채무, 채권 실랑이에 시달리다가 모처럼 해방되어서 머리를 쉬러 유진은 뚝섬으로 정처 없이 걸어갔다. 한강을 바라보면서 지나온 날을 돌이켜 보기 위해서다. 어차피 태풍의 눈에 들어선 것, 소용돌이는 피할 수 없었다. 과거 그렇게도 노력하였던 5년의 성과는 이제는 모조리 부서져서 노한 홍수에 떠내려갈 판이 되었다. 도도한 홍수라서 구원을 요청할 수도 없고 구원할 수 있는 구조원은 더더욱 없었다. 사투 끝에 마지막에 큰 고기를 잡아 바다 속을 끌고 오다가 거대 상어 떼에 공격당해 뼈만 남다시피 한 '노인과 바다'가 생각이 났다. 그래도 그 노인은 자기 살은 뜯기지 않았다. 그러나 그는 자기 살도 뜯겼다. 살이 뜯겨 온몸이 피로 범벅이 되었지만 그래도 뼈만은 남아 있었다는 것이 불행 중 다행이라는 생각이 들었다. 뼈는 삶의 형태를 유지시키는 틀이다. 지난 5년간의 노력의 대가는 주변에 있는 별의별 식인 상어가 다 뜯어갔다. 처음에는 부채에 마음 조리고 분노와 공포에 떨었지만 짐을 내려놓고 보니 그동안의 활동은 이들 무리를 먹여 살리는 데 봉사했다는 사실을 깨닫게 되었다. 그렇게 깨닫고 나니 머리 위에는 햇살이 빛났으며 가슴에는 참다운 평정이 찾아왔다. 사회는 이러한 과정을 거쳐서 발전하는가 보다 하고 생각했다.

이제 악의 무리와의 거래는 끝났고 흘러간 과거에 대한 미련은 없었던 일로 하고 싶다. 너무나도 긴 세월동안 극한 피로에 시달렸다. 그동안 순간순간 선택을 강요당하면서 지내온 것이 어언 5년이란 세월이 되었다고 생각하니 인생은 잠깐이란 생각이 들었다. 나머지 갚지 못한 돈은 언젠가는 갚을 것이란 확신은 지금도 갖고 있다. 이제 남은 후유증은 여인숙과 처마 밑을 찾으며 전전긍긍하는 신세인 것이다.

얼마동안 술로서 잠적 생활을 하다가 비통한 심정에 파묻혔는데 어느 날 겨우 정신을 차리니 잠시 떠났던 필순이 다시 떠올랐다. 처음 시작은 미미했지만 같이 정이 들고부터는 그녀의 따뜻하고, 순수하고, 위해주는 사실들이 헤아릴 수 없이 많았다는 것을 이제야 깨달을 수 있었다. 그녀가 밀양으로 내려간 이후 부담 없이 후덕한 여성으로 가끔 천연덕스럽게 전화를 하였다. 그래도 마음 한쪽 깊은 곳에는 가까이 하고 싶고, 같이 지내고 싶은 마음이 가슴에 뿌리내려 있었던 것은 인간적인 측면에서 사실임을 고백하고 싶다. 그러다가 큰 마음을 먹고 밀양에 머리를 쉬러 가려고 전화를 하였더니 필순이는 이제 약혼을 했다고 하는 것이 아닌가? 유진은 이 말에 깜짝 놀랐다. 그의 우상이었는데 청천벽력이 떨어 진 기분이다. 마음을 가라앉히고 어디로 결정했느냐고 물었더니 경기도 광주로 간다고 하였다. 그리고 한참 있다가 편지를 전달 받았는데 필순 씨 약혼녀로부터 온 것이다. 봉투만 보고 처음 보는 사람이라 의아스러웠다. '유진씨~ 필순 씨는 LA 회사가 있는데 지점장으로 나갔습니다.' 그러면서 필순의 안부와 그에 대한 인사를 깍듯이 하였다. 이런 이야기를 들은 그는 쇼크를 먹어서 전화기를 떨어뜨렸다. 그리고 보니 모든 것은 변하는 모양인가 보다.

학교 공사에서 난생 처음으로 재능을 써먹을 수 있는 기회를 맞이하여 남들처럼 성공의 기회를 얻으려고 애를 썼다. 원대한 꿈을 가지고 지금까지 저지른 모든 것을 하얀 백지로 돌리고 싶었다. 잘못 그려진 그림을 계속 들여다본다는 것은 머리를 쥐어뜯고 싶을 자괴를 느끼기 때문이다. 강한 의지로 지난 것을 하얀 백지로 돌리지 못한다면 아예 검게 칠하여 다시는 무서운 형상이 나타나지 않도록 해야 되었다.

신세진 친구들에게도, 도급 준 업체에게도, 거래처에게도, 가정에도, 형제들에게도 온통 죄만 저질렀다. 이제 이 모든 것을 청산하여야 되겠다. 그러기 위해서는 회개의 길 밖에 없다는 생각을 하였다. 지금까지 앞만 보고 달리다가 밟아 죽어 버린 곤충을 생각하고 다시는 곤충을 죽이지 않겠다는 것을 다짐하면 그게 바로 회개라고 생각하였다. 창조주가 우리에게 내려 준 것이 생명인데 이 생명만은 귀하게 가지고 끝까지 인간 우주선을 운행하여야 되겠다는 생각만은 하고 있었다.

쫓기는 생활을 하던 차에 중학교 동창이 설악산 대청봉에 가자고 하였으나 그는 갈 입장이 못 되어 얼굴이나 보자며 배웅을 나갔다. 밤 9시경에 출발한다고 하였다. 그래서 인사나 하려고 평상복을 입고 갔다. 가서 인사를 하고 귀가하려고 하였더니 친구들이 차에 오르라고 독촉을 하였다. 회장인데 그냥 돌아가면 되느냐는 것이다. 그러나 복장이 준비 덜 되었다고 하니 아무 거나 잠바 하나 걸치고 가자고 하였다. 하도 독촉하는 바람에 구두 신고 잠바만 걸치고 한계령으로 갔다. 새벽 4시가 덜 되어서 한계령 산문을 열었다. 그는 일행을 따라 어두운 길을 걸어갔다. 도무지 앞이 제대로 보이지 않는 것이다. 다른 사람은 조명등을 이마에 걸었는데 그는 준비를 하지 않았다. 그래서 푹푹 빠지기도 하고 여간 고생이 아니었다. 물론 앞선 가이드가 길 조심하라는 신호는 보내 왔다. 그렇게 해서 아침에 대청봉에 오르니 안개구름이 산등성이를 지나가고 있었다. 그는 말만 들은 최고봉 대청봉을 구두신고 올라간데 대해서 후일 무한한 자부심을 가졌다. 이곳에 오니 어두운 마음도 가라앉았다. 이렇게 맛을 들이고 나서 당분간 산이란 산을 다 오르며 심신을 다스리기로 하였다. 그리하여 지리산, 속리산, 소백산, 태백산 등 전국의 명산을 다 돌아보았다. 그렇게 약 10개월간 돌아다녔다. 주로 계절별 특징이 있는 곳은 다 돌아다녔다.

이렇게 마음을 정리하고 정신이 들자 마냥 등산만 할 수가 없었다. 무언가 돌파구를 찾아야 되었다. 집에서 미래에 대한 꿈을 재정립해 보았다. 우선 돈 버는 것이 중요했다. 자본주의는 돈이 최고다. 그래서 소자본으로 사업할 거리를 찾아보았다. 비록 무허가 판자 집에 살지만 앞으로 무엇인가를 해볼 수 있을 것 같았다. 파란 꿈을 이룰 수 있을 것 같았다. 주위에서는 다른 직장을 구하라고 하는데 어쩐지 자유직업이 좋았다. 초창기 전 직장에서 자유분방하게 돌아다니는 것이 익숙해 얽매어 있기는 싫었다. 이제부터는 돈을 벌어야 되었다. 돈은 자유주의의 윤활유이기 때문이다. 우선 돈 벌 수 있는 곳을 찾기 위해서 시장 조사를 하였다. 그래서 강남 개발에 대한 뭇 소문이 퍼져서 강남에 가보기로 하였다. 강남 개발은 북쪽에서 무장공비가 침투한 사건 이후 수도의 위험에 대비해서 대대적 개발을 한다고 하였다. 강남에 친구가 태권도 도장을 하고 있었다. 그 정도면 부잣집 아들이다. 그래서 현지 사정을 알기 위해서 친구를 찾아가 보기로 하였다. 만나서 도장에 며칠 묵자고 하였다. 주변에 개발 현장을 가보니 그 넓은 땅은 매일매일 불도저로 밀어내고 있는 것이다. 당분간 친구 도장에 기숙하여 상황을 며칠간 살펴보기로 하였다. 살펴본 결과 강남구청 앞에는 일부 아파트가 들어서 있고 그 앞은 소형 빌딩이 들어서고 있었다. 그래서 부동산을 하려고 하였는데 돈이 많이 들어서 혼자는 할 수가 없었다. 땅값은 날로달로 올라가고 물가도 비쌌다. 영업집도 별로 없었다. 그래서 적은 돈으로 성과를 낼만한 곳을 찾아보니 공터 임대업이었다. 그러자면 적당한 부동산 가게에 가서 부동산 노하우를 배워야 되었다. 할 수 없이 부동산 관계를 배울 겸 찾아간 곳이 보혜사란 부동산이었다. 여기서 일을 배우면서 있겠다고 하였다. 임 사장은 그가 영리하게 보였는지 흔쾌히 받아주었다. 대신 일을 보조해 주고 용돈을 받기로 하였다. 그는 임 사장의 일을 보조하면서 늘 주변에 공터가 많이 흩어져 있는 것에 주목을 하였다. 공터를 지주로부터 허락받아 이를 빌려주고 세를 받는 것이 돈이 될 것 같았다. 보혜사에 일하고 있으니 주변 지주들이 자주 들락날락하였다. 이들은 지주로 자기 땅 값이 얼마나 올랐는가를 점검하기 위해서 온 것이다. 여유 없는 사람은 일찍이 팔아버리는 사람도 있지만 여유 있는 사람은 장시간 동안 변동 상태를 확인하였다. 그러다가 마침 그를 잘 본 지주가 있었다. 그 지주는 그가 활동성이 활발하고 성실하다고 본 것이다. 이를 눈치 챈 그는 박 사장한테 접근을 하였다. 박 사장님이 소유한 땅 600평을 제가 임대하겠습니다. 젊은 사람이 크려고 하는데 그 땅을 저에게 빌려 주십시오. 그랬더니 어느 땅 말인가? 하고 되물어 강남 구청 옆 언덕백이에 있는 놀고 있는 땅 말입니다, 라고 하였다. 무엇에 쓰는가 물어 분할하여서 임대를 내 주고 싶습니다, 라고 하여 돈이 있는가? 하고 물어서 만들어 보겠다고 하였다. 그랬더니 4천만 원은 있어야 하는데 하여, 이천만 원 밖에 없다고 하였다. 그래서 박 사장은 젊은 사람 앞길을 터주기 위해서 내가 양보하니 그렇게 하라고 하면서 계약하기로 하였다. 약속은 하였지만 다음은 돈 때문에 걱정이 이만 저만이 아니었다. 시간도 없었다. 이와 같이 못 좋은 곳을 다시는 임대할 수 없다고 생각하니 마음은 다급하였다. 돈을 빌리기 위해서 주변 인맥을 찾아 다녔다. 갖은 고생 끝에 이천만 원을 겨우 차용할 수 있었다. 이렇게 천신만고 끝에 겨우 토지 임대권을 계약하게 되었다.

상승 곡선을 타다

그리고 세월이 흘러 다시 봄이 왔다. 강남 지역은 개발 초기부터 물가가 비쌌다. 그렇게 된 이유는 주택지가 신규로 들어서는데 가게가 별로 없어서 나타난 현상 같았다. 그래서 가게를 차렸다고 하면 마진을 크게 볼 수 있는 유망주였다. 택지 개발이 되어서 보통 건축물이 들어서는 순서를 보면 처음에는 부동산이 들어서고 다음에는 식품점이 들어서고 다음은 건축자재점이 들어서고 다음은 포장마차가 들어선다는 것을 알았다. 이곳에는 부동산 사업을 한다고 사방에 붉은 색의 홍보 깃발이 질펀하게 나부꼈다. 하여튼 사용권을 얻었으니 세를 놓는 분양광고물 만들어서 주변 사방에 뿌렸다. 분양 건은 대략 30 필지였다. 1필지를 평균 2천 만 원 내외로 분양하면 될 것 같았다. 계약하면 원금은 없어지는 것이다. 위치와 크기에 따라서 가격이 달라질 수 있다. 그리고 구조물은 각자가 설치하며 단속에도 각자가 대응하라고 하였다. 공고문에는 사용권 기간을 잡지 않고 건축물이 들어설 때까지로 하였다. 그리고 필지의 사용면적도 필요에 따라서 갑이 임의로 변경할 수 있으며 모든 것은 구두로 결정을 한다는 것이다. 이런 내용을 계약 전에 공고하기로 하였다. 드디어 공고를 하니 너도 나도 하면서 엄청 많이 신청하였다. 내용을 보니 어떤 사람은 건축자재를 판다고 하면서 많은 평수를 요구하였다. 6천만 원에 간이 구두계약을 하였다. 또 다른 종류인 목재 영업을 한다는 사람이 있어 이 사람한테도 6천만 원을 받았다. 그리고 코너에 커다란 필지는 포장마차를 한다고 하여 이것도 6천만 원 받았다. 그리고 나머지 안쪽 넓은 마당은 주차장을 한다고 하여 이것도 7천만 원 받았다. 그리고 나머지는 식당 또는 철물점, 포장마차 등이다. 이렇게 배분하고 돈을 거두니 5억 원이나 되었다. 그는 자유직업으로 신고를 하고 세무서에 8%를 납부하였다. 이렇게 하여 결산을 보고 나니 3억 원 이상 이익이 났다. 그리고 나머지 할 일은 보혜사에 출근하면 곧 바로 임대 지구를 돌아보는 것이다. 어떻게 입주가 되었는지를 살펴보는 것이다. 포장마차는 서민이라 그런지 빨리 개업을 하였다. 주차장은 자리가 비좁을 정도. 가끔 새로 포장마차를 찾아오면 삽으로 경계선을 새로 만들어서 분할하기도 하였다. 완전히 갑의 마음대로였다. 그렇게 계약했기 때문에 아무런 말을 못하는 것이다.

그런데 사용권을 분양한 곳에 대해 단속이 심하게 나와서 칸막이 밑 천정을 다 부셨다. 무허가 시설물이기 때문이다. 그래서 강남구청 담당자를 찾아가서 우선 그의 돈으로 뇌물을 바쳤다. 그리고 뇌물을 바친 돈은 입주한 사람으로부터 거둬들였다. 그런데 뇌물을 주어도 잊을만한 하면 단속을 하는 것이다. 부수고 지나가면 업주는 한 동안은 장사를 잘 하지만 때가 되면 또 부수러 오는 것이다. 뇌물은 먹을 대로 먹으면서 부수는 것도 인정사정없는 것이다. 그러나 입주자는 생계가 어려우니 어찌할 수 없이 다시 영업을 시작하는 것이다. 이는 가끔 윗선에서 한 마디를 하면 정규적으로 나타나는 현상이다. 그렇다고 뇌물을 주지 않을 수도 없었다. 유진 사장도 나중에는 지쳐서 건성으로 노력하는 것처럼 중간 다리 역할을 하고 그 이상 적극적으로 하지 않았다. 뇌물을 주나 안주나 같은 현상이 반복되어서 이제는 두 손을 놓았다. 분양할 때 조건이니 그도 빠져나갈 구멍이 있었다. 이렇게 관리를 하다가 누가 귀띔하여 기획 부동산에 손을 대기로 하였다. 크게 벌릴 자금이 없으니 대규모로 하는데 소규모로 지분을 참여한 것이다. 제대로 하자면 다단계를 해야 되는데 다단계 마케팅은 수완이 없어서 포기하고 아름아름 인맥을 찾아서 영업을 하였다. 기획 부동산 이익 지분이 다시 수억이 된 것이다.

이렇게 2년을 열심히 하고나니 그는 이제야 겨우 경제적으로 안정되었다. 그는 기획부동산 지분참여분에서 얻은 이익을 합하면 10억 원이란 돈을 번 것은 운이 따라 주어서 돈을 모았다고 생각하였다. 이렇게 성공할 때까지는 약 2여 년이란 세월이 걸렸다. 그동안에 수많은 곡절이 있었음은 물론이다. 경제력이 빈약해서 사랑도 뿌리쳤다. 사업을 위해서 부동산에 대해서 더 열심히 공부하였다. 부동산 현장학습은 보혜사에서 근무하며 실무를 익혀 어느 정도 수준이 되었다. 다음은 부동산 이론학습이다. 더 성장하자면 이론을 많이 쌓아야 가능하다고 믿었다. 그런데 부동산 투자는 변칙투자를 해야 돈 버는 업종이다. 그 중 하나가 기획 부동산이다. 이런 것을 빼고 주택을 짓는 일, 장래에 대비해서 땅을 보유하는 것 등으로 포트폴리오를 구사하면 좋다. 그러자면 거금이 필요했다. 이런 과정에서 법망을 피해서 위장전입이란 방법을 쓴다는 것도 알았다. 위장전입은 주민등록법 위반죄로 처벌을 받는다. 해당하는 자는 3년 이하의 징역 또는 1천만 원 이하의 벌금에 처한다는 것도 알았다. 사람들은 이 사실을 알면서도 위반에 익숙하다. 약 1년 이상 부동산 학습을 하니 이제 어느 정도 눈이 뜨였다. 그래서 어디서 알았는지 TV언론에서 인터뷰를 요청해 왔다. 최근 강남권 부동산 시세와 전망이란 주제로 인터뷰를 했다. 그래서 주택을 지을 공간이 많다는 것과 정부 주요기관이 들어서서 유망하다고 하였다. 흔히들 이야기하는데 아직은 상투를 잡을 염려가 없다고 하였다. 그리고부터 보혜사부동산은 투자꾼들의 질문이 쇄도하여 전화 받기 힘들 정도였다. 유진이는 하루아침에 유명인이 되었고 보혜사도 거래가 많아 매일 바빴다. 유진이는 임 사장으로부터 귀한 존재가 되었다. 결국 그가 회사 운영을 다하니 그를 밀어주기 위해서 임 사장은 회사를 그에게 넘겨주고 뒤에서 얼마간 분할하여 권리금만 받았다. 그리고 이 회사는 완전히 유진의 것으로 넘겨받고 세력 확장을 하기 위해서 주식회사를 설립하였다. 임사장은 사업장을 이전 확장하였다.

강남 구청에서 약 500m 떨어진 보혜사㈜에서 하루하루 일과를 보냈다. 양지 바른 곳이다. 곁에는 목욕탕이 차지하고 있었다. 주식회사 설립을 하고부터는 건강을 생각해서 사업 속도를 늦추었다. 손님은 예나 다름없었다.

부동산에서 번 돈으로 반은 은행 안고 집 사는데 사용하고 반은 사업 자금으로 저축을 하였다. 이제 안정적으로 사업할 밑천이 생겨서 마음은 든든하였다. 세월은 빠르게 흘러갔다. 다시 겨울이 왔다. 이번에는 사무실을 곁에 있는 조금 큰 곳으로 옮겼다. 그곳에서는 전매를 하면서 돈을 벌 생각이다. 공급받은 택지 소유권이 전등기 이후에는 전매제한이 없으므로 시세가 오르면 오른 가격으로 전매를 할 수 있으니 불법은 아니다. 땅 값이 오르니 계약금만 걸고 다른 사람에게 넘긴다. 오를 예상이 되는 것을 분석하여 그렇게 하니 예상이 거의 맞아들어 갔다. 이렇게 하자면 신중히 분석을 해야만 된다. 물론 제한하는 토지나 주택은 취급하지 않는다. 투자할 때는 전문가나 믿을만한 사람의 의견을 듣고 종합하여 투자 하였다. 그리고 여러 번 잠 못 이루며 생각하고 투자하였다. 이게 부동산 투자한 사람들의 한결같은 마음이다. 어떤 때는 그 부동산에 대해 잘 연구해 있기 때문에 분석이나 평가가 필요 없어 가격이 맞으면 즉시 결정을 내리기도 한다.

　하루는 유진 사장이 하도 피곤하여 목욕탕에 가서 한 잠자고 사무실에 들어왔다. 따뜻한 바람이 부는 봄이었다. 사무실에 들어와서 일을 정리하려고 하는데 어떤 아줌마가 둘이 들어왔다. 그래서 일어서서 손님을 맞는데 복부인이 들어오는 줄 알고 공손히 인사를 하였다. 그렇게 인사를 하고 손님을 소파로 안내하는데 깜짝 놀랐다. 뒤따라 온 아줌마는 몇 년의 세월이 흘러서 보는데 지난 직장에서 만난 짝사랑한 혜은이가 아닌가? 그래서 이상하다고 생각하여 자세히 보았다. 화장을 하고 헤어스타일을 달리 하였지만 틀림없었다. 그래서 유진은 놀란 표정을 하면서 혜은 씨가 아닌가요? 하고 확인 인사를 하였다. 그녀는 그가 못 알아볼 것이라고 생각하고 있었는데 그렇게 이야기하니 잠시 당황하였다. 유진 씨~라고 부르고 난 다음에 맞다고 하였다. 혼자 오기 쑥스러워서 마침 손님을 한 분 모시고 왔다고 하였다. 그는 '아~ 그래요? 오랜만이라 무척 반갑네요.' 하고 반가움을 표시하였다. 그리고 두 사람의 얼굴 표정을 번갈아 살폈다. 혜은은 약간 수척해진 것 같았고 같이 온 친구는 살이 포동하게 붙었다. 우선 재스민 차를 하나 시켰다. 같이 차를 한 잔 하면서 재스민 향기가 어떠냐고 물었다.

　"향기가 짙네요."
　"혜은 씨. 직장을 그만 두고 어떻게 지냈습니까?"
　"그냥 놀았지요, 뭐."

"신앙은 가졌습니까?"

"신앙은 가졌지만 열심히 믿기 힘드네요. 남자가 없어서 그런가요?"

"!?"

짝사랑을 하였던 흘러간 여인을 이곳에서 만나다니. 정말 알쏭달쏭하게 그를 괴롭혔지. 혜은이는 사무실 분위기를 유심히 둘러보고 있다. 그리고 입을 열었다.

"여기 손님 한 분을 모시고 왔는데 같이 상담 나누시지요."

"아~ 예. 친구 분과 만나니 영광입니다. 무엇을 도와 드릴까요?"

"약 5억 정도로 투자할 땅 하나 없나요? 수익성이 좋은 걸로요."

"친구 분이니까 잘 살펴드려야 할 텐데…. 지금 마땅한 것이 없으니 열흘 쯤 있다가 방문하시죠. 이쪽에 땅값이 비싸서 좀 더 예상해야 할 것 같습니다."

이렇게 상담을 마치고 우리는 헤어졌다. 그리고 명함을 나누어주었다.

혜은이가 찾다니

혜은이 다녀간 뒤 한참 시간이 지난 뒤 그녀로부터 전화가 왔다. 내용은 사장님 돈 잘 번다고 소문이 났는데 저녁 좀 사줄 수 없느냐는 것이다. 이 전화를 받은 그는 눈이 번쩍 뜨였다. 어떻게 그렇게 자존심이 강한 여자가 저녁을 사달라고 하는지…. 순간 그녀와의 흘러 간 옛날이 번쩍 머릿속을 맴돌았다. 아직도 부드럽지 못했던 과거가 그를 더듬거리게 만들었다. 잊어버리려고 애를 썼고 잊다시피 한 세월이 4년이 넘었는데 황당한 상황이 벌어진 것이다. 그러나 다시는 홀리지 않을 거라 하면서 마음을 굳게 먹었음에도 승낙을 하여 버리고 말았다. 그리고 오늘 퇴근 시간에 역삼동에서 만나자고 하였다.

만나는 장소는 역삼동의 조용한 한식집이었다. 시골풍경이란 집인데 잘 못 찾아올 것을 염려하여 6시에 길 가에 나가서 기다렸다. 그녀가 어떤 표정을 지으며 어떤 말을 꺼낼까를 생각하며 초조하게 기다렸다. 우선 부동산에 대해서 특별히 부탁하려고 만나기로 할 것 같았다. 드디어 시간이 되어서 만났다. 우선 옷 모습부터 보니 늦봄에 아주 잘 어울리는 디자인이었다. 게다가 한 번도 본 일이 없는 색상을 한 옷이었다. 이렇게 내가 놀라는 표정을 하니 혜은은 뭘 그리 자세히 보느냐고 하면서 웃어넘겼다. 4인용 작은 방에 들어갔다. 둘이서 비밀 대화를 하기에 알맞은 곳이었다. 이 한식점을 이용하는 사람은 대부분이 비즈니스 때문에 온다.

일단 음식 준비를 하고 간단히 인사부터 하였다. 그리고 대화로 들어갔다.

"결혼을 하였나요?"

"…"

"유진 씨는 이런 고급 음식점에 자주 오나요?"

"부동산을 크게 하면 손 큰 손님이 많아서 이런 식으로 접대합니다."

"나는 손이 크지 않는데요…."

"역시 옛날의 아름다움은 살아있습니다."

이렇게 대화를 하면서 포도주를 한 잔씩 하니 과거 직장 때 있었던 이야기들이 하나하나 풀려나왔다. 조금 술기운이 돌자 혜은은 '지금부터 유진이를 오빠로 부르겠습니다. 괜찮죠?'라고 하였다. 유진은 한 순간 놀라면서 이내 '하하!'하고 좋다고 대꾸하였다. 굳은 관계가 많이 풀리는 징조였다.

"오빠! 나 고민이 하나 있는데…."
"응, 그래~부담 없이 이야기해도 돼."
"우리 전 직장에 있을 때 나는 오빠를 걷어차지 않았어. 오히려 오빠가 나를 걷어찼지."
"우리들의 운명은 그 정도였어. 이제 잊어버려."

흘러간 과거는 이제 지나갔다고 하니 혜은이 다른 이야기를 할 것 같은 예감이 들었다. 돈을 빌려달라고 할까? 라고 생각했지만 은 그것은 아닌 것 같았다. 말하는 것을 보니 아직도 결혼을 하지 않은 것 같았다. 혜은은 한참 머뭇거리다가 지금부터 본론으로 들어간다고 하면서 이야기를 하기 시작했다.

"사실 나는 결혼을 못 했어. 가정에 큰 일이 생겨서 못 한 거야. 부모가 고생하면서 수산물 유통업을 하였는데 어떻게 하다가 보니 부채를 많이 져서 집안은 풍비박산이 되었어. 게다가 나도 건강이 나빠서 항암치료를 받아야 하는데 돈이 없어서 함양 지리산 중턱에 있는 인산염 심신수련원에 가서 일해 주고 지내면서 이제 겨우 자연치유가 되었어. 그러다가 보니 어느덧 3년이란 세월이 흘렀어. 나는 그때부터 노처녀로 살기로 작정을 하였어. 그런데 TV방

송에 오빠가 나왔고 연락처를 찾아 알아보았더니 오빠도 혼자 산 다는 것을 알았어."

"응~ 그렇구먼! 그러고 보니 수년 동안 고생이 많았겠네."

"응, 그렇지만 오빠말 대로 운명이야! 어쩔 수 없었지."

"그런데 내가 도울 방법이 무엇인가? 나도 여유 있는 것도 아니고 이제 막 바닥에서 벗어났는데."

"오빠~ 나 갈 곳이 없어. 오빠의 그 명석한 머리로 해결방법을 짤 수 있을 텐데…."

이 부분에 와서 그는 머리가 갑자기 멍멍하여졌다. 말 하는 것을 보니 당분간 거주할 장소가 없어서 고생하는 것 같은데, 그렇다고 돈을 얼마 협조해 달라는 뜻은 아닌 것 같고. 나도 여유 있는 돈은 돈도 없고 심히 헷갈렸다. 그래도 한 동안은 사랑을 주고받는 사이였는데, 이를 나 몰라라 할 수도 없고. 고민은 깊어만 갔다.

"혜은이 어떻게 도와주기를 원하는지 잘 모르겠고, 도와주는 것을 원칙으로 하고 열흘만 기다려 줘. 무언가 긍정적으로 결판을 내 볼게."

이런저런 이야기를 하다가 보니 저녁은 깊었다. 그리고 헤어질 때 넉넉하게 용돈을 집어주고 열흘 안에 연구해 보겠다고 다짐하고 헤어졌다. 떠나는 옛 연인의 뒷모습을 보니 측은하게 보였다.

얼떨결에 과제를 받았으니 마음은 착잡하였다. 그녀와는 과거 직장에서 3년간의 쌍방 짝사랑의 역사가 담겨 있었다. 게다가 어려운 사정을 들어보니 단칼에 자를 수가 없었다. 마음에 엉긴 혈전을 거시적인 측면에서 풀어보고 싶었다. 어떻게 보면 그의 가슴 한쪽에는 햄릿형 인간성이 자리를 차지하고 있는 지도 모른다. 그래서 해외여행을 떠나서 머리를 정돈하며 결정하고 싶었다. 이렇게까지 생각하는 것은 근본적으로 생명에 관한 존중심을 갖고 싶었기 때문이다. 게다가 그동안 일에 채어서 생애 처음으로 해외여행을 한 번 하기로 하던 참이었다. 이런 생각을 하니 갑자기 답답한 가슴이 풀렸다. 그리고 부랴부랴 출국 준비를 하였다. 가까운 일본으로 가기로 하였다. 일본에 가서 이곳저곳을 둘러보고 발전된 일본의 모습을 보고 싶었다.

여행용 가방을 준비하였다. 김포공항을 출발하였다. 일본에 가서 공원도 살펴보았다, 이때 느낀 첫 소감은 일본은 지형이 다양한 곳에 사는 선택된 민족인 것 같았다. 신간선이라는 것을 타 보았는데 고무바퀴라서 소리가 나지 않는다는 말까지 들었다. 번민을 덜기 위해서 각 도시에 있는 박물관 전시품을 더 자세히 관찰하였다. 이국 문화와 전시품의 다양성을 깨달을 수가 있었다. 박물관이 별로 없는 좁은 국내사고 방식을 보충하는데 많은 도움이 되었다. 목욕탕도 신기하게 남녀 혼용이다. 아침 식사 문화도 심플했다. 저녁도 생선을 얼음 위에 펼쳐 놓고 신나게 마케팅을 하였다. 모든 것이 우리 보다 기막히게 앞섰다.

약 8일 간의 여행을 마치고 한국에 들어오니 머리는 가벼워졌다. 그리고 혜은에 관한 문제를 결정을 내리기로 하였다. 그의 집 안방을 그녀가 형편이 펼 동안 임시 사용하도록 하는 것이다. 약 열흘 만에 사무실에 출근하였다. 여직원에 이야기에 의하면 어떤 여자가 여러 번 전화를 하더라는 것이다. 보나마나 혜은이라는 생각이 들었다. 엄청 고통을 받는 모양이다. 그러나 연락처가 없으니 전화를 할 수가 없었다. 그래서 전화오기만을 기다려야 했다. 저녁때가 되어서 또 전화가 왔다. 그녀의 밝은 얼굴이 머리에 떠올랐다. 그래서 즉시 지난 번 만나던 식당 길 건너서 만나자고 하였다. 그녀는 느지막하게 나타났다. 반갑게 맞이하였으나 그녀의 얼굴 모습을 보니 뭔가 초조해 하면서 억지 미소를 짓는 것 같았다. 그는 우리 식사나 간단히 하자고 하며 수수한 백반 집에 갔다.

"오랜만이야. 약 열흘을 못 보았더니 까마득해진 것 같아."

"…"

"지난번에 만났을 때 이야기 나눈 것, 나는 아직도 기억해."

"오빠! 나를 생각하는 미망(未忘)이 아직도 남아 있다는 것을 생각하니 고마워."

"지금 내가 살고 있는 집은 조그마한 할부 단독주택이야. 큰방 작은 방으로 나누어져 있지. 그 중에서 내가 사용하는 큰 방을 혜은이가 사용해. 그리고 생활이 어려운 것 같으니 용돈은 줄게, 나는 사업상 집에 들어오지 않는 날이 많아. 그리고 밤 늦게 일하다가 들어오는 경우도 많고… 그리고 방은 분리되어 있으니 부담 없이 생활 할 수 있어. 그리고 나에 대해서는 절대 신경 쓰지 말고 자유롭게 사용해."

"오빠, 고마워. 눈물이 글썽거려. 왜 과거에 오빠한테 자존심을 부렸는지 지금 생각하면 부질없었어."

"모든 것은 흘러간 일이야. 그 일은 잊어버려. 자~ 키를 넘겨줄게. 내가 다소 불편을 감수할 작정을 했어. 마음이 다소 심란해서 그 이상 다른 이야기는 하고 싶지 않아. 입주는 언제든지 할 수 있어. 내일 방 치워놓을 테니 그 이후로는 아무 때도 들어와서 사용해도 좋아. 그리고 나는 당분간 장기 출장을 갈 거야."

동거인 생활

그는 혜은을 위해서 어떻게 하면 좋을까를 생각하여 보았다. 그래서 일차적으로 다음날 집에 가서 방 정리를 하였다. 안방에 있는 책과 장롱과 생활용품을 모두 뒤 방으로 옮겨 놓았다. 총각이라 살림 도구는 간단했다. 안방에 작은 화장대 하나를 새로 사서 놓았다. 혜은이 쓰도록 하기 위해서다. 그리고 마지막으로 대청소를 하였다. 그리고 집을 나와 늘 생각해 두었던 계획의 일환으로 화진포 해수욕장으로 일주일간 출장가기로 하였다. 이곳에 숙박업을 할 만 한 장소를 찾기 위해서다. 앞으로 수년을 내다보고 준비를 하기 위해서다. 이곳에서 민박 영업을 하면서 집필을 하고 노후를 보내고 싶었다. 그래서 필요한 것은 현지 지리를 살피고 기후관계를 알아보는 것이다. 물론 이번 답사만으로 결정을 할 수는 없는 것이다. 여러 번 답사를 하고 삶의 계획을 잡아나가야 할 것이다.

이곳에 가니 이승만 별장이 있었다. 김일성 별장도 있었다. 그리고 화진포의 커다란 호수는 낚시를 하고 지내기에 좋게 생겼다. 그리고 거진 항 쪽에는 주변에 다방도 있어서 가끔 들려서 마담과 대화를 나누면 좋을 만한 곳도 있었다. 해수욕장은 더할 나위 없이 깨끗하였다. 해수욕 인파는 보통 정도로 방문하는 것 같았다. 주변 방파제에 가서 보니 바다낚시를 해도 좋을 것 같았다. 또한 때가 되면 서울 친구한테 민박 홍보를 하여 고객 유치를 잘 할 수 있을 것 같았다. 문제는 민박을 얼마나 잘 아늑하게 꾸미냐는 것이다. 이렇게 살피면서 일주일간 있으면서 이웃을 사귀고 관습도 익혔다. 다방은 살펴보니 청자 다방이 분위기가 좋은 것 같았다. 일주일 동안 머물면서 주변 명물을 다 체험했다. 그리고 어느 정도 도시의 윤곽을 파악하고 서울로 돌아왔다.

올라와서 생각하니 혜은에게 빈 방만 덜렁 내주고 혼자 있게 하는 것은 너무 외로움을 줄 것 같은 생각이 들었다. 흔히들 사용하는 입주식이 필요했다. 그래서 오늘은 저녁을 대접하고 싶었다. 집으로 전화를 하였다. 마침 집에 있었다. 혜은이는 깜짝 놀란 표정으로 전화를 받았다. 오늘은 내가 저녁을 대접할 터이니 늦게 사무실 곁에 있는 백조 레스토랑으로 나오라고 하였다. 그때면 직원이 다 퇴근할 것이란 이야기도 하였다. 혜은이는 모처럼 밝은 표정으로 오빠! 네~ 시간 맞추어 레스토랑을 찾아가지요, 라고 대답했다.

조금 있다가 혜은이는 몸단장을 하고 나타났다. 나는 '오래만이야.' 하고 인사를 하였다.

"오빠~ 너무 오래 동안 못 만났어…."
"아~ 미안해…내가 원래 출장이 많다고 하지 않았어."
"그거야 그렇지만 너무 무관심해."
"아~그래 안방 사용할 만 해? 싱크대는 마음대로 사용해."
"아주 좋았어. 얼마간 있어보니 이제야 오빠 성품을 알았어. 조용하고, 검소하고, 그런데 왜 혼자 살아?"
"네가 나에게 마음의 상처를 주어서 그렇지. 그런데 사실은 돈 좀 벌고 결혼하게. 하! 하! 하!"

이렇게 이야기하니 그녀에 관심을 두고 있지 않는 것 같아 그녀는 표정이 시무룩했으나 그는 모른 척 하였다. 레스토랑에 가니 내부는 은은한 음악이 흘러나왔다. 식사를 끝나고 그는 대화를 시작했다.

"나 실화 경험담을 하나 이야기할게 들을 수 있어? 재미있어."

"그래 무슨 에피소드 인지 들어볼게."

"직장 그만 두고 중부시장에서 미국에 이민 간 중학교 친구가 일시 귀국하여 환영의 뜻으로 모두들 모인 일이 있었어. 나도 연락을 받고 부랴부랴 길을 건너 친구의 사무실에 가보니 중학교 동기 네댓 명이 기다리고 있었어. 권 사장은 신촌에 가면 E 대학 여대생이 아르바이트를 하면서 술시중을 드는 상류사회라는 곳이 있는데 그곳에 한번 가보자고 하였어. E대 여대생이 술시중을 든다고 하니 각자 눈이 휘둥그레졌지. 그동안 소문으로만 알려졌는데 마침 실제로 간다고 하니 다들 대단한 호기심을 가졌어. 그런 곳에 출입하자면 거금이 필요한데 권 사장이 한 턱 낼 터이니 가자고 하니 나머지 친구들은 환호 하여 따르기로 하였어. 우리는 성원이 되어서 이대 입구에 도착하니 상류사회라는 커다란 네온사인 간판이 가로로 빛나고 있었어. 우리들은 호기심 어린 눈으로 안으로 들어갔지."

"기대가 컸겠네."

"처음 가는 곳이지만 들어서니 스스로가 상류층이나 되는 듯이 어깨가 으쓱하였지. 내부는 비교적 아늑하였고 종업원의 안내에 따라 자리에 앉으니 친구 각자에게 여대생이 하나씩 스스로 와 앉았어. 우리는 각자 자기 파트너를 보면서 생김새를 관찰하였어. 분위기를 보니 다들 미모에 대해서는 별로였어. 좀 실망했지. 그러나 이미 들어온 것! 어쩔 수 없이 술로나마 권하면서 각각 파트너를 옆에 두고 맥주를 마시기 시작했지. 한참 얼큰하게 취하고 나니 어느덧 밤이 깊었어. 그제야 우리는 자리에서 일어났지. 매상을 제대로 올려 주었으니 자연히 여자가 각 파트너 뒤를 따라 나왔어. 이때가 밤 10시가 훨씬 넘었어. 나도 파트너와 한참 걷다가 주변을 둘러보니 같이 온 친구는 인사도 없이 각자 자기 파트너와 같이 갈 곳으로 가버렸고 나에게는 인형 같이 생긴 아가씨만 남았지. 친구들은 다들 거침없이 데리고 가는데 혼자 집으로 간다는 것은 좀스럽게 보여서 할 수 없이 어정쩡하게 같이 걸었지. 여자가 안내하는 곳으로 서툰 팔짱을 끼고 한 참을 갔더니 한옥 여인숙이 늘어선 골목이 나왔어."

"저런~ 남자는 술을 먹으면 개차반이 되는 모양이야."

"여인숙 대문 앞에 도착하니 그녀는 옷을 갈아입고 나올 터이니 밖에서 기다리라고 하였지. 그런데 밖에서 한참을 기다려도 나오지 않아서 궁금하여 문을 열고 들어갔지. 그랬더니 안마당의 모습은 옛 한옥의 구조를 가지고 있었고 대문 옆에 있는 문간방에 홍등이 비쳐 나오는 곳에 그녀가 거처하고 있는 것이야. 집으로 가더라도 간다는 사실을 알리고 싶어서 들어선 것이야. 문을 노크하니 안에서 문을 열더니 들어오라고 하였어. 좁은 방안을 들어가니 어떤 젊은 남자 하나가 아랫목 벽에 기대고 어두운 곳에서 아무렇지 않는 양 인사도 없이 책을 읽고 있었지."

"그런 요상한 곳도 있었나. 흥미진진하네."

"잠깐 들어오라고 하여 들어갔더니 음료수를 준비하였고 남자는 어두침침한 불빛 밑에서 외부 사람을 의식하지 않은 채 혼자서 책만 보고 있었어. 나는 음료수를 마시면서 둘은 어떤 사이인가를 잠시 생각해 보았지. 잠시 있다가 나는 입을 열어 남자에게 무슨 책이냐고 물었더니 건축공학 책이라고 하였어. 어느 학교냐고 물었더니 Y대라고 하였어. 나는 깜짝 놀랐지. 순간적으로 이 젊은이가 어지러운 시국에 피해 다니고 있으며 여자가 돈을 벌어서 보호해 준다는 것을 감지할 수 있었지. 음료수를 한 잔 하고나서 그녀는 밖으로 나오기 위해서 나들이옷으로 청바지로 바꾸어 입고 있었어. 그녀가 나들이옷을 입는 모습을 보고 마침 구실이 하나 생겼다고 생각하여 이제 버스 시간이 다 되어가니 가 보아야 되겠다고 인사하고 총총 걸음으로 붉은 여인숙을 빠져나왔지."

"오빠는 그런 식으로 하니 연애를 못하지. 좋은 아가씨들 다 놓치고…"

"나는 택시 안에서 이날 저녁에 느낀 야릇한 감정을 수첩에 촘촘히 기록하였지. 시국이 어지러우니 그런 일도 있구나 하고 지하활동의 일면을 발견할 수 있었지. 사실 이것은 어디까지나 나의 추리야."

"들어보니 재밌네. 어쩌면 그런 일도…"

"그래 내가 지금 생각해 보아도 조금 야릇하다는 생각이 들어. 잘만 쓰면 장(掌)편 소설 소재도 되겠네."

"충분히 되고도 남지."

"그런데 이야기 좀 더할까?"

"오빠, 마음대로 해."

"나 너를 내 방에 거주하도록 해 준 것은 네가 어려운 투병 생활을 하였고 현재 어려운 사정을 듣고 딱했기 때문이야."

"오빠의 아름다운 말은 알아들어. 나도 결초보은은 할 거야."

"나는 네가 부담 없이 안방을 사용해도 된다고 했어. 그리고 너 능력으로 보면 직장도 좋은 곳을 얻을 수도 있어."

"오빠! 내가 왜 직장을 다녀. 밥만 지어주고도 살 수 있는데."

"!?"

그는 이 말을 듣고 소스라치게 놀랐다. 밥만 지어주고도 살 수 있다…. 그러면 내 방에 눌러앉자는 것인가? 어안이 벙벙하였다.

그처럼 자존심이 대단한 여성이 모든 것을 해쳐놓은 것 같이 느껴졌기 때문이다. 그는 한참 혜은의 얼굴 표정을 살피다가 화제를 바꾸었다.

"음~모든 것이 헷갈리네. 좌우간 혜은이는 오늘 이야기 한 것에 대한 정리를 다음 기회에 말해 줘."
"알았어."

우리는 이렇게 사회 이야기를 하면서 시간을 보냈다. 그러다가 보니 밤이 늦었다.

"우리 피곤한데 집에 가서 자자."

그리고 둘은 걸어서 가까운 역삼동 집으로 들어갔다. 그는 집에 들어서자마자 뒷방으로 갔다. 옷을 벗는 둥 마는 둥 정신없이 잤다. 장기간 바쁘게 움직였기 때문이다.

이튿날 그는 척 늘어질 정도로 늦잠을 잤다. 오랜 여독으로 느지막하게 출근을 하였다. 여직원인 신숙희는 일찍 나와서 반갑게 인사를 하였다. 늘 정시에 출근하더니 오늘은 일찍 나왔다. 출근 업무를 보고 밖에 나와 주변을 살펴보니 이웃 부동산 사장들도 오랜만이라고 인사를 하였다. 이윽고 사무실에 들어가서 자리에 앉자 분주히 전화가 왔다. 그동안 업무가 너무 밀렸기 때문이다. 그는 구상하던 기획부동산 건이 있어서 여기 저기 전화를 하여서 탐색하고 있었다. 몇 곳에서는 후보지를 여러 곳에 부탁하여 찾아보겠다고 하였다. 그러나 그는 일단 후보지를 전병국 친구의 야산에 마음을 두었다. 더 좋은 부지가 있을까 싶어 탐색하는 중이었다. 업무는 대충 끝나고 퇴근 때가 되니 이웃 동업자로부터 저녁을 같이 하자고 하여 약속을 하였다. 우리 몇 명은 저녁이 되어서 술자리를 하였다.

"김 사장~ 며칠 전에 화진포를 갔는데 무슨 건이 있어?"
"내가 화진포를 간다고 이야기했던가?"
"어디 가느냐고 물었더니 화진포 간다고 해놓고.."
"아~ 그래, 그곳에 노후를 대비해서 자리를 좀 잡을 수 있을까 해서."
"그래서 결과는?"
"자주 방문해 보아야 알아, 아직은 시간이 있으니까."
"그런데 어떤 예쁜 아줌마가 김 사장 사무실에 몇 번 기웃거리던데."
"상담하러 온 사람이겠지."
"아닌 것 같은데?"
"그러면 누구일까!?"
"하여튼 손님은 김 사장 사무실만 찾는단 말이야."

이런 가운데 거나하게 취하고 나서 집에 들어갔다. 혜은은 방에 있었다. 유진은 조용히 그의 방으로 갔다. 그리고 그는 오늘도 여독이 풀리지 않아 정신없이 잠들었다. 다음 날도 늦잠을 잤다. 어제 술자리서 사업 아이디어를 하나 얻었다. 기획부동산을 시도하는 건에 관한 법률문제였다. 그래 이거다. 기획부동산을 해야 돈을 번다. 사실은 며칠 전부터 생각을 했다. 이제 구체화하는 것이다. 실천이 눈 앞에 온 것이다. 잘 만하면 최소 이십 억을 버는 것이다. 가슴이 두근거렸다.

혜은의 첫 출타

그러고 6개월이 넘었다. 오늘은 혜은이가 마음껏 누리는 날로 가슴 부푼 날이다. 반년 동안 용돈 받은 것 모아둔 것이 목돈이 되어서 이를 활용하여 그동안 갇힌 데서 해방되고 싶었다. 초라한 형편에 묻혀 살다가 처음으로 친구들을 만날 것을 생각하니 가슴이 부풀었다. 과거의 친구들을 명동에 있는 보아커피숍에서 만나자고 하였다. 연락을 받은 친구는 네가 살았구나 하면서 환호성을 지르는 것이다. 그래서 오늘은 내가 한 턱 낼 터이니 되도록 많은 사람을 모으라고 하였다. 그래서 저녁 7시에 열댓 명이 모였다. 그곳에서 커피 한 잔을 하고 2차로 갔다. 2차는 고급 레스토랑이었다. 물론 예약은 다 해 놓았다. 같이 식사를 하고 다음 차례로 포도주를 거나하게 한 잔하고 나서 혜은이가 운을 떼었다.

"나 기막힌 사연 이야기 하나 할게"
"뭔데?"
"과거에 나를 짝 사랑하던 사람을 만났는데 요사이 돈 좀 번 모양이더라."
"그래서. 다시 생각나?"
"글쎄, 그 남자와 결혼을 하고 싶은데 어떻게 생각해?"

"예전에 누가 먼저 찼어?"

"내가 걷어찼어."

"그러면 끝난 것이지 무슨 미련을 가져. 되 차이려고."

"그런데 요사이 다시 매달리거든."

"어머나! 별일도 다 봤네. 동정심을 가지지 말고 인정사정없이 걷어차."

"그런데 말이야 그럴 처지는 못돼. 최근에 나에게 아주 잘 해주거든."

"그러면 말이 틀리지 않아. 좋으면 좋은 거고 나쁘면 나쁜 거지 미련은 왜 가져."

"그런데 그 남자는 TV에 나온 일이 있는 보혜사 부동산 사장이야. 땅값 변동을 족집게처럼 알아맞히거든."

"어매~ 잘 만났다. 그 남자 잡아. 그리고 우리도 너에게 땅 투자하고 다른 사람 연결시켜 줄게."

이렇게까지 대화가 오가다가 다들 술 한 잔을 하고 난 후라 이제 집에 가자고 하였다. 그이가 집에서 기다릴 것 같으니 다음에 또 보자고 헤어졌다. 혜은은 자신이 생겼다. 친구들이 밀어주면 유진이가 승승장구할 것 같았다. 집에 도착하니 오빠가 기다리고 있었다.

"나 비즈니스가 있어서 좀 늦었어. 미안해."

"여자가 어디를 함부로 돌아다녀. 나 무슨 일이 있는 줄 알고 걱정을 했잖아."

"오빠! 왜 이래~ 내 뽀뽀 한 번 해줄까?"

"술 냄새가 심하게 나. 샤워하고 방에 들어가자."

초겨울이 되었다. 가끔 싸늘한 바람이 불었다. 혜은이는 반년이 되었는데도 떠날 생각을 하지 않는다. 하기야 이제와 보니 계속 주거해도 유진에게 불편함이 없으니 억지로 나가라 할 필요는 없었다. 더구나 한 동안 사랑했던 사이였는데 너무 야박하게 굴 필요는 없었다. 최근에는 그가 그녀가 하도 싸다녀서 구박을 좀 주었더니 시큰둥하였다. 그리고 둘 사이는 서먹하였다. 매끄럽지 못한 분위기를 바로 만들 필요가 있어서 여러 모로 궁리를 하였다. 그래서 시간을 내어서 혜은과 나들이를 하기로 하였다. 지금 그의 업무 상태를 점검해보니 이번 주말이 적합할 것 같았다. 그는 조심스럽게 주말에 시간이 나느냐고 물었다. 과거에 한 때 퇴짜 맞은 일이 자주 있어서 알레르기성이 생겨서 조심스럽게 타진한 것이다. 그랬더니 시간이 있다며 다행이 쌍수로 환영하였다. 그는 쉽게 반가워하는 그녀의 모습을 보고 좀 의아스러웠다. 자존심이 많이 꺾였다고 생각하였다.

"오늘 주말인 것 알지?"

"알아~ 어디로 가게?"

"오늘 정약용 유적지를 가 볼까?"

"그래 가~. 어디 있지?"

"팔당 댐 위에 있지…. 오늘은 자유 시간을 갖기 위해서 기사를 대동하지 않을 거야."

"그러면 차편은?"

"어떻게 할까? 차를 렌트하면 어때?"

"그것 참 좋겠어."

"사실 서울서 거리가 그리 멀지 않아."

그리고 렌트 회사에 연락을 하여 깨끗한 차를 대기시킬 것을 부탁하였다. 이윽고 품위 있는 차가 도착하였다. 망우리를 지나 팔당댐을 향했다. 한강 입구에 이르러 강을 바라보니 머리가 시원하였다. 그리고 팔당댐 쪽으로 갈수록 강 중간에는 앙상한 바위 틈 사이로 강물이 흘렀다. 강 건너 위를 쳐다보니 강이 마치 협곡을 이룬 것 같았다. 이곳에 홍수가 난 다음에 대학 친구들과 야유회를 온 것이 회상되었다. 이렇게 강을 뚫어지게 바라보고 있는데 혜은이는 오빠 무엇을 그리 깊이 생각하고 있느냐고 물었다. 그는 그냥 그의 미래를 꿈꾸었다고 하였다. 이윽고 댐을 지나 다산 유적지에 도착하였다. 가니 유적지는 한강변에 인접해 있었으며 그곳에서 질펀한 팔당 상수원을 바라볼 수 있었다. 우리는 주변을 대략 돌아보고 기념사진을 찍었다. 처음에는 그녀를 촬영하려고 하니 잠깐 망설이더니 포즈를 취해 주었다. 그리고 고색창연한 식당에 들어가서 늦은 점심을 시켰다.

"주변 풍경이 어때."

"경치가 강과 산이 잘 어울려서 아주 좋은데요."

"도시를 벗어나서 이런 곳에 사는 것도 좋지?"

"그래, 이런 곳에 살자면 돈이 많아야 될 것 같아."

"지금부터 벌면 돼지."

"…"

"오빠~ 술 그만하고 더 열심히 해야 될 것 같아."

"그래야지~ 다산 정약용 정도 노력하면 되는 것 아냐?"

"그 정도 노력하자면 학자로 가야지."

"다산 정약용에 대해서 얼마나 알아?"

"잘 몰라, 단순히 영조 때 실학자라는 정도만 알아. 오빠는?"

"나도 잘 몰라, 단순히 저서를 많이 썼고, 형제간 우의가 아주 돈독했다는 정도는 알아. 그리고 천주학을 공부하고 실학을 받아들였고 집안의 혈연관계가 다들 천주교와 인연을 맺고 있어."

우리는 식사가 끝나고 숲이 우거진 곳에 있는 벤치로 자리를 옮겼다. 초겨울이라 단풍은 이미 빛바랜 것도 있었고 미루나무는 가랑잎이 떨어져 있기도 하였다. 미루나무는 키가 무척 컸다. 미루나무는 그가 어릴 때 시골 동네 가로수로 심어졌는데 그 많은 미루나무가 지금은 없어졌다. 주변을 두리번거리면서 감상을 하니 혜은이가 말을 꺼낸다.

"오빠의 취미는 뭐야."

"낚시야, 특별히 민물낚시. 민물낚시는 바다낚시 보다 정적이 거든. 그런데 민물낚시도 강 낚시와 저수지 낚시가 있는데 강 낚시가 더 좋지. 강 낚시는 저수지 낚시보다 낚싯대를 들면 힘이 세거든. 사실 전에 이곳에서 조금 떨어진 능내라는 강변에서 낚시를 많이 했거든. 매주 수요일에 왔으니 마니아였지. 그런데 그렇게 좋아하던 낚시 취미도 오래 전에 끊어버렸지."

"오빠! 그 정도였어? 그 기술로 나를 낚아보지."

"호.호! 나를 뭘로 보나. 낚으라면 그거야 식은 죽 먹기지. 하!하! 하! 내가 너무 심했나?"

"우아. 그렇게 쉽게 되지 않을 걸."

"그거야 줄만 안 끊어지면 어렵지 않지."

"정, 그렇다면 오빠 마음대로 해 보아."

그는 주변 풍경을 다시 감상하고 '이제 돌아갈까 저녁노을이 찾아오는데.' 하고 혜은에게 물어보았다. 혜은이는 일어서는 것을 아쉬워하며 일어섰다. 의자에서 일어서서 나무 기둥을 돌아가는데 혜은은 뽀뽀를 기다리는 선정적 눈빛을 보냈다. 이에 그는 자기도 모르게 뽀뽀를 하였다. 그러고 보니 유혹당했다는 생각이 들었다. 그리고 주차장으로 가서 차에 올랐다.

어느덧 연말이 되었다. 요사이 거래 건이 좀 한산하다. 그래서 걱정이 많다. 연말이다 보니 들어가는 돈이 많다. 우선 주택할부금이 문제다. 그리고 임대료에다 인건비도 문제다. 보험료 또한 걱정하지 않을 수 없었다. 물론 저축을 해놓은 것은 있지만 그것은 다음을 대비한 것이니 깨뜨릴 수 없다. 이렇게 하루하루를 걱정하는데 고객이 찾아왔다. 전에 상담을 하던 손님이었다. 일부러 찾아오니 반가웠다. 오늘 대치동에 전에 보아 둔 땅이 아직 있느냐고 물었다. 있다고 하니 안도의 한숨을 내 쉬는 것이다. 고객은 그동안 돈을 모으려고 하였는데 이제 겨우 준비 되었다고 하였다. 그래서 대치동 지주 오 사장에게 연락하여 같이 만나 계약을 하였다. 땅이 커서 복비가 두둑하였다. 그리고 다음날은 두 팀이나 찾아 왔다. 두 손님은 오자마자 땅이 있느냐고 물었다. 유진은 아래 위를 쳐다보니 옷 색깔이 분홍 색깔에다 좀 화려했다. 그래서 매물에 대해서 한참 설명을 하다가 대치동에 두 필지가 있다고 하였다. 그래서 두 손님은 한참 수다를 떨더니 가 보자고 하였다. 그래서 기사를 시켜서 장소를 안내하라고 하였다. 가서 보고 온 두 손님은 이거 얼마냐고 하였다. 10억 정도 된다고 하였다. 둘 다 그러냐고 물어서 둘 다 새로 나온 필지인데 가격이 같다고 하였다. 그랬더니 복부인은 어차피 묵혀 두었다가 땅값 오르면 팔 것인데 사자고 하였다. 땅이 썩나 아무리 뭐래도 오르는 것은 땅 밖에 없어, 하면서 둘이 중얼거렸다. 두 필지는 박 사장 소유였다. 그래서 박 사장을 불러 인사를 시키고 그 자리서 당장 계약을 하였다. 오늘 벌어들인 돈은 다른 거래 건 합해서 일억 정도의 수수료가 나왔다. 완전 횡재였다. 이제 연말 넘길 걱정을 안 해도 되었다. 어제 번 돈을 합하면 당분간 여행을 떠나도 될 자금이었다. 오늘은 행운의 날이다. 이제 옆 동업자와 저녁 시간을 가져야 되겠다. 황 사장, 금 사장을 초빙하였다. 다른 동업자도 초청을 하니 6명 정도가 되었다. 늘 조촐한 식당에서 한 잔 씩 하였는데 오늘은 고급레스토랑인 백조에서 회동하기로 하였다. 큰 건이 성사가 되면 같이 회식하는 것이 관례다. 저녁을 하면서 술이 몇 순배 돌아가고 나니 자연 대화가 이루어졌다.

"김 사장은 행복에 겨워 신나겠네."
"아~그래? 내가 거래가 많다는 뜻인가?"
"그렇지, 우리는 어쩌다가 한 건 하는데."
"고마워, 그리고 미안해~혼자 차지해서."
"김 사장은 일 배운지 얼마 되지 않았는데 영업 수완이 대단하단 말이야. 부러워."
"황 사장도 곧 잘 계약을 하던데?"

"에이~ 나야 전세 정도 얻는 피라미 정도지."

"금 사장도 한 마디 해 봐. 조용히 있지 말고. 했다하면 큰 건만 한다던데."

"그런 경우는 있었지만 극히 드물어."

"그런데 다른 이야기를 하나 할게. 김 사장이 출장 갔을 때 어떤 화사한 아주머니가 회사 부근을 두리번두리번 돌아보던데."

유진은 오해 살까 보아 말을 돌려 일단은 부인하기로 하였다.

"뭐가 있다고 생각하는 모양인데…. 나는 독신이야."

"그걸 묻는 것이 아니고 고객이 대기하고 있다는 뜻이야."

"그래 맞아. 보혜사 부동산이 어디 있느냐고 여러 아줌마들이 묻 더라는 거야."

그는 말이 이상하게 빙빙 돌아 방어하느라 시치미를 떼고 사업 이야기로 돌리면서 대작하자면서 하면서 의심하는 바를 어물쩍 넘 겼다. 이 바람에 오늘도 너무 마시게 되어 정신이 알딸딸하였다. 그는 선배한테 한 수 배울 작정으로 화제를 다른 곳으로 곧잘 돌 리기로 하였다.

"그런데 말입니다. 우리 집에 방을 하나 내어 주었는데 도대체 나 갈 생각을 하지 않아요. 큰일이네요."

"여자야, 남자야."

"남자라면 강제로 밀어내기라도 하면 되지만 여자니까 마음먹고 말하려고 하면 꼬리치니 아무 말도 못하고 돌아서지요."

일동 하! 하! 하!

"뭐 책잡힌 것 있어?"

"무슨 말씀을? 내가 여자를 건드리면서 사는 사람으로 알아요? 그런 말 함부로 하지 말아요!"

"그렇다면 그 문제는 계약날짜가 있을 터인데 넘었으면 명도소송을 하는 수밖에 없습니다."

명도소송? 잔인한 방법을 이야기하네. 아무리 생각을 하여도 결론이 나지 않을 것 같았다. 모든 것은 혼자 해결할 수밖에 없었다.

"자~이제 일어섭시다. 오늘은 내가 한 턱 쓰는 겁니다."

둘만의 결혼식

이들과 헤어진 후 혜은에게 멋있는 선물을 하나 하고 싶었다. 오늘 거래성과가 좋아서 신이 났기 때문이다. 그래서 동료와 헤어지고 나서 바로 케이크 집으로 갔다. 가서 케이크를 두 개를 샀다. 하나는 그가 방에 두고 먹기 위한 것이고 하나는 혜은이에게 선물하기 위한 것이다. 그리고 다시 정육점에 갔다. LA 갈비를 넉넉하게 샀다. 둘이서 모처럼 집에서 구어 먹기 위해서다. 홍얼거리며 가다가 집 앞에 왔더니 어느덧 11시가 되었다. 그런데 이상한 것은 한 번도 켠 일이 없는 외등이 환하게 켜져 있었다. 무슨 일인가 걱정이 앞섰다.

한편, 혜은은 집에서 오빠가 오기를 눈 빠지게 기다렸다. 으레 늦을 것을 예상했기 때문에 월간 잡지 '행복한 가정집'을 들쳐보면서 두근거림을 달랬다. 그녀는 오빠가 올 때에 대비해서 복사꽃 무늬의 잠옷을 꺼내서 입고 있었다. 오빠가 오늘 큰 거래를 했다는 것은 이미 친구에게 들었다. 침대가 있는 자기 안방 문도 열어 놓았다. 아늑하게 한 내부 장식을 보여주기 위해서다. 거실에는 카펫도 새로운 것으로 단장을 하였다. 구석구석 대청소도 하였다. 그리고 오늘 프러포즈를 할 만반의 구상도 하였다. 그렇게 초조하게 기다리는데 11시가 되어서 큰 대문을 여는 소리가 났다. 혜은이는 가슴 두근거리며 얼른 대문을 열려고 나갔다.

그가 집에 선물을 들고 들어서니 분위기가 이상하였다. 오늘은 웬일인지 혜은이가 현관문을 열고 환한 얼굴을 하고 마중을 다 나왔다. 정말 천지개벽 할 노릇이다. 사실 평소에는 너 따로 내 따로 무뚝뚝한 생활을 해 왔다. 그런데 거실에 들어서니 카펫도 화려한 색으로 단장되어 있었다. 정말 무슨 일이 있는지 모르겠다. 갈수록 황당하였다. 그런데 실내 주변 환경에 정황이 없어서 혜은이를 바로 보지 못했는데 이제 보니 잠옷을 입고 있었는데 복사꽃 색상이었다. 배색이 짙은 색상이었다. 이쯤 되니 그도 어쩔 수 없이 황홀경에 휩쓸려가고 말았다.

'오늘은 이상하네.' 하고 기우뚱 거리면서 사온 선물을 바닥에 놓았다. 두 개는 케이크인데 '하나는 내방에 놓고 먹고 하나는 혜은이 먹으라,' 고 산거야. 하고 자랑스럽게 펼쳤다.

"오늘 특별히 LA 갈비를 사왔어. 그리고 포도주도…. 나에게 아주 기분 좋은 일이 있어서 같이 먹으려고 산 것이야."

"오빠. 무슨 좋은 일이 있었어?"

"땅 중개건 큰 건을 2개나 하였지. 복부인 같은데 돈이 많은 모양이야."

"어떤 여자인데? 혹시 분홍빛 온 입은 사람 아니야?"

"자세히 안 보았네. 하여튼 오늘 수입이 좋았어. 그래서 동업자와 한 잔 하고 지금 오는 길이야."

"하하~ 큰 거래가 이루어졌다고? 얼마나 되는데?"

"뭐~ 그런 걸 물어 결국은 혜은이 것이 될 걸."

"오빠가 기분이 아주 좋았나 봐. 나를 다 생각하고."

"자~ 그러면 석쇠와 가스레인지를 가져와서 먹을 준비를 하자. 오늘 많이 준비를 해 왔는데 나머지는 남겨. 가져온 보따리에 찾아보면 포도주도 있어."

모든 것은 혜은의 각본에 따라 잘 맞아 들어가는 것 같았다. 오늘 따라 그는 기분이 붕 떠서 어리둥절하였다. 혜은이는 복사꽃 디자인의 잠옷을 입어서 젖가슴에 눈이 자주 갔다. 그는 훔쳐보는 순간마다 가슴이 뭉클거렸다. 무언지 모르지만 영혼이 심연에 빠진 것 같았다. 그리고 둘은 준비된 갈비를 안주로 하여 포도주를 대작하였다. 아하! 그러고 보니 이것이 신의 완구가 즐거워하는 모습인가?

"오빠. 우리 이곳에서 함께 지낸지 반년이 되었지?"

"그래. 그동안 나는 몹시 바빴지. 뭐가 궁금한 것이 있어?"

"오빠는 과거에 나를 사랑한다고 조각도로 위협했지, 그리고 버스가 없다고 하면서 늦었다고 하면서 나를 여관에 붙들어 놓고⋯. 음~ 그리고 나를 껴안았지?"

"몰라~ 나는 그날 술을 많이 마셔 기억이 안나."

"능청 떠네, 나는 오빠의 비신사적인 행동에 마음이 상해서 헤어지자고 한 거야."

"그랬던가? 그래서 지금은?"

"다시 생각해보니 오빠는 남아다운 사람이란 것을 알고 사랑하게 되었어. 우리 집이 파산되고 나는 암 치료차 요양을 떠났다가서 오빠를 다시 찾은 것은 그래도 오빠만은 믿고 기댈 수 있다고 생각했기 때문이었지. 그리고 옛날에 헤어질 때 이야기 한 것 생각나?"

"그동안 나는 모든 것을 잊으려고 노력하였어. 그리고 마음을 다잡아 오늘의 재산을 일구었어."

"내가 나쁜 여자지?"

"이야기를 듣고 보니 포도주가 더 생각이 나네~ 앞 가게에 없나?"

"나 그럴 줄 알고 미리 준비해 놓았지."

혜은이는 미색을 띄는 치마를 휘날리며 부엌으로 들어갔다. 자꾸만 가슴이 쿵당거렸다. 그리고 한 병을 가지고 나왔다.

"이제 술은 이것으로 그만해. 다음 순서가 있으니."

"순서라?! 무슨 순서?"

"잠간 기다려 보아. 준비한 것을 보여 주지."

다음 순서가 무엇일까? 틀림없이 청혼을 할 것 같았다. 청혼을 하면 따로 날을 잡아 결심을 해야지 하고 마음을 굳혔다.

"오빠~나 사랑해 줘. 너무나도 외로워."

이렇게 한 마디를 하고 가슴에 묻혀 눈물을 흘렸다. 육탄 공세에 다른 날 결심을 별도로 잡아서 한다는 마음은 사랑 앞에 시들어 졌다. 그리고 둘은 주저함이 없이 와락 껴안았다. 한참 시간이 흘렀다. 혜은은 고개를 들고 그의 얼굴을 쳐다보더니 '그동안 준비해 놓은 것이 있어.' 또 무엇이 있나 하고 그는 깜짝 놀랐다. 잠깐 기다려 보라면서 혜은이는 준비된 것을 차리기 시작하는 것이다.

"내가 모든 것을 진행과 준비를 할 터이니 오빠는 따라서 하면 돼. 그리고 주례사는 공동명의로 하는 거야."

"응? 알았어. 그러고 보니 결혼식 하자는 거야?"

"결혼식 준비 때문에 아이디어를 많이 짰지."

"미리 준비하느라 애를 많이 썼소. 하여튼 나를 생각해 주어 감사해."

"서방님 무슨 말씀을… 오늘은 내가 복종하는 날인데…."

자못 엄숙하다. 하객만 없었지 정말 신성한 분위기였다. 거실 가운데는 소반을 하나 두었다. 그리고 중앙에는 케이크를 놓았다. 혜은은 면사포를 썼다. 어디서 구했는지 그에게는 사모관대를 씌웠다. 그리고 소반 한쪽 자리는 냉수를 한 그릇 갖다 놓고 포도주는 반대편에 두었다. 고급 포도주 컵도 두 개를 준비하였다. 색상이 홍색과 청색이었다. 이 아름다운 컵이 어디서 생겼는지 의아스러 웠다. 빈틈없이 차리는 모습을 옆에서 지켜본 그는 갈수록 어안이 벙벙하였다. 너무나도 치밀하게 준비하고 있기 때문이다. 요한 슈트라우스의 음악이 은은히 울려 퍼지고 내부는 아늑하게 단장을 하였다. 혜은이의 사회에 따라 첫 순서로 맞절을 하였다. 그리고 나서 언제 준비했는지 반지 상자를 꺼냈다. 뚜껑을 여니 백옥이었다. 귀한 것이다. 하나를 그의 손가락에 끼우고 나머지 하나를 끼워 달라고 하여 혜은이의 손가락에 떨리는 마음으로 끼웠다. 혜은이는 이 모습을 찍기 위해서 자동카메라를 설치하였다. 맞절 모습과 반지 교환모습과 소반 모습을 사진에 담았다. 그리고 둘이는 팔걸이를 하여 한 손으로는 포도주를 들고 '결혼축하' 하면서 한 잔씩 나누어 마셨다. 이 모든 것이 기념으로 기록되었다. 다음은 혜은이가 작성한 공동주례사를 읽을 차례다. 이것까지 그녀는 생각한 것이다. 이제 공동 주례사를 공동으로 낭독할 차례다. 내용은 대강 이러했다.

결혼 주례사

오늘 유진과 혜은 두 사람은 좋은 마음으로 이렇게 결혼을 합니다.
이렇게 좋은 날 서로 사랑하는 마음으로 결혼을 하는데, 이 마음이 십년, 이십 년, 삼십 년 이상 가도록 하겠습니다. 그러나 그렇게 결혼하기를 원해 놓고 살면서는 이럴 줄 알았으면 안 하는 게 나았을 걸 하고 후회하는 마음도 있을 수 있을 것입니다. 또한 부부가 고생 고생하다가 나이 들면 이제 살만하다 싶은데, 자식이 애를 먹일 수 있습니다. 이것이 인생사입니다.
이렇게 인생이 괴로움 속에 돌고 도는 이유가 있습니다. 그 근본은 덕 보자고 하는 것입니다. 제일 중요한 것은 오늘 이 순간부터는 덕 보겠다는 생각을 버려야 됩니다. 내가 아내에게, 내가 남편에게 무얼 해줄 수 있을까를 생각해야 됩니다. 이렇게만 생각을 한다면 사는데 아무 지장이 없을 겁니다.

주례자: 유진, 혜은

이렇게 예식이 끝나고 둘은 격식을 갖춘 옷을 벗고 열려 있는 안 방으로 들어갔다. 그리고 혜은의 겉저고리를 풀었다. 혜은은 그에 게 샤워할 것을 권했다. 그러나 그는 혜은에게 먼저 하라고 권했 다. 혜은이 욕실을 열고 들어가는데 안에는 샤워커튼이 있었다. 샤워커튼이 보이는 안이렇게 예식이 끝나고 둘은 격식을 갖춘 옷 을 벗고 열려 있는 안방으로 들어갔다. 그리고 혜은의 겉저고리를 풀었다. 혜은은 그에게 샤워할 것을 권했다. 그러나 그는 혜은에게 먼저 하라고 권했다. 혜은이 욕실을 열고 들어가는데 안에는 샤워 커튼이 있었다. 샤워커튼이 보이는 안에서 샤워를 하였다. 곡선미 와 물소리가 어울리는데 가슴은 두근거렸다. 오늘 일체의 모든 연 출은 혜은이가 했기 때문에 그는 얼빠진 채 응하기만 하였다. 오늘 하루는 엄청나게 바보가 되는 날이다. 바보 속에서 밤을 보냈다. 다음 날 아침 늦잠을 잤다. 깨어보니 잠자고 있는 아내의 앞가슴 의 비밀은 잠겨 있었다. 언제까지 잠겨 있을 줄은 가늠이 가지 않 는다. 모든 것은 운명이다. 운명이 없다면 창조주를 능가한다는 뜻 이다.

홍콩여행

결혼 첫날밤을 치르고 나서 유진은 혜은에게 신혼여행을 한 번 갔다 오면 어떠냐고 물었다. 혜은은 이 말에 이게 웬일인가 싶어 무척 반기는 얼굴이었다. 그러면 우리 제주도로 갈까 하고 물어왔 다. 그러나 그는 이왕이면 가까운 동남아로 갔다 오면 좋겠다고 하였다. 혜은은 복수여권이 없다고 하면서 가까운 제주도로 가자고 하였다. 그러자 그는 지금부터 시간을 내어서 복수여권을 만들라고 하였다. 그는 홍콩 마카오로 가자고 하면서 지금부터 준비를 하라고 하였다.

그녀는 이 말을 듣고 상당히 반기지만 경비가 많이 나갈 터인데 하고 걱정을 하였다. 우리는 이렇게 경비를 걱정하며 며칠간 홍콩 여행을 위하여 많은 준비를 하였다. 숙박은 3일간 하기로 하였다. 내외는 김포공항에서 즐거운 마음으로 홍콩행 출국을 하였다. 그리고 비행기는 창공을 갈라서 긴 여정에 올랐다. 세 시간 뒤에 홍콩의 첵랍콕 공항에 도착하였다. 입국 수속을 밟고 내외는 나란히 임페리얼 호텔로 향하는데 주변 풍경은 처음 보는 이국적인 풍경이라 새로웠다. 공항에서 침사추이까지 이동하는 버스는 한국에서는 타보기 어려운 이층버스였다. 호텔에 도착하여 여장을 풀고 내외는 일단 란콰이펑에 들러서 홍콩의 불야성을 한번 느껴보기로 하였다. 해안가 쪽으로 가니 와인바, 팝, 클럽, 알려지지 않은 유명한 레스토랑들이 즐비하였다. 저 멀리 바다를 보니 배가 아주 화려하게 빛나고 있어 어떤 곳이냐고 안내에게 물어보았더니 해상레스토랑이라 하였다. 이왕이면 고급으로 식사하기 위해서 우리는 소형보트를 타고 부두가 멀리에 떨어진 범선 레스토랑에서 식사를 하기로 하였다. 수상 레스토랑은 색다른 경험일 것 같아 가보고 싶었다. 소형 배를 타고 큰 배에 오르니 안내가 전망 좋은 자리를 잡아 주었다. 우리 내외는 무대 가까운 곳에 앉았다. 중국식 가무를 연출하는데 춤이 이국적이었다. 부부는 이런저런 이야기를 하고 있는데 무대 쪽에서 한 사람이 내려와서 무대 뒤쪽에 있는 황제가 사용했다는 의자를 배경으로 사진을 찍지 않겠느냐고 하여 승낙을 하였다. 그랬더니 아리랑을 연주해 주었다. 주변은 둘러보았다. 육지 쪽의 등불이 산비탈에 화려하게 빛나고 있었다. 바다 쪽도 화려하였다. 완전히 별천지 같았다. 시간이 되어서 보트를 타고 부둣가에 내리는데 미끄러져서 아내가 물에 풍덩 빠졌다. 깜짝 놀라 일른 손목을 잡아서 다행히 깊이 빠지는 일은 없었으나 하마터면 큰 일 날 뻔하였다. 부인의 옷은 바다 물에 다 젖었다. 그래서 부랴부랴 택시를 잡고 호텔로 돌아오니 11시가 다 되었다. 호텔에 와서 그는 아내에게 여행 다니느라 피곤하고 추우니 샤워하고 얼른 침실로 들어가자고 하였다. 그리고 내일은 아침 10시 경에 마카오를 가자고 하였다. 우선 아내는 물에 젖은 옷을 세척하여 방에 말렸다. 그리고 따뜻한 물로 샤워를 하였다. 그는 샤워하는 사이에 TV의 야한 채널을 틀고 정신없이 구경하고 있었다. 아내는 샤워를 하고 보라는 듯 가슴만 가리고 밖으로 나왔다. 그리고 그는 아내에게 TV가 재미있다고 구경하라고 하고 다음 차례로 샤워하러 들어갔다. 머리도 감고 옷 몸을 정하게 씻은 후에 밖에 나왔다. 그리고 머리를 수건으로 털면서 TV가 볼만하지?, 하고 운을 떼었다. 둘은 큰 수건으로 일부를 가린 체 냉장고서 포도주 하나를 꺼내서 나누어 마시고 오늘 여행담을 이야기하였다. 특히 선상 가무가 재미있다고 이야기를 하고 이런저런 이야기를 간단히 하고 시간이 너무 늦어서 깊은 잠에 들어갔다.

아침 일찍 일어나서 침사추이로 이동 후에 침사추이에 위치한 차이나페리터미널에서 마카오로 가는 페리호를 탔다. 대략 한 시간 정도 걸린다고 하였다. 이곳에서 구경거리가 많아 다 구경할 수는 없고 마카오에서 가장 잘 알려진 랜드마크 중 하나인 세인트 폴 대성당 유적지를 보기로 하였다. 정교하게 장식된 건물 정면은 석조 계단과 함께 이 대성당에서 유일하게 남아 있는 부분이다, 천천히 다가가면서 여러 동상과 완벽하게 꾸며진 정원을 구경하였다. 대성당은 오래 전에 태풍이 불었는데 다른 것은 다 무너졌는데 정문 벽면만 남아 있어서 신의 기적이란 전설이 내려오고 있는 곳이다.

대성당 유적지 바로 근처에는 1617년 예수회 사람들이 바다로부터 공격을 방어하기 위해 짓기 시작한 몬테요새가 있었다. 이 요새는 이후 마카오의 주요 방어 시설로 이용되었으며, 옛날 대포와 성벽이 아직 남아 있는 것을 볼 수 있었다. 우리는 언덕에 있는 이곳에 가기 위해서 걸어서 올라갔다. 올라가니 땀이 주르르 흘렀다. 걸어서 이국 산책을 제대로 하였다. 우리는 이곳에 있는 카지노가 하도 유명하다고 하여 카지노에 잠시 들렀다. 들어서니 몸수색을 하는 수색대를 지나고 나오니 무장경관이 위압적으로 지키고 있었다. 우리는 아는 것이 파친코라 코인을 몇 개 넣어 보았지만 행운은 따라주지 않았다. 이곳 감상을 마치고 내외는 빨리 홍콩 침사추이로 돌아갔다. 야시장 광경을 구경하기 위해서다.

침사추이 도착 후, 구룡 공원, 하버시티(쇼핑몰),시계탑, 스타의 거리로 이어지는 해변산책로 관광을 하였다. 스타의 거리는 저녁 8시에 심포니 오브 라이트 레이저쇼를 볼 수 있어 레이저쇼 관람 후에는 몽콕의 야시장에 갔다. 저녁은 여기에서 하였다. 저녁을 마치고 우리 둘은 하버시티에 가서 기념 반지를 한 쌍 샀다. 그리고 10시가 되어서 다시 호텔로 돌아가 거품 목욕을 하고 다시 신혼 잠에 빠졌다.

아침 일찍 일어나서 오션파크가 있는 홍콩 섬 남부로 이동하였다.

이곳에서 야외용 에스커레이터를 타고 한참을 올라갔다. 마침 돌고래 쇼를 준비 하는 중이었다. 돌고래 쇼, 수족관등과 놀이기구 등을 관람하였다. 특히 돌고래 쇼는 신기하기만 하였다. 이곳을 구경하면서 빅토리아파크를 다녀와서 홍콩의 이태원으로 불리는 란콰이펑에 들러서 홍콩의 불야성을 한번 느껴보았다. 와인바, 펍, 클럽, 알려지지 않은 유명한 레스토랑들이 즐비하여 두 손 잡고 즐거운 저녁과 밤 시간을 누렸다. 이제 홍콩을 떠나는 비행기는 오후에 출발한다. 우리 둘이는 호텔 커피숍에서 약 3일 간의 여행을 회상하였다. 홍콩의 특징은 불야성의 내온사인, 숱한 먹거리 시장, 마카오의 유적지 등으로 요약할 수 있다. 물론 시간을 많이 가진다면 여러 곳을 볼 수 있겠지만 수박 겉핥기식이라서 내용을 다 모른다. 이 정도만이라도 이국 풍경을 감상했다는 것에 만족해야 했다.

그들은 귀국해서 며칠 간 시간이 흘렀다. 홍콩, 마카오의 색다른 풍경이 머리를 떠나지 않았다. 열정을 품은 신혼여행은 가슴 속에 깊은 추억으로 가득 매워졌다. 구정 지난 2월 초라 찾아오는 손님은 뜸했다. 한편 그의 생각은 기획부동산을 잘 운영해서 돈을 벌겠다는 마음으로 가득했다.

귀국해서 얼마 있다가 그는 그동안 묻어 두었던 사적인 성장 과정을 혜은이와 나누어 보고 싶었다. 아내에게 오늘 저녁 약속을 가지자고 하였다. 생각 밖에 나들이를 하자고 하니 갑자기 무슨 일이 있느냐고 물었다. 그는 서로 숨겨진 이야기를 나누면 도움이 될 것 같다고 이야기를 하였다. 그랬더니 혜은이는 약간 얼굴이 변했다. 친정에는 아직도 파산에서 헤어나지 못하는데 혼자 호강하고 잘 사는 것 같아 마음이 불안하였던 모양이다. 그는 이를 눈치 채고 우리 사이는 감출 수 있는 것은 감추어도 서로는 변하지 않을 것이란 이야기를 하였다. 그리고 전에 만난 역삼동 한식집에서 만나자고 하였다. 시간이 되어서 식당계단을 올라오는 아내를 정중히 맞이하고 소회의실에 자리를 하고 한식을 주문하였다.

"홍콩 여행 만족했어?"

"낭군님 덕택에 엄청 호강했지."

"사실 오늘은 개인적 이야기를 나누는 것이 좋을 것 같아. 마음 비우고 이야기하였으면 해. 우리는 그동안 서로의 개인적 이야기를 하는 것에 대해서 너무 절제를 했으니 서로 궁금하였지…서로의 환경을 알면 보다 행복한 삶을 가질 수 있을 것 같아서."

"먼저 이야기하세요. 당신이 하고 싶은 이야기를 먼저 하세요. 나는 듣고 나면 중간 중간 이야기하지요. 그러고 보니 자유대화가 좋겠네요."

"나는 8남매의 장남이야. 시골 태생으로 부모가 이들 형제를 다 공부시키는 것은 정말 몸살 나는 일이지. 그래서 우선 장남을 먼저 공부시키기로 하였지. 그런데 부모님은 내가 대학 다닐 때 조금 남은 재산을 서울 토건회사에 사기를 당했지. 그리고 부터는 동생 모두는 중, 고등학교만 다니게 되었지. 그런데 혜은씨는 삼 남매인데 다들 대학 교육을 시켰다고 하였지?"

"교육을 시켰지만 취직을 해야 되는데…. 취직 준비를 하고 있는 중에 집안이 풍비박산이 났지요. 게다가 나는 몹쓸 병인 암에 걸리고 돈이 없어서 수련원에서 고생하면서 병을 자연치유를 했지요."

"고생이 많았소. 나는 직장 생활할 때 혜은 씨 때문에 눈에 콩

깍지가 엄청 끼었지요. 기억나요?"

"기억나지만 내가 너무 홀리게 해서 지금은 미안하게 생각해요."

"그런데 개 버릇 남 줄 수 있나? 하!하!하! 너무 심한 말을 하였나?"

"아니요. 그 말이 맞습니다. 나는 나쁜 여자입니다. 당신을 늘 괴롭힌 것을 인정합니다. 그것이 여자의 속성이 아닌가요? 그런데 당신 마음은 너무 무던해요. 걱정되네요."

"아니 어떻게 오늘은 모든 것을 시인하네. 진정인가?"

"아~ 하! 당신이 원하는 대답일 것 같아서. 그런데 우리에게는 이런 진한 사랑이 무엇보다도 값지다고 생각해요. 안 그래요?"

"그렇긴 하지만…. 그런데 화제를 다른 곳으로 돌립시다. 장인어른은 지금 어떻게 계십니까?"

"모릅니다. 집안이 풍비박산 나고 산 속에 들어가서 알려고 하지 않았어요. 큰 남동생이 식구를 거느릴 것입니다. 건강이 거의 회복되어서 산을 나왔는데 갈 곳은 없고 연락이 되지 않아서 당신을 찾아온 거요. 가끔 몇 친구는 만났지요. 그러다가 당신이 유명해졌다고 하여 옛정이 그리워서 사무실로 찾아간 것이지요. 서로 마주 보니 옛 사랑이 그리워진 겁니다. 그래서 용감하게 당신 집에 머물자고 한 셈이 되었구요."

"아~ 그랬었군요. 그런 심경 변화를 오늘에야 풀어 놓은 셈이군요."

"결국 운명이에요. 운명이 우리 둘의 재회를 만든 것입니다. 그러나 저러나 당신 사업이 너무 급격히 성장하는 것 같아요."

"왜? 걱정되나? 바람이라도 피울까봐?"

"그럴지도 모르지요. 그렇지만 나 하기 나름이지요. 깔~깔~ 깔."

"그리고 동생 둘은 미국 갔다는데 소식은?"

"아르바이트하며 공부하고 있나봐. 졸업해도 취직하자면 아직 많이 기다려야 할 것 같아요."

"동생 동익이와 인천 송도서 문화영화 촬영하던 모습이 눈에 선~하네."

"그때가 아름다웠지요. 내 앞에서 중심 못 잡는 당신을 볼 때 말입니다. 호~호~호~"

"전에 직장 다닐 때 당신이 나를 장모님에게 직장에 오도록 해서 도둑 관찰을 하도록 하였지?"

"눈치 채었나. 나는 그 사실을 모르는 줄 알았는데. 결론은 통과되었어요."

"끝내는 본인이 결정하는데 필요 없는 많은 과정을 거쳤군요. 하! 하! 하! 그 때 나는 벌벌 떨었지. 고양이 앞에 생쥐마냥."

"여자의 가치는 거기에 있는 것 아닌가요?"

"이제 와서 생각하니…. 당신 말이 맞긴 맞어. 남자를 속 태운 죄는 누가 심판하지? 허! 허! 허!"

"남자는 그런 것을 감수하지 않으면 가치가 없지요. 그 인내를 참는 자만이 승리를 차지할 자격이 있는 거예요."

"역시 화술은 대단하군?"

"…"

"그리고 하나 이야기하고 싶은 것이 또 있어. 다름이 아니고 경기도 화성에 친구가 있는데 많은 땅을 소유하고 있는데 그 친구는 이민 준비를 한다고 하며 땅을 일부 내 놓았어. 이 친구는 나 보고 땅 일부를 매매 의뢰를 하겠으니 잘 처리하여 달라고 하였어."

"그 넓은 것을 어떻게 하려고."

"그 중에 일부야. 내가 하는 것이 부동산이니 기획부동산을 해 보라는 뜻이지. 이런 기회는 드물게 오는 거야. 기회를 잘 잡아야지."

"어떻게 하려고?"

"땅을 형질 변경하여 분할하여 분양할 거야."

"그거 잘못하면 큰일 나는데. 도박인데."

"장소는 경기도 화성군 팔탄면인데 곁에는 공단이 들어설 계획이 있어서 비교적 안전 해. 돈을 크게 벌자면 이 기회에 도전을 해야 돼. 시간 잡아서 시장 조사차 화성에 내려가서 며칠 지내야 되겠어. 단단히 하여야지 아차 하면 벌어놓은 것도 날라 가는 거야. 연락이 없으면 출장 간 줄 알아."

"단단히 계산하고 착수해요. 잘 못하면 알거지가 돼요."

"그렇게 위험하지는 않아. 작전을 잘 짜면 이상 없어."

"머리를 너무 믿지 말라니까. 정 고집을 부리면 지금 할부금 주택을 내 명의로 바꾸어 놓고 시작해요."

"알았어. 그 말도 일리가 있어. 내일 당장 명의를 바꾸어 놓을게. 그리고 걱정 말어."

"땅 규모가 얼마나 되요?"

"10정보 정도가 되지. 군대 있을 때 친구가 소유한 땅이라 기회가 좋으니 한 번 해 보려고 해. 현장에 한 번 가 보았는데 이번에 내려가서 매듭을 지을 거야. 보혜사 부동산이 이름이 나서 쉽게 분양될 거야. 그리고 앞으로 남자가 바깥에서 하는 일 너무 알려고 하지 마."

"알았어요. 그 정도는 지킬 줄 알아요."

한참 정신없이 대화를 하다 보니 밤은 늦었다. 오늘의 대화는 서로가 봉선화를 꽃다발로 만드는 거와 같은 삶을 한 단계 높이는 대망의 기회로 보았다. 둘이는 손잡고 집으로 갔다. 집에 들어서니 아직도 신혼 꿈에 젖어 이 밤도 핑크색 밤잠을 꿈꾸게 되었다.

기획부동산으로 대박

오늘따라 안온한 기온이다. 겨울은 물러가고 따뜻한 기후가 찾아왔다. 오늘은 화성군 팔달면에 있는 친구를 만나러 간다. 점심때 도착하니 친구가 그를 기다리고 있었다. 이 친구 전병국은 아버지가 월남한 의사인데 돈을 많이 벌어서 외동아들한테 일찍이 재산을 다 넘겨주고 아버지는 일본서 의료 활동을 하고 있다. 야산은 한참 넓었으며 친구는 낮은 평지에서 목장을 하였다. 그는 땅문제로 마지막 협상을 하기 위하여 혼자 찾아갔다. 친구 어머니는 친구가 왔다고 밥상을 차려 주었다. 시골 밥상 대접을 받고 나서 산을 한 바퀴 돌아보고, 목장도 둘러보았다. 산은 경사도 별로 심하지 않았다. 이 친구는 전공은 축산학이나 농촌 생활이 따분하여 땅을 팔고 이민을 가고 싶다고 하였다. 급매물이므로 가격을 잘 해 줄 터이니 제대로 해 보라고 하였다. 그래서 가격 절충을 한 것이 평당 5천 원에 결정하였다. 10정보로 계산하면 일억 오천만 원 정도였다. 통장에 있는 돈 일억에다가 오천만 원은 융자를 받으면 가능할 것 같았다. 그는 일찍이 이곳의 땅을 연구하고 분석한 결과 600평씩 분할하더라도 공유면적을 고려하여 50필지는 나올 것 같았다. 50필지에 3000만 원을 받고 세금 등 경비 50%를 제외 하더라도 7억 5천 원 이상의 순수익이 된다는 계산이 나왔다. 6개월에

끝난다고 하면 노다지 타작을 한 것으로 평가할 수 있다. 하여튼 친구와 이런저런 이야기를 나누다가 자기가 승마용 말을 하나 샀는데 구경 가자고 하여 언덕 사육실로 따라 갔다. 그는 승마용 말을 소유하고 있다는 것을 알고 깜짝 놀랐다. 아침저녁으로 말을 타고 산을 한 바퀴 돌며 운동한다고 하였다. 말을 구경하고 관리 하는 모습을 들어보니 말을 늘 타지 않으면 말은 운동 부족으로 죽는 수가 있다고 하였다. 이렇게 친구와 교제시간을 가진 후 그는 대금을 준비할 터이니 열흘만 기다리라고 하고 서울로 올라왔다.

어려운 과정을 거쳐 땅 살돈을 준비하였다. 돈 준비 과정은 아내에게 비밀로 하였다. 그리고 약속 날짜에 맞추어서 화성으로 내려가서 땅 매입을 성사시켰다. 이제부터는 판로가 문제였다. 그래서 홍보물을 인쇄하여 사무실 부근 동업자에게도 뿌리고 화성군에도 뿌렸다. 이 땅은 형질변경에 어려움이 없고 원한다면 추가 경비를 받고 변경 절차를 밟아준다고 하였다. 이렇게 계약을 마치고 홍보 활동을 하고 며칠 만에 집에 오니 아내는 웃는 얼굴로 옷을 벗겨주며 샤워를 하라고 하였다. 아주 좋은 서비스를 하였다. 그러면서 어떻게 잘 되었느냐고 물어서 일을 마무리 지었는데 분양이 문제라고 하였다. 가격은 어떻게 되느냐고 물어서 600평 한 필지가 3천 만 원이라고 하고 외판원에게는 손님을 데리고 오면 수당도 준다고 하였다.

혜은은 속으로 기회가 왔다고 생각하고 스스로 영업 계획을 세웠다. 남편 몰래 자기가 음으로 활동을 하는 것이 좋다고 생각을 하였다. 스스로 친구들에게 남편의 얼굴을 내밀고 싶지 않았기 때문에 입단속도 필요했다. 모든 것을 남편 모르게 단독으로 진행하였다. 그렇게 하여 주변에게 전화를 할 때도 남편이 아니라 친척 되는 사람이 사업을 하는 것이라 하였다. 이렇게 활동 방향을 정리 하고 주변 친구들에게 연락을 하기로 하였다. 친구들에게 전화를 하여 한턱 쓸 일이 생겼으니 오랜만에 얼굴 한 번 만나보자고 하였다. 만나는 장소는 명동 성당 곁에 있는 크로이첼 다방으로 하였다. 전에도 모이게 하여 두 친구가 계약을 하게 한 일이 있지만 남편은 그 사실을 모른다. 그 때는 처음이라 주변 몇 사람에게 홍보만 하였지 권장하지는 않았다. 이번에는 기획 부동산이니 자기가 매입할 형편이 되지 않더라도 소개만 시켜도 수당이 생기니 다른 경우다. 드디어 모이는 날에 30여명이 모였는데 우선 점심을 푸짐하게 한턱 쓰고 오후에는 다방으로 자리를 이동하여 가져간 전단을 돌리고 사업 설명을 하였다. 이를 받아든 친구는 3000만 원이면 큰 부담이 될 것이 없다는 평이며 많은 사람이 활동에 참여할 것 같았다. 보혜사 부동산은 나름대로 마케팅을 하여 두 달 만에 모든 분양이 끝났다. 기획을 시작한 날부터 끝날 때 까지를 생각하면 6개월 걸린 셈이다.

땅 분양을 다 마칠 때는 이미 가을이었다. 그리고 이제 돈에 대한 어려움에서 끝났으니 성공한 다른 분야의 그룹과 교제를 하고 싶었다. 배고픔이 지나가니 출세욕이 생긴 것이다. 그래서 이곳저곳을 알아보니 마음에 드는 것이 첨단과학 최고 경영자 과정이란 것이 있었다. 그에게 궁금하고 부족한 것이 첨단과학 분야이므로 그 세계를 알고 싶었다. 교육 기간은 6개월이었다. Y대학에서 학생 모집을 하는데 서류심사를 한다고 하였다. 선발 인원은 50명이었다. 이 과정에 100여명이 지원을 하였다. 그는 부동산 사업을 하여서 떨어질까 걱정을 하였는데 전공 때문이었는지 통과를 하였다. 그리고 보름 안에 등록을 하였다. 가을에 등록하면 내년 봄에 졸업하는 것이다. 사실 프린스턴 대학에서 첨단과학을 공부하고 싶었지만 여러 여건이 맞지 않아서 국내에서 부족한 공부를 보충하기로 하였다. 첫날 등교를 하여 오리엔테이션을 하였다. 학생들의 면면을 살펴보니 전부 쟁쟁한 사람들이었다. 다들 큰 재력가였다. 대그룹 전무가 있는가 하면 대그룹 그룹 총수 친 동생도 있었다. 그리고 대그룹 집안 출신도 있었다. 중소기업 중앙회장도 있었다. 다들 보니 출세한 사람이었다. 그가 보기에는 공부하러 온 것 같지가 않았다. 공부 반 경력 반을 기대하고 오는 것 같았다. 하나가 더 있다면 귀족끼리 교제의 장에 참여하기 위한 것 같았다. 차라리 후자 쪽이라 생각하는 것이 더 나을 것 같았다. 그는 이들 축에 들자면 한참 더 노력해야 될 것 같았다. 첨단 과학 커리큘럼을 들여다보면 로봇, 생명과학, 생명의 복제나 창조, 우주개발 탐사 분야, 군사무기, 신소재나 신물질 등의 연구개발 분야며 이들에 대한 개요를 가르친다.

하나를 해결하고 나니 다른 하나를 추진하고 싶었다. 그것은 다름 아닌 짧은 세월 동안이었지만 자라온 과정을 자서전으로 만들고 싶었다. 그래서 자신은 필력이 약하고 시간이 부족하므로 대필시키는 방법을 찾기로 하였다. 주변에 알아보았으나 별로 알 만한 사람이 없었다. 그래서 대화 분위기가 있을 때마다 대필할만한 사람을 소개해 달라고 홍보하였다. 물론 문인을 부탁한 것이다. 그러나 그것도 찾으려고 하니 쉽게 되지 않았다. 그런 가운데 지방에서 매물이 있다고 연락이 오면 바로 현지답사를 하였다. 현지답사를 하더라도 상품 가치가 없으면 돌아오기 일쑤다. 그러다가 큰 건이 생기면 중개료를 톡톡히 받는다. 요사이 당분간은 중개료 수입으로 사무실을 운영하고 있다. 기획 부동산은 걸치는 절차가 많아서 이제는 그 이상 하고 싶지 않았다. 그러나 땅은 좋은 것이 있으면 투자해 놓고 시기가 되면 되팔기도 하였다. 돈을 쪼개 쓰다 보니 단타 위주로 투자를 하였다. 물건이 좋으면 그것이 훨씬 이익이다. 비즈니스 틈틈이 공부도 하랴 자서전 자료 갖추랴 하루하루가 제법 바빴다.

이렇게 바쁜 나날을 보내는데 한 번은 선배가 자서전을 쓸 만한 마땅한 인물이 있다고 하였다. 그래서 이화여대 로터리에 있는 다방에서 만나기로 하였다. 갔더니 이 선배는 한 여성을 소개하는데 상대는 시인이고 자기와 같은 클럽에 있다는 것이다. 그는 우리 둘을 인사시키고 자리에서 떠나갔다. 둘이 타협해서 일을 잘 추진하라는 뜻이다. 선배가 떠나고 난 다음에 첫 눈에 그녀의 전체를 일별해 보니 스타일리스트란 것이 강력히 눈에 들어왔다. 아주 매력적이었다. 선배의 소개로 시인이란 이야기를 들었으며 대필 능력에 대해서는 조금 더 알아보고 싶었다. 하지만 선배가 소개한 것이니 대필 실력을 일단은 믿었다. 우선 늦은 점심 식사를 하면서 선배와 주변 관계에 대해서 질문을 하고 문장 쓸 능력에 대해서 참고 될 만한 사항을 간단히 물어보았다. 자수성가한 사장의 체면을 올리기 위해서 점심은 융숭히 대접하였다. 앞으로 일이 있으면 이 전화로 연락하라며 전화번호를 주고받았다.

박 시인으로부터 자서전을 쓰는데 필요한 돈이 얼마라고 들었지만 건성으로 지나치고 얼마간 있다가 연락이 오면 그 때 이야기 할 거라 생각하였다. 사무실에 돌아와서 박 시인이란 여자를 다시 음미해 보니 대단히 매력이 넘치는 여성이란 생각이 들었다. 허리에 멋진 밴드를 두르고 멋진 핸드백을 들었다. 옷은 감청색으로 입었고 허리는 잘록 하였다. 옷은 줄이 선명하게 세워서 매무새를 다듬었다. 머리는 단발머리에 잘 디자인된 핀을 꽂아 멋을 더하였다. 그리고 얼굴도 윤곽이 뚜렷하였다. 마침 사교할만한 여자가 없을까 생각하던 중에 천사가 나타난 것이다.

  그러나 박 시인은 돈이 궁해서 자서전 대필이라도 맡아야 생활비에 보탬이 되었다. 그래서 자연 멋을 잘 가꾸고 상대를 잘 홀려서 일감을 만드는 사업수완을 발휘해야 되었다. 그는 그녀의 눈동자에서 모든 것을 읽었기 때문에 그런 생각을 하게 된 것이다. 은근히 감추어진 큐피트를 그녀의 가슴에 날리고 싶은 발동이 생겼다. 상대편의 눈동자를 그의 가슴에 담아 마음을 열어주는 것은 남자의 당연한 본능이란 생각이 들었다. 박 시인은 그가 비록 부동산을 하여 돈을 벌었지만 원래는 명문대학 출신이고 지금은 첨단과학에 조예가 깊은 것 같았다. 게다가 김 사장의 성품이 점잖은 것 같아서 더욱 호감이 갔다. 남녀 관계는 끼가 양념 작용을 하니 서로 같이 시간을 가지며 양념을 나누는 것도 불로초란 생각이 들었다. 또한 그는 문학과 철학에 조예가 깊고 이야기를 재미있게 펼쳐 나갔다. 그의 화술도 대단해서 그녀도 몰래 그의 심오함에 빨려 들어가 버렸다. 어쨌든 자서전 집필 대행자로서 서로 관계를 맺는 것도 따분한 생활에서 벗어날 수 있는 가치 있는 기회라 생각을 하였다. 이렇게 서로는 마음대로 상상을 하고 있다.

여유는 바람을 몰고

김 사장은 박시인과 헤어진 이후에 늘 시인의 얼굴이 눈에 들어 왔다. 한 동안 한 참 바쁘다가 어느 날 시간이 조용했다. 초겨울이 라 벌써 낙엽이 바람에 뒹굴었다. 마음은 한 없이 허전해졌다. 한 편, 그 때 시인은 김 사장에 대한 생각으로 이런저런 옥상옥을 짓 고 있었다. 텔레파시가 통했는지 김 사장으로부터 전화가 왔다. 오 늘 청담동에서 만나자는 것이다. 박 시인은 드디어 기대하던 상황 이 낚시에 걸렸다고 생각을 하고 청담동으로 급히 갔다. 거기서 둘 이 만나서 서로 수인사를 하다가 김 사장은 워커힐에 낙엽 감상을 하러 가자고 하며 떠 보았다. 그랬더니 시인은 그러지요 하면서 쉽 게 승낙을 하였다. 김 사장은 기사에게 운전을 지시하고 아차산 워커힐로 갔다. 마침 늦은 점심이라 식당으로 먼저 들어가서 설렁 탕 하나 시켜서 먹고 백주를 한 잔 하였다. 식사가 끝나고 우리 둘 은 워커힐 뒤에 있는 정원에서 한강이 바라보이는 벤치에 앉았다. 그는 자유와 규제를 주제로 화두를 꺼냈다.

"사람들이 자유를 무한정 누리는 것이 좋을까요? 어떨까요?"
"글쎄~ 그거 듣고 보니 간단한 문제가 아닌데요?"
"지금 우리나라는 자유주의 국가입니다. 자유를 만끽하는 층이 있습니다. 조폭은 물론이고 권력층도 그렇습니다. 심지어 여성도 그렇습니다. 다리는 황새다리고 옷은 속이 다 들여다보이고… 그 래서 여성들에게 이 점을 한 마디 하면 개성이고 다양성이란 말로 반항합니다."

"그런데 여성은 남자하고 틀리잖아요? 자기 아름다움을 마음껏 발휘하는 데서 생의 보람을 느끼지 않을까요?"

"그런데 그 말은 인정하는데 남자들은 유혹 되어 성범죄를 일으킬 수 있다는 것입니다."

"남자가 감정을 억제 하여야 하지요. 남자는 미적인 것만 감상하면 됩니다. 왜 그런 것을 신경 쓰시나요?"

"지하철이나 거리를 거닐면 이런 생각이 많이 들기 때문에 의문 해소 차원에서 물어본 것입니다."

"말씀하시는 것을 보니 끼가 제법 있네요?"

"내가 이야기하였지만 끼는 삶의 양념이라 하지 않았소? 그런데 출발은 여기서 했지만 이런 것들이 경제 활동 등에 영향을 주지요. 나는 단지 인간 활동에 있어서의 자유와 규제를 논하고 싶은 것입니다."

"그것이 무엇인데요?"

"아~ 그거 간단합니다. 자유를 너무 풀면 다른 사람에게 피해를 주지요. 그래서 규제가 필요하지요. 그런데 규제를 너무 심하게 하면 독재국가가 되지요. 안 그렇소?"

"하하~ 그런 점에서 딜레마가 생기네요. 평형점을 찾은 것은 정말 어렵겠네요."

"그래서 두꺼운 법전이 필요하지요. 두꺼운 것이 좋으냐 얇은 것이 좋으냐 하는 것은 신만이 알 것입니다."

"오늘 자서전 대필료 일부를 금일봉 드리니 그렇게 알고 받으시고 준비하세요. 다음에 만나거든 더 많은 대필 정보를 준비해 드리겠습니다. 그동안 준비한 나의 자료는 이것 정도입니다. 부탁합니다."

이렇게 하여 그는 그녀를 배웅하기 위해서 서교동 집까지 안내하였다.

박 시인은 대필료 착수금을 받고 돌아서니 생각보다 대필료가 훨씬 많았다. 마음은 요동쳤다. 그 이후로 집에 와서 생각하니 김 사장이 대단하다는 생각이 들었다. 팁을 제대로 쓸 줄 아는 인격체처럼 보였다. 또한 젊은 나이에 돈을 그 정도로 모았으니 은근히 부러웠다. 시를 아무리 써도 돈이 되지 않는 것은 다들 아는 것, 기본적인 생활만 되어도 행복 할 텐데, 하고 따분한 생각을 평소에 하였다. 그러고 보니 박 시인은 조금만 노력하면 김 사장의 간장을 녹일 수 있을 것 같았다. 그렇다! 잘만하면 한 밑천을 잡을 수 있을 것이다. 대필을 미끼로 자주 교제를 가져야 되겠다. 그래서 앞으로는 김 사장 대신에 격을 높여서 김 회장님 하고 자주 불러야 되겠다. 그리고 대필이 끝났을 때는 잘만 하면 한몫 잡을 생각이 가능할 것 같았다. 그러자면 모범 문장을 하나 작성하고 회장이 '혹~' 하는 장면을 구성하면 좋을 거라 생각했다. 결국 홍보 프레젠테이션을 잘 해야 되겠다는 뜻이다. 여기까지 생각이 미치자 전체적으로 어떻게 자서전을 구성할 것인가에 대해서 곰곰이 짜 보았다. 우선 목차와 목차에 따른 개요를 만들어보기로 하였다. 계약 기간은 일 년이니 시간은 충분했다. 그러고 생각나는 것이 또 하나 있었다. 그것은 회장이 문학을 좋아하니 만나면 회장님이 좋아할 문학책 하나를 읽고 대화 자료를 준비할 필요가 있었다. 한 달 동안 끙끙하며 기본 프레임을 작성을 하고 이 정도면 됐다 싶어서 김 사장에게 전화를 하였다. 박 시인이 언제 시간이 있느냐고 물어 왔다. 그래서 김 사장이 진도가 좀 되었느냐고 물었다. 그냥 초안을 만들었으니 의견을 들을 겸 금명간 만나자고 하였다. 그래서 그는 토요일로 약속을 하였다. 만나는 장소는 대학로로 하였다. 대학로에서 11시에 만났다. 우리는 오랜만에 만났다. 박 시인의 매력은 아직도 탱탱하게 살아 있었다. 서로 인사를 하고 우선 벤치에 앉아서 어디로 갈 것인가를 물어보았다.

"박 시인은 팔당댐으로 가면 시인과 도둑이라는 안온한 찻집이 있습니다, 그곳으로 가시지요."

"이름이 해학적이네요. 그립시다."

"시인과 도둑 참 이상하게 들리지요? 회장님! 그런데 원 작품 내용은 제목과 전연 다릅니다. 제목만 보면 시인이란, 남과의 대화나 다른 문장을 자기에 맞게 적당히 변형해서 자기 시 작품을 탄생시키니 재미있는 표현이라 생각할 수 있습니다. 그래서 시인을 도둑으로 비유하는 것으로 빗대는 해학으로 들리지요."

"하여튼 재미있는 표현입니다. 나도 그렇게 해석해 보았습니다. 잠시 시인을 모독해서 미안합니다."

"그곳은 분위가 좋은 찻집이니 일단 가 봅시다."

둘은 자가용으로 기사가 운전하는 길을 따라서 팔당댐 지나서 시골 마을 길가에 있는 시인과 도둑이란 간판이 붙은 커피숍으로 들어갔다. 들어서자 시인은 이제부터는 제가 안내 하겠습니다. 하고 양해를 구했다. 일단 서로 마주 보고 앉은 후 시인이 먼저 말을 꺼냈다. 이와 같이 특이한 곳이 있는 줄을 시인인 저도 사실 미처 몰랐다고 하였다.

"회장님이 건네 준 준비한 자료와 지난번에 대화한 이야기를 종합하여 보니 나도 한 마디 하고 싶어지네요."

"그래요? 좋은 아이디어 있어요? 기대하겠습니다."

"책은 읽는 사람이 많아야 가치가 있지 않겠습니까? 특히 자서전은 평범한 사람의 이야기는 잘 읽혀지지 않아요."

"물론 그렇지요 재미가 없으면 누가 읽겠습니까?"

"우선 목차를 잡아 보았습니다. 1.유년 시대 2.소년 시대 3.중, 고 시대 4. 대학시절 5. 직장시절 6. 사업시절. 여기까지입니다."

"잘 분류하였습니다. 그런데 사실 쓸 것이 별로 없지요?"

"그래서 이야기를 가공하고 흥미진진하게 써야 되는데…. 그러자면 인생 연애담이 많이 들어가야 할 것 같습니다."

"그것도 괜찮은 것 같습니다. 어떤 아이디어가 있나요?"

"자~ 이 계획서를 살펴보세요. 적과 흑을 모델로 하였지요."

그는 건네 준 유인물을 살펴보았다. 잘 짜여 진 계획서였다. 아이디어로 적과 흑 소설 내용을 참고 한 것이다. 조금 특이한 발상을 한 것 같아 놀랐다. 그는 스탕달이 쓴 적과 흑은 읽은 지가 오래 되어서 기억이 나지 않았다. 내용을 보니 이를 참고로 하여 적나라하게 늘어놓았다. 다 읽고 얼굴을 들어 시인의 얼굴을 살펴보았다. 그녀는 유부남인데도 눈동자가 무언가 기대하는 표정으로 빛나고 있었다. 이제야 왜 한적한 곳에 가자고 한 이유를 알만 하였다. 가슴을 무르익게 할 목적으로 풍치 좋은 곳을 선택한 것 같았다. 시인은 미모의 연하의 여성인데 이제 점점 친구처럼 변해가는 것을 느꼈다. 오늘은 그녀로부터 홍조가 서서히 짙어지는 것을 발견하였다. 사실 지난번에도 그런 점을 약간 느꼈지만 오늘따라 더 진해진 것 같았다. 김 사장은 다 읽어보고 만족한 표정을 짓고 멀리 팔당호수를 바라보며 생각에 잠겼다. 한참을 생각하고 있는데 드디어 박 시인이 말을 이어나가기 시작했다.

"혹시 스탕달의 『적과 흑』을 읽어보셨습니까?"

"읽어 보았는데 오래 되어서 기억이 희미합니다. 지금 시인이 써놓은 문장을 보고 기억이 조금은 되살아납니다. 그러면서도 이런 면도 있었는지 하고 잠시 감상에 잠겼지요."

"줄리앙은 가난하고 불행한 가정에서 태어났지요. 그는 셀랑 신부와 가까웠으며 성서를 라틴어로 외울 정도였지요. 돈이 궁하고 신분이 나빠서 신분 세탁을 하고 싶었습니다. 그래서 레날 사장의 집에 가정교사로 추천을 받고서 가게 되었지요."

"결국 상류사회와 교제를 해서 출세 길을 열어보자는 것이군요."

"그런데 시장 부인인 레날 부인에게 매혹되고 말았지요. 지루하게 살아가는 레날 부인은 줄리앙의 계속되는 고백에 사랑하는 하는 사이로 되었지요."

"다름 아닌 내 문제 같네요! 하~하~하~ 계속 이야기 해 보세요."

그가 시인의 얼굴을 바라보고 스스로에게 빗대서 답하니 시인은 이제 낚이는구나 하면서 잠시 생긋 웃는다. 그러면서 다음에 무슨 말을 할까를 생각해 보았다.

"음~그런데 문제는 하인이 줄리앙을 좋아했습니다. 그러나 사랑에 이미 빠졌으니 눈에 들어오지 않지요. 결국 하인은 레날 시장에게 일러바쳐 들통이 나서 여성을 미끼로 출세하자는 일차계획은 실패하고 그 집을 나와 신학교로 도로 갔지요."

"그러면 줄리앙은 재도전하기 위해서 벼르겠네요."

"이제는 피라르 사제의 도움으로 라울 후작 집에서 비서직으로 일하게 됩니다. 그러나 후작의 딸 마틸드와 사랑의 갈등이 생깁니다. 결국 마틸드는 그에게 모든 것을 고백하고 사랑한다는 말을 하고 아이를 갖게 되지요. 마틸드가 후작에게 줄리앙과 결혼을 허락하여 달라고 하였는데 후작은 줄리앙은 비천한 신분이며 집에서 일하는 존재라며 거절하고 줄리앙을 내쫓았지만 그래도 피라트 사제의 집에 머물면서 계속 만나게 됩니다."

"그렇게 사랑이 깊어졌어요?"

"결국 레날 부인이 이를 알고 방해하여 둘은 헤어지고 복수하기 위해서 줄리앙은 권총을 사서 고자질한 레날 부인을 쏘게 됩니다. 그러나 부인은 치명상을 입지 못했고, 줄리앙은 감옥에 갔습니다. 줄리앙을 사랑한 레날 부인은 4일 뒤 따라 죽는다는 비극적인 결말로 끝이 나게 됩니다."

돈 때문에 그리고 상류사회를 가기 위해서 노력하는 줄리앙. 결국은 줄리앙은 그 꿈을 이루지 못하고 단두대로 사라졌다. 더 나아가서 '하류 계급 출신의 한 남자와 상류 계급 출신의 두 여자 사이의 사랑'이라는 줄거리는 조금은 통속적일 수 있다. 하기야 인간은 본질적으로 통속적이다. 그래서 남녀는 음흉한 생각을 가지게 마련이다. 이것이 생명체의 본질이다. 둘은 재미있는 대화에 쑥 빠졌다. 서로 실제 경지에 빠진 것 같았다. 마음은 지금 통속적이 되더라도 이 경지에서 벗어나고 싶지 않았다.

소설의 줄거리를 독후감과 섞어서 대화를 나누다가 보니 어느덧 오후 5시가 되었다. 그리고 보니 그는 자서전에서 출발하여 엉뚱한 곳으로 말려드는 것을 느꼈다. 그는 뒤 여운이 애틋하여 시인을 양수리까지 모셨다. 그곳에서 이른 저녁식사를 하였다. 그리고 서울로 돌아오려 하니 시인은 줄리앙이 되고 싶지 않느냐고 반문하였다. 그는 얼떨떨하여 무슨 말인지 모르고 있는데 피곤하니 잠시 모텔에서 쉬고 가자고 시인이 제안하였다. 그래서 둘은 모텔로 향했다. 두 사람이 모텔에 들어서서 주인아줌마에게 휴게실이 딸린 방을 부탁하였다. 그리고 지금부터 서로는 신경 쓰지 말고 침대에서 눈을 감고 감상하자고 하였다. 시인은 남편이 지방 출장을 갔으니 부담을 느끼지 않아도 된다고 하였다. 그래서 둘은 침대에서 부담 없이 같이 잠들었다. 몇 시간 쯤 지나 10시가 되어서 꿈에서 깨어났다. 황홀한 꿈이었다.

다음날 생각을 해 보니 시인이 무엇을 생각하고 있는 지 이해가 갔다. 대필료를 많이 받겠다는 것이 분명하였다. 지금 상태로 보면 거액을 요구할 것 같았다. 그래서 더 빠지기 전에 전화를 하여서 한 달 안으로 되는데 까지 완성하여 넘겨 달라고 할 생각이다. 잠시 숙고한 다음에 전화를 하였더니 시인이 전화를 받았다. 중단시키는 것이 미안한 그는 사실 형편상 미완성이라도 좋으니 한 달 안으로 정리하여 달라고 하였다, 전화를 받은 시인은 깜짝 놀라며 미완성으로 하면 재미가 덜 할 것이라고 이야기하였다. 그래서 앞으로 그에게 더 변화된 인생이 전개될 터이니 미완성인 체 만들어진 것을 나중에 더 보충하겠다고 하였다. 시인은 허탈하였다. 육탄작전을 펴려던 계획이 빗나갔기 때문이다. 다 잡은 대어를 놓친 기분이었을 것이다.

집에서는 혜은이가 기다리고 있었다. 혜은은 요사이 남편이 자주 늦게 들어오고 안 들어오는 날도 많았다. 이유를 물으면 업무상이라 한다. 처음에는 일찍 들어와서 자상히 보살펴 주더니 요사이는 그렇지 못한 것 같았다. 그녀가 그동안 양으로 음으로 뒷바라지 한 걸 잊은 것 같았다. 그녀는 그녀 나름대로 기획 부동산 분양할 때 열심히 음지에서 일했다. 남편은 이런 점을 조금 아는 것 같기도 하고 모르는 것 같기도 하였다. 그렇다고 그녀가 분양에 자기도 노력 했다는 것을 이야기하면 남편 성격에 사방 돌아다니지 않아도 될 일이었다고 할 것이다. 이로 인해서 가정불화를 낼 것이기 때문에 아무 말 못하고 끙끙하고 있었다. 그런데 중요한 걱정이 하나가 더 있었다. 2년이 되었는데 아기가 없다는 것이다. 가끔 아기 타령을 하는데 그 때마다 마음이 괴로웠다. 병원에 가니 그녀가 이상이 있다는 것이다. 어떤 때는 고의로 임신을 하지 않는 것으로 오해를 받아서 남편의 불신을 받기도 하였다.

혜은이 다른 연인을 만나

이런 시름 속에서 하루는 초청장이 왔다. 봄이 되었는데 해마다 행사하는 모교 Y학교 동문모임 내용이었다. 졸업하고 처음 받아보는 것이다. 모교서 그녀가 살만하다는 것을 알아주기 때문에 연락처를 확보한 것이다. 마음이 울적한데 모처럼 모임에 가서 기분을 전환시키고 싶었다. 기다리다가 날짜가 되어서 모교에 모처럼 도착하였다. 인원이 많아 야외 넓은 그늘막에서 행사를 하였다. 회장의 인사말이 끝나고 뷔페 식사 시간을 가졌다. 식사를 그릇에 담는데 오랜 만에 김정인이라는 남자가 갑자기 앞에 나타났다. 그녀는 그의 얼굴을 보자마자 죄 지은 양 가슴이 두근거렸다. 죄책

감은 처음 직장에서 현 남편이 질투심을 가지도록 하기 위해서 그를 꾀어 같이 근무할 수 있도록 상관을 설득시켜서 근무하도록 한 사실 때문이다. 그 때 정인은 혜은이가 좋아해서 같은 직장에 근무하도록 한 것으로 착각을 했다. 결국은 혜은이는 너무 잔인할 정도로 양쪽의 하트에 화살을 꽂은 것이다. 그래서 혜은은 이중으로 죄의식을 느꼈다. 혜은은 정인을 보고 인사를 할까 말까 하다가 얼굴을 돌렸다. 그러나 다시 부딪쳐 얼굴을 마주 보게 되었고 어쩔 수 없이 짧은 대화를 나누어야 했다. 정인이가 먼저 인사를 했다.

"오랜만이네요, 어째 오늘 여기서 다 만나게 되었네요."
"그동안 일이 있어서 오늘 처음 나와 봤어요."
"나도 오늘 처음 나왔는데 비오는 날이 장날이라 같이 만나게 되어서 반갑네요."
"어떻게 지내세요?"
"나는 뭐, 기러기 아빠지요. 식구들 다 캐나다에 가 있지요. 지금은 지방대학 교수를 하고 있구요."
"혜은 씨는 어떻게 지내시지요?"
"나 지금 만날 친구 몇 사람이 있는데요. 나중에 봐요."
"연락처라도 하나 부탁하지요."
"아~ 적으세요. 342-3232. 나 저쪽 친구 만나야 돼요."

이렇게 간단한 인사를 하고 돌아섰다. 그곳에서 옛날 기획 부동산 분양을 도와 준 친구를 여럿 만났다. 그리고 동문회 모임에서 일찍 빠져나와 다른 곳으로 자리를 옮겼다. 학교 앞 '만도스'란 큰 다방으로 옮겼다. 그녀는 친구들에게 그동안 다 죽어가는 그녀를 살려주어서 고맙다고 인사를 하였다. 그리고 친구들이 부부간의 사이가 어떠냐고 물어서 깨알이 쏟아진다고 하였다. 그랬더니 친구들은 늦게 슬그머니 동거생활을 하더니 큰 돈 벌고 잘 산다고 부러워하였다. 이렇게 대화를 하는 가운데서도 가끔 혜은이는 조금 전 모임에서 만난 정인이가 머리에 떠올라 마음이 편하지 않았다. 그래서 불편해진 혜은은 친구들에게 같이 일어나자고 하고 차 값은 지불하고 다음 날을 약속하였다. 집에 오니 11시가 다 되었다. 집에 들어서기가 겁이 났다. 무언가 죄를 저지른 것 같은 생각 때문이다. 술이 얼근히 취하였다. 집에 들어서니 다행히 남편이 들어오지 않았다. 그래서 잘됐다 생각하고 얼른 샤워를 하고 빨리 잠자리에 들어가려고 허였다. 그 때 막 남편이 들어왔다. 샤워하느라 남편이 문 여는 소리를 못들은 것이다. 남편도 얼근하게 취했다. 그녀는 잘 됐다 생각하고 여보하고 목을 잡아 엉겼다. 남편은 유난히 엉기는 모습을 보고 이상하다고 생각을 하면서도 기분이 나쁘지는 않았다. 그래서 서로는 와락 안고 침실로 들어갔다. 그런데 날이 지날수록 방 정리가 정갈하지 못한 것이 눈에 띄었다. 그를 대하는 태도도 어설펐다. 살림 상태가 어딘지 모르게 정성이 산만한 것 같았다. 외출도 심한 것 같았다. 그러면서 그는 믿고 싶었지만 어쩐지 미덥지 않았다.

그리고 다음날 김 사장은 출근하였는데 일을 보려니 술기운이 남아 있어서 잠이 스르르 왔다. 아내와 어떻게 잤는지 기억이 나지 않았다. 이를 눈치 챈 숙희는 온갖 술 깨는 차를 다 구해서 책상에 올려놓았다. '사장님! 사장님!' 너무 약주가 과하셨던 모양입니다. 이것을 들어보세요. 금방 깰 것예요. 사장님은 그래? 그래~ 내가 너무 피곤했나?' 하면서 차를 마셨다. 그리고 조금 있다가 숙취에서 깨어났다. '고마워요' 하고 인사를 했다. 사실 숙희는 나이가 어린 재원이다. 그래서 일을 시키면 일을 척척 처리했다. 근무한 지 제법 세월이 흘렀다. 숙희는 가끔 사장님의 인감 증명 등 거래에 필요한 중요한 일을 다 처리했다. 숙희는 사장의 인품을 무척 존경하고 따랐다. 끝내는 사모하는 지경에 도달한 것이다. 그런데 어느날 숙희는 서류를 떼다가 보니 이상한 것을 발견한 것이다. 하나는 사모님과 혼인신고가 되지 않았고 또 하나는 집 등기가 사모님 앞으로 된 것이었다. 결국 사장은 주인 없는 땅인 셈이다. 이런 점을 미리 알고 사장님을 빼앗을 공작이 시작된 것이다. 눈에 들려고 무척 노력했지만 사장님은 바쁘고 다른 신규 사업에 손대려고 정신이 없어 장기 작전을 해야 되었다. 그래서 때를 기다리며 자기의 미모를 가꾸었지만 사장은 크게 신경을 쓰는 듯하더니 이내 지나쳐버렸다. 그런데 최근에 보니 사장이 조금 바람 끼를 타는 것 같았다. 자서전인가 뭔가 하는 시인에게 빠지는 것 같았고 사모님과는 거리가 생기는 것 같았다. 주변에 의하면 사모님이 아이도 없고 또 무슨 모임인가 어울리면서 옛 애인과 만나는 등 미확인 소문이 떠돌았다. 이런 소문은 기획 부동산 마케팅에 참여한 아줌마로부터 슬쩍 들었지만 풍문일 수 있었다. 하여튼 숙희에게는 두 내외 사이가 틈바구니가 생겨서 반길 일이었다. 그래서 한 번은 숙희가 기회를 만들어 사장님한테 투정을 하였다. 이렇게 열심히 일을 했는데 사장님이 너무 무관심하다는 것이다. 사장은 여직원에게 투정을 부리는 것을 듣고 미안하다고 했다. 열심히 일했는데 제대로 따뜻하게 대한 일이 없었기 때문이다. 그래서 숙희에게 분위기 좋은 곳에서 음식 대접을 하기로 하였다. 날짜는 내일로 하고 장소는 아미가 레스토랑으로 하였다. 그 곳에서 조용한 4인용 방을 예약하였다. 업무를 마치자면 저녁 7시가 적당해서 7시로 정했다. 조명이 잘 켜진 곳에 둘이 들어갔다. 숙희는 깜짝 놀랐다. 이런 고급집에 오는 것은 처음이기 때문이다. 둘은 음식을 시키고 이런저런 이야기를 하였다.

"그러고 보니 숙희는 이곳에 근무한 지도 6년 정도가 되었네. 제일 든든한 일꾼을 내가 몰라보았으니 미안하네. 사실은 마음에 언제나 품고 있었지만 직장 안은 좀 처신이 조심스러웠지."
"나도 알아요. 그런데 처음에는 사무적으로 사장님을 대했는데 여러 가지 재능을 보니 상당히 매력적인 남자였어요."
"그랬어? 놀랄 일이네."
"놀랄 필요는 없어요. 사장님이 해결해 주면 만사형통입니다. 사장님 기다리느라 약간 노처녀가 되었어요."

이렇게까지 도전적으로 이야기하는데 그도 순간 몸에 전기가 흐름을 알 수 있었다. 포도주도 제법 취해서 정신은 몽롱하였다. 무언가 홀린 것 같았다. 그러면서 숙희는 포도주 한 병을 더 시켰다. 그리고 포도주를 따라서 서로 건배를 하자고 하였다. 그는 이에 자기도 모르게 빨려 들어가고 있었다. 이것을 보면 평소에 연정을 느꼈지만 직무상 자제한 내면이 나타난 것이다. 숙희는 포도주 잔을 들고 그의 곁에 와서 팔걸이 잔을 마시자고 하였다. 그는 숙희의 공세에 그대로 따라 하였다. 그러자 그도 모르게 그녀의 허리를 껴안게 되었다. 숨이 가빴다. 한참 있다가 그는 일어서자고 하였다. 집에 갈 시간이 되었다고 하였다.

"사장님 이러시면 안돼요."

"집에 가야지."

"그렇다고 여기 놔두고 갈수야 없지 않습니까? 사장님은 다른 여성과 야외도 여행하던데요?"

"자서전 문제 말이야? 나는 순전히 사무적으로 만났어."

"그게 아니고 나를 두고 가지 말라는 겁니다."

난감하였다. 그녀가 너무 취해서 숙소에 안내를 해야 되었다. 그래서 어깨로 메고 숙소에 들어서자 안아서 침실에 눕혔다. 완전히 풀이 죽은 것 같았다. 그리고 돌아서려고 하는데 어디를 가느냐 하면서 소매를 잡는다. 도저히 빠져 나올 수 없었다. 결국은 함께 잠들게 되었다.

그리고 한 달 가령 있다가 숙희는 주인 없는 땅인 사장과 결혼할 수 있겠다고 생각을 하고 사랑을 고백했다. 그는 난감 하였다. 아내가 임신도 못하고 세월은 가고 모든 것은 아내 앞으로 되어 있었다. 게다가 아내는 외출에 정신이 없어서 그를 소홀히 하는 빛이 역력하였다. 아내에게 분명이 무슨 배경이 있는 것 같았다. 그가 의처중인가? 하여튼 정이 전만 못하다고 느끼고 있었다. 그러나 그는 숙희가 무척 똑똑하고 미모를 가진 재원인 줄은 알지만 사회규범이 있으니 넘어가면 안 된다고 생각을 하였다. 그래서 숙희와는 긍정도 부정도 하지 않는 어정쩡한 세월을 보냈다. 다른 편으로는 그녀의 업무능력이 탁월했으므로 보듬어야 했기 때문이다.

파란의 시작

혜은에게는 남편에게 최근에 여성 여럿이 꼬리친다는 소문이 간 간이 들려왔다. 먹고 살만하니 나타난 현상일 것이라 생각했다. 그 러나 남편을 믿었다. 그런데도 아닐 수도 있다고 생각하니 오해가 확대 재생산 하였다. 그러다가 어느 날 정인한테 전화가 왔다. 기 러기 아빠라는 사람 말이다. 둘이 점심시간에 만나자는 것이다. 둘은 영동시장에서 같이 점심식사를 하기로 하였다. 그렇지 않아 도 남편이 신경을 건드리니 같이 만나서 상담을 하고 싶었다. 영동 시장 옆 영동가든에서 만났다.

"오랜만입니다. 혜은 씨! 잘 지내시죠."

"잘 지내지요. 지난 번 헤어진 이후 소식이 궁금했어요."

"나도 이야기를 못 나누어 소식이 궁금했지요."

"기러기 아빠라 하였는데 얼마나 자주 만나나요?"

"일 년에 한 번씩 만나는 셈인대요. 그것도 아내 고집으로 두 집 생활을 하게 된 거지요."

"지금 교수라면서요?"

"빛 좋은 개살구입니다."

"오늘 무슨 바람이 불어서 만나자고 하였나요?"

"서울 출장 오는 길에 시간이 남아서 연락을 하였지요."

"…"

"그런데, 결혼은 하셨나요?"

"아닙니다. 친정이 파탄되고 오랫동안 병치레를 하고서 늦게 동거

생활을 합니다."

"지금 동거 생활하는 사람은 어떤 사람이지요?"

"왜, 남의 사생활을 알려고 꼼꼼히 물어요?"

하고 핀잔을 주었다. 이렇게 인사를 하고 나서부터 둘 사이는 정인의 요청으로 가끔 만나는 사이가 되었다. 이때부터 혜은이 입장에서는 남편이 바람피운다면 맞불이나 놓자는 흑심이 싹트기 시작한 것이다. 이를 기화로 두 사람은 같이 강남대로에서 거리낌 없이 활보를 하였다. 이에 필요한 경비는 혜은이가 부담을 하였다.

신 숙희가 한 번은 사장에게 이번에는 자신이 한 턱 낼 터이니 시간을 내달라고 하였다. 그러나 그는 일이 바쁘다고 나중에 보자고 하였다. 요사이 화장을 요란하게 하고 나타났지만 사장은 자꾸만 멀게 대하는 것 같았다. 그래서 머리를 썼다. 사모님에게 고자질 하면 가정불화가 나서 마침내는 숙희에게 찾아올 것이라 생각했다. 그렇다! 가정 파탄을 내자! 이렇게 생각한 그녀는 어느 날 사모님에게 전화를 하였다. 무슨 일이냐고 묻기에 만나서 할 이야기가 있다고 하였다. 그러면 학동 다방으로 약속한 시간에 가겠다고 하였다. 혜은은 그렇지 않아도 집안이 뒤숭숭한데 만나나 보자고 생각한 것이다.

"처음 뵙겠습니다."

"사무실 여직원 아닌가요?"

"맞습니다. 다름이 아니옵고 같은 여자로서 곁에서 본 남편에 대한 것을 말씀드리려 합니다."

"무슨 불길한 일이 생겼나요?"

"사실 사장님은 자서전을 쓴다는 시인과 자주 다닙니다. 아주 가까운 것 같은데요."

"그래요? 그것 뿐인가요?"

"그리고 전에 기획부동산 할 때 아줌마와도 잘 어울립니다. 심지어 내 몸을 만지기도 해요."

"으악! 놀랄 일이네요. 나는 믿었는데…. 알겠습니다. 그 정도로 알겠습니다. 고맙습니다. 다음에 봐요."

이렇게 이야기를 하고 둘은 일어났다. 평소에 짐작한 거와 너무나 상황이 비슷했다. 흔히들 텔레파시가 있다고 하는데 이런 일이 생겼으니 머리가 혼돈스럽다. 그런데 혜은이가 생각하기에 집도 내명의로 되어 있는데 자기가 갈 데가 어디 있어? 하면서 무시하고 싶었다. 그러나 무시하려니 그것도 쉽지 않는 일일 것 같았다. 결혼 신고도 하지 않았으니. 그러나 제까짓 게 뭐~ 그녀도 한 동안 날렸어, 좋았어~! 나도 맞바람을 피우자. 그러면 정신 차리겠지, 당장 정인을 서울로 올라오라고 해야겠다.

지방에 있는 정인은 느닷없이 혜은의 전화를 받고서 깜짝 놀랐다. 과거에는 자기를 이용하여 라이벌을 자기 손아귀에 넣으려고 하였는데 지금 와서 그에게 손짓을 하는 상황이 되니 이상하지 않을 수 없었다. 그래서 약속 시간을 잡아서 서울로 가기로 했다. 그동안 정인이 혜은에게 전화를 하여서 혜은이 뒤따르며 강남 거리를 같이 거닌 일은 있었지만 지금은 반대였다. 이건 분명 혜은의 특기인 정인을 역이용해서 유진의 바람을 잡아보고자 하는 전형적인 역이용 방법을 쓰는 것으로 생각하였다. 정인은 '기회는 지금이다.' 하고 그렇지 않아도 기러기 아빠인데 자유를 만끽하고 싶었다.

혜은은 이제 여러 번 만나게 된 사이일 바에야 만나서 같이 바람을 피우고 싶었다. 그렇지 않아도 정인이와 옛날 첫사랑에 대한 미련이 남아 있었기 때문에 관계는 자연스레 부드러운 사이가 될 수 있었다. 게다가 정인은 아내가 캐나다에 가서 살아서 자유스런 몸이다. 그동안 정인도 그의 부인이 캐나다에서 무슨 짓을 하는지도 모르며 평소 의심을 많이 해 왔다. 아내에게 국내로 들어오라고 하여도 말을 듣지 않았다. 그러면서 생활비는 꼬박꼬박 보내주는 처지다. 보내주고 나면 그의 손은 맨날 빈털터리다. 이렇게 쪼들려서 돌아다니지도 못하던 터에 혜은이 불러주니 기대하는 곳이 생겼다. 남편이 부동산을 하여서 돈을 많이 벌고 있는 사람이니 혜은에게 기생해도 좋을 것 같았다.

그렇게 혜은과 정인은 같이 만나서 가끔 테헤란로를 산책 하였다. 어떤 때는 같이 모텔에 들어가기도 하였다. 그 안에서 커피를 마시는지 무슨 일을 하는지는 아무도 모른다. 드디어 남편이 낮에는 들어오지 않고 저녁에는 늦게 집에 들어온다는 점을 기회로 삼아서 정인을 아예 집에 까지 데리고 와서 이것이 내 집이다, 하면서 집으로 안내 하면서 재력 자랑을 하였다. 가끔은 불륜을 할 때가 있었을 것으로 의심되는 행위였다.

김 사장은 나름대로 한동안 황홀했다. 한동안 시인과 로망을 즐겼고 그 뒤는 여직원 숙희와 로망을 즐겼다. 그러나 시인과는 유부녀라 항상 조심하면서 밀회를 했다. 그러나 직원 숙희는 학력이 낮고 어느 정도 노처녀가 되어서 그런지 그녀는 차라리 과거 있는 남자라도 재력만 있으면 선택하겠다는 현실주의자다. 아울러 미모와 재능을 무기로 고학력 남자를 유인하고 싶어 했다. 김 사장에게는 갈수록 그런 부담 없는 여자에 대한 매력이 가슴을 파고들기 시작했다. 현재의 똑똑한 아내 보다 현저히 친근감이 있고 신선한 맛이 있었다. 정신이 덜 피곤하기 때문이다.

그리고 요사이 아내는 그의 이런 낌새를 어느 정도 눈치 챈 것 같았다. 그래서 언제 벼락이 떨어질지 불안하였다. 전에도 그랬지만 얼마 전부턴가 아내의 태도가 아리송한 낌새를 느껴서 머리가 헷갈리기도 하였다. 어쩌면 아내가 그의 행적을 소문을 통해서 알고 있는 지도 모른다. 그래서 그런지 집에 가면 서먹하다. 도둑이 제 발 저린다던가? 이 문제를 풀어야 되겠는데 한 번 엉킨 실타래는 쉽게 풀리지 않을 것 같았다. 그래서 일단은 아내를 잠재우기 위해서 주변 여인들을 정리하고 싶었다. 이렇게 고민 하던 중에 마침 아내의 생일이 떠올랐다. 이 기회에 화분과 케이크를 준비하기로 하였다. 생일날이 되어서 큰마음 먹고 준비하여 들어가니 남편이 무관 하더니 생일 선물을 준비하여서 깜짝 놀랐다. 그래서 아내가 남편을 걱정한 것이 기우란 것을 알고 그날따라 식사를 잘 하였고 이런저런 이야기를 하다가 잠자리 속으로 들어갔다. 오해와 질투를 한 끝에 해결되어서 이날 밤은 포근한 밤을 보냈다. 그러나 이튿날 사무실에 나가니 여직원이 또다시 김 사장에게 애교를 부렸다. 그런 숙희를 보면 새삼 아내의 얼굴이 나타나서 불안감이 생겼다. 그러나 숙희에 대한 매력에 흠뻑 빠져 같이 나들이 갈 일이 다시 생겨나기 시작했다. 이러다가 보니 유진과 혜은은 서로 오해가 싹터서 이것이 상승하여서 서로 불륜의 늪으로 빠져 들어가고 있었다. 발단은 재력 있는 남자의 가벼운 간음이고 이것이 싹이 터서 여자가 급속도로 불륜으로 빠져 드는 것이다.

최근에 업무는 똘똘한 조수인 양 총무가 다 처리해서 걱정은 없었다. 이렇게 되니 자연 사업은 소홀히 하게 되어 매출 증가율은 둔화되기 시작되었다. 그러나 이때까지 노력하여서 돈을 많이 모아서 다음 기회에 보충하면 될 것 같아 잠시 방심하자니 너무 손실이 많다고 생각을 하였다. 그래서 여자와 재물 사이에 갈등이 생겼다.

이런 갈등에서 벗어나기 위해서 시인에게 전화를 하였다. 헤어지는 절차를 밟고 싶어서이다. 자서전이 부탁한데로 마감이 되어 가느냐고 물었더니 다 되어간다고 하였다. 그래서 내용을 파악하기 위해서 같이 만나기로 하였다. 둘은 대학로에서 원고를 받기 위해서 만났다. 만나서 원고 설명을 들었다. 지난번에 말씀 드린 목차대로 원고를 썼으며 말씀대로 사업기간에 대해서는 앞으로 더 진행할 것이기 때문에 이후 부분은 쓰지 않았다고 하였다. 그러면서 시인은 회장의 눈치를 살폈다. 회장의 기분 상태를 살핀 것이다. 그래서 어떤 선물이 있을까를 은근히 기대했다. 회장은 원고를 한참 들여다보고 몇 가지 물어보더니 수고했다고 하면서 당좌수표 한 장을 끊어 주었다. 시인은 당좌수표를 받아 보니 생각 보다 거액이라 회장에게 한 마디 하였다. 회장이 바라는 것 같아 저를 따라 가실래요? 하였다. 회장은 아무 말도 하지 않고 따라 일어섰다.

그는 이렇게 일을 처리하고 나니 홀가분하여 밤이 늦게 가벼운 발길로 집에 들어갔다. 시인과의 관계를 청산했기 때문이다. 아내가 기다리고 있었다. 그런데 집안을 둘러보니 방은 정리되지 않았다. 게다가 아내는 막 들어왔는지 조금 전에 옷을 갈아입은 것 같았다. 이상하다는 생각이 들었다. 지난번에도 몇 번 느낀 것이다. 임기응변으로 그의 과한 취기를 다스리며 목을 껴안아 그도 모르게 밤일을 벌린 일이 있었다. 그는 술을 많이 취해서 엉겁결에 넘어갔구나 하고 문득 지난날에 대해서 의심을 하게 된 것이다. 오늘은 아내가 조금 전에 들어왔기 때문에 당황해 하며 방을 정리하는 모습을 보니 의심스러운 일이 있었다는 것이 확실한 것 같았다. 우왕좌왕하는 기색이 확연하였다. 스스로 무슨 잘못을 저지른 것 같았다. 이 모습을 보고 그의 홀가분하던 기분은 갑자기 어두워졌다. 분명 아내는 내가 오기 전에 바깥나들이를 자주 하는 것 같았다. 그동안 아내는 옷도 멋 나는 것을 여러 벌을 사 입었다. 아내는 늦게야 방안을 치우고 나서 나에게 여보 고생 많이 했죠? 하면서 양복을 벗겨 주는 것이다. 그는 기분이 내키지 않아서 내가 벗는다고 하면서 묵묵히 스스로 옷을 벗었다. 그리고 샤워를 하고 기분이 언짢아 포도주를 꺼냈다. 아내는 소반을 가져와서 안주를 차려왔다. 혼자 홀짝하면서 한 잔씩 두 잔씩 마셨다. 아내는 바짝 다가앉으면서 오늘 밖에서 언짢은 일이 생겼느냐고 말을 붙인다. 그러나 그는 아무 말도 하지 않고 술만 마셨다. 술이 끝나고 잠자리에 가서 요사이 아내 행동을 유추해 보았다. 아무래도 내가 모르는 사이에 무슨 불륜문제가 있는 것 같았다. 이걸 어쩌나 하면서 추적하는 방법을 생각하다가 고단하여 거실 아무 곳에나 깊게 잠들었다. 아내는 자기가 바람난 일을 눈치 채었나 싶어서 밤새도록 잠을 못자고 뒤적거렸다. 하기야 자기도 불륜을 하니 그녀인들 못하랴 하고 위안을 하지만 그녀의 마음이 영 편안치는 않았다. 그렇게 하다가 아침 일찍이 남편은 식사도 하지 않고 잠바와 나들이옷을 입고 집을 나섰다. 그녀는 남편이 양복도 안 입고 작업복을 입고 나가기에 마음은 불안하여졌다. 아침 일찍 어디를 가요하고 물었지만 혼자 아무 말 없이 문을 열고 나갔다. 그녀는 아침부터 불안했다. 정인이가 생각이 났다. 정인이와 하루 빨리 헤어져야 할 텐데 그것도 쉽지 않을 것 같았다. 우선 빈털터리라고 돈이 필요하다고 하여 빌려준 것을 회수하려고 하였는데 그것도 어려울 것 같았다. 이래저래 걱정은 태산처럼 쌓이기 시작하는 것이다. 이러다가 남편과 이혼하는 것은 아닐지 생각만 하여도 등골이 오싹하다.

　유진은 집을 나와서 주변 산책을 하였다. 날씨가 싸늘했다. 이제 본격적으로 초겨울로 들어설 모양이다. 이런저런 생각으로 아내에 대한 불신의 날개가 접힐 줄 모른다. 도산대로에 갔더니 아침 일찍 문 여는 찻집이 있었다. 그곳에서 한참을 고심하다가 출근 시간이 되어서 사무실로 들어갔다. 양 총무가 출근하여 사무실 정리를 하고 있었다. 그동안 외근하느라 정신이 없어서 사무에 대한 전결 사항을 폭 넓게 양 총무에게 이양하였다. 그런데 이번에는 느닷없이 오랜만에 재무 보고를 듣고 싶었다. 여러 가지 거래 사항을 보고 받고 가(假) 결산을 하라고 하였다. 우선 궁금한 것은 영업이익이라 영업이익을 뽑아 보라고 하였다. 보고에 따르면 6개월 사이에 8천만 원의 영업이익이 생겼다. 아마 그가 관리를 허술히 해서 일억이 되지 않았다고 생각을 했다. 다 검토하고 나서 양 총무에게 다른 지시를 하였다. 앞으로 당분간 머리가 복잡하니 사무실 운영을 대신 하라고 하였다. 양 총무는 갑작스런 유진 사장의 지시에 깜짝 놀랐다. 그래서 사장님 무슨 연유야고 물었더니 그런 건 몰라도 된다고 하면서 한동안 사무실에는 반 정도 근무하며 밖으로 주로 다닐 거라 이야기하였다. 그 이후로 그는 과거를 돌이켜보면서 반 휴식 상태로 들어갔다.

업무 지시를 하고 점심때가 다 되어서 다방에 갔다. 공중전화기에 가서 친구에게 전화를 하였다. 정용주라는 친구가 있는데 그는 낚시 마니아다. 친구에게 오늘 둘이 고삼 저수지에 가서 이틀간 낚시를 가자고 하였다. 그는 그렇지 않아도 가고 싶었는데 꾼이 없어서 생각 중이라고 하였다. 그러면서 너는 낚시를 그만 두었는데 웬일이냐고 반문하였다. 그럴 일이 있어서 가다가 낚시가게서 낚싯대 하나와 고기망태기를 사서 낚시하면서 모처럼 머리를 쉬고 싶다고 하였다. 그랬더니 친구가 그렇지 않아도 너 돈 많이 벌었다고 이야기를 들었는데 이야기 좀 들어보자고 하였다. 고삼저수지로 가기로 약속하고 도산대로에서 오후 2시에 출발하기로 하였다. 그리고 너도 알다시피 저녁때와 밤낚시 때가 큰 고기가 문다고 하니 그 시간에 맞추어 가자고 하였다. 그렇게 약속하고 유진은 사무실에 들어왔다. 양 총무에게 사장 찾는 전화가 오면 화성에 출장 갔으며 일주일 넘게 걸릴 거라 대답하고 업무 거래 관계 일이 생길 때는 직접 처리하라고 하였다. 그리고 이 사실은 양 총무 이외는 어느 누구에게도 이야기하지 말라고 하였다. 아울러 여직원에게도 단단히 일러두라고 하였다.

직원에게 출장을 간다고 하면서 사무실을 나왔다. 2시에 도산대로에서 정용주 친구를 만났다. 반갑게 인사를 하고 안성 고삼 저수지로 향했다. 친구는 운전하느라 한 동안 이야기가 없더니 큰 길을 나서면서 물었다. 너는 어떻게 짧은 기간에 돈을 수십억을 벌었느냐고 물었다. 그런 말은 그가 자주 받는 질문이다. 그래서 자라온 것을 자서전으로 만들고 싶었다고 하였다. 그리고 친구의 질문에 대해서는 첫째는 부지런함이고 둘째는 운이라고 하였다. 둘 중에 어느 것이 더 비중이 크냐고 물어서 운이 더 비중이 크다고 하였다. 그랬더니 보통 사람은 그렇게 생각하지 않는다고 하였다. 즉 부지런하면 돈을 많이 벌 수 있다고 하였다. 그래서 그는 그렇게 믿으면 그렇게 되는 것이라고 이야기하였다. 그랬더니 친구는 답변하는데 도사 다 되었다고 하면서 그의 답변을 신기하게 생각하였다. 중간에서 낚시를 사려고 하였는데 이야기하다가 보니 지나쳐 버렸다. 이럴 바에야 친구 것 빌리는 것이 나은 것 같았다. 그래서 친구에게 네가 가지고 있는 것 여유분 낚싯대 하나를 달라고 하였다. 또한 망태기도 하나 달라고 하였다. 이 친구는 워낙 마니아라서 항상 여유분을 준비하고 다닌다. 유진이가 준비한 것은 방한 잠바와 등산용 바지뿐이었다.

한편 혜은은 아침 일찍 집을 나간 남편이 걱정이 되었다. 저녁때가 되어도 안 들어오고 하루가 지나도 오지 않았다. 그래서 사무실로 전화를 하였다. 여직원이 받았다. 자리에 안 계시느냐고 물었더니 화성에 출장 갔다고 하였다. 언제 오느냐고 물었더니 일주일 넘어서 온다고 하였다. 용무가 무어냐고 물으니 여직원도 모른다고 하였다. 혜은은 전화를 놓고 생각하니 은근히 걱정이 되었다. 말도 안하고 장기 출장을 간 것을 보면 단단히 화가 난 것 같았다. 한편으로 생각하면 일이 있어서 간 것 같기도 하였다. 일주일 넘어 지나야 올 것 같기도 하다. 어쩌면 휴식 차 친구 만나러 간지도 모른다. 이런저런 생각을 하니 마음을 놓을 수가 없었다. 그래서 정인에게 전화를 하였다. 연결이 되어서 한 바탕 수다를 떨고 남편이 일주일 쯤 넘어 출장을 갔으니 모레 집에 놀러 오라고 하였다. 혜은이가 갑자기 초청하는 데는 두 가지 이유가 있었다. 하나는 빌려준 돈 회수하는 문제와 둘의 관계를 정리하기 위한 마지막 정사(情事)를 즐기기 위한 것이다.

유진은 드디어 5시 경에 고삼 저수지에 도착하였다. 저수지는 조용히 잔물결을 만들어 벌판을 만들었다. 바람에 따라서는 큰 파도가 생기는 수가 많다. 수중 방한 텐트를 밥집 주인한테 빌렸다. 이렇게 준비하여 이틀 밤을 낚시로 보내기로 하였다. 낚시를 하는 동안 친구는 곧잘 대어를 낚았다. 그러나 그에게는 낚이는 것들이 기껏해야 중치다. 사실 낚시에 열중할 수 없으니 옛날 실력이 나오지 않는 것이다. 낮과 밤에는 라면 간식으로 공복을 메우고 아침저녁은 밥집에서 시켜서 먹었다. 이 경비는 유진이가 다 부담하였다. 그렇게 이틀 동안 잡념은 털고 꼭하여야 할 일들을 정리하였다. 이윽고 이틀이 되어서 출발 날 아침 10시에 상경 준비를 하였다. 낚시하는 날 외풍과 술에 시달리니 피곤증이 왔다. 오다가 친구는 열심히 운전을 하고 그는 잠시 곤하게 졸았다. 잠에서 깨어나서 주변을 살펴보니 집에 거의 도착한 것 같았다. 그는 친구한테 며칠 있다가 낚시를 한 번 더 오늘 갔던 곳에 갈 작정이니 내가 사용하던 낚싯대를 빌려달라고 하였다. 그랬더니 있다가 내릴 때 이야기하라고 하였다. 조금 있다가 집 부근에서 내려 트렁크에서 낚싯대를 받아 집으로 갔다. 친구한테 그동안 머리 잘 쉬었다고 인사를 하고 다음에 한 턱 내겠다고 하였다. 그때 시간이 3시쯤 되었다.

동거인과 이별

낚싯대를 들고 집으로 들어갔다. 원래 친구와 낚시 간 것은 함정을 파 놓고 들킬 때를 기다린 것이다. 집에 들어가면서 자꾸만 불길한 생각이 들었다. 조금 걸어서 집에 도착하여 집 문을 열고 방에 들어섰다. 들어서니 끔찍한 일이 벌어져 있었다. 혜은이와 어떤 남자가 한참 정사(情事)하는 소리가 들리는 것이다. 밖에 사람이 들어오는 것도 모르고 있는 것이다. 그래서 반쯤 열린 안방 문을 열어 젖혔다. 그러사 알몸으로 둘이 뒹굴고 있었다. 둘은 사람이 깜짝 놀라서 각자 옷을 주워 입고 남자는 검은 옷을 대충 걸쳐 입고 맨발로 문을 향해서 신발을 찾고 있었다. 이 모습을 본 그는 너무나도 황당한 일이 벌어져서 잠시 말을 하지 못했다. 너무 충격이 컸던 것이다. 조금 있다가 정신을 차리고 나서 기껏 할 수 있는 것은 나가는 남자를 낚싯대로 사정없이 두드려 패는 것이었다. 이 도둑놈아!를 연신 소리 지르며 계속 두들겨 패는 것이다. 도둑놈은 신발을 찾느라 정신이 없었다. 마지막 복수의 기회를 준 것은 바로 헤매는 순간이었다. 드디어 도둑놈은 도망을 가고 고개를 혜은이한테 돌렸다. 그는 남자를 따라 나가기보다는 현재 곁에 있는 혜은에게 도덕성으로 매질하는 것이 더 급하다고 생각했다. 거실 주변에는 술병이 널려 있었다. 안주도 중국집 요리로 풍성하게 시켜 먹은 분위기였다. 아내는 서둘러 방 정리를 하느라 정신없었다. 이 모습을 바라보니 속은 끓기 시작했다. 그리고 모아 놓은 병을 발로 걸어 차버렸다. 병은 다시 굴러 흩어졌다.

"나간 놈은 뭐하는 놈이야."
"…"
"여우처럼 생긴 도둑고양이 같은데."
"…"
"왜, 말이 없어. 아니면 고급 청소부야?"

너무 생각지도 않게 기습을 당한 혜은은 얼굴 둘 바를 몰랐다. 그는 혜은의 머리채를 들고 귀싸대기를 사정없이 때렸다. 얼굴은 벌겋게 물들었다. 그 가운데서도 혜은은 거실을 대충 정리를 하고 안방에 들어가서 문을 잠그고 아무 말을 하지 않았다. 그리고 흐느껴 울고 있었다. 그러나 그는 핵심적인 따끔한 말은 한 마디는 하고 싶었던 것이다.

"상대방에게 헌신을 하지 않으면 인간답게 살 수 없어. 무엇이 불만이야!"

"…"

"자기 위치를 지키지 못하는 사람은 자기 가치를 보호 받을 자격이 없어."

"…"

"할 말이 그렇게 없어? 말 좀 하라니까."

"당신이 바람피운다는 이야기를 듣고…"

"어떤 놈이 그래! 그렇다고 집안에까지 도둑고양이를 끌어들여!"

"…"

"그리고 돈 가져간 것 어떻게 되었어."

"적금 들어놓고 있어요."

"아닌 것 같은데?"

"그것은 나에게 맡겼다고 생각하면 되요."

"음~ 돈도 믿을 수 없군. 통장 보여준다는 이야기를 하지 않으니…"

이제 모든 관계를 결말지을 중대한 기로에 서있다. 이렇게 한바탕 하고 집을 나섰다. 손에 잡았던 낚싯대를 다시 들고 지팡이 삼아 다리를 후들 거리며 걸어 나갔다. 저녁때가 되어 술집으로 향했다. 멍한 자세로 얼큰한 매운탕을 시켰다. 사무실에 가기 싫었다. 일주일 이상 화성에 업무 차 간다고 하였으니 적어도 그 시간만은 사무실 부근에는 얼씬거리지 말아야 되었다. 술집 홀을 보니 젊은이가 제법 많았다. 그래서 대화 상대자로 옆자리에 있는 젊은이에게 말을 건넸다. 안주가 남았으니 같이 청춘을 이야기하자고 하였다. 그랬더니 어떤 학교인지 모르지만 여대생 그룹이 몰려들었다. 그래서 기분전환을 위해서 좋은 술과 안주를 추가로 시켰다. 한참 이런저런 이야기를 하는데 여대생은 아저씨가 중년인데도 청년같이 보이고 한 가닥 한 사람 같다고 하였다. 그래서 왕년에 학생운동을 하여 피해 다닌 일도 있다고 하였다. 그리고 대학 다닐 때 짝사랑도 하였다고 하였다. 이때의 추억담을 이야기 해 볼까?

"네. 좋아요. 재밌겠네요."

"내가 대학 다닐 때 지방에 갔는데 여고 3학년 학생을 친구로부터 소개 받았는데 첫눈에 반했지. 그래서 서울 올라와서 연애편지를 열심히 보냈지. 3일이 멀다하고 인찰지에 써서 보냈지만 소식이 없었어. 아마 거의 두 달간은 연애편지를 보냈을 걸. 그래도 망할 놈의 답장이 너무 없었어… 말이 3일만의 편지지 석달동안에 창작능력은 엄청 성장했지. 잠도 못 이루고 글 쓰는 능력을 키웠지. 사실 그 여자는 너무 잔인하였지. 그럴수록 잊을 수 없어 애는 잔뜩 탔지. 그런데 대학 입학 때 공교롭게도 그 여자는 같은 P 대학에 치열한 경쟁을 뚫고 입학을 하였어. 입학을 하였어. 입학식을 하고 나는 그녀 강의실을 찾아가서 인사를 하였지. 그런데 살짝 웃고 대화도 없이 지나치는 거야. 대학 1학년이니 단단히 금값이 되었을 때지. 그리고부터 나의 짝사랑이 시작되었지. 그래서 같이 만나자고 하면 뒤로 빼어서 연애 기술이 없는 나로서는 애가 잔뜩 탔지. 여성은 프라토니안 사랑은 도무지 알아주지 않는 모양이야. 그런 가운데 나도 모르는 사이에 그 여   생은 학생운동에 홍일점으로 참석하였어. 그 모습을 보고 그 여자는 벌써 주인이 있구나 하고 생각하면서 나도 뒤지지 않으려고 학생운동 농성장에 갔지. 그 여자를 쫓다가 보니 시위현장에서 눈에 보이도록 하기 위해서 운동에 열성이었지. 결국은 교도소에 잡혀 갔는데 교도소는 정말 답답하더구먼. 그러다가 본교 교무처장이 수용자 전체 면담을 하러 와서 학생들이 교도소 회의실에 모였는데 이 아가씨가 여성으로 혼자만 나와 있는 것이 아닌가! 그래서 '이런 일이!' 하고 깜짝 놀랐지. 홍일점으로 이곳에 올 줄이야 상상도 못했지. 지금도 그 아가씨에 대한 소문을 듣고 싶고 홍일점이 교도소에 간 경위도 듣고 싶지. 소식은 깜깜하고 고향 주소는 알았고, 불꽃회란 이적단체와 관계가 있다는 말도 있었고…" 대학 생활을 꽁무니 따라다니느라 세월을 다 보냈어. 그녀 앞에 가면 떨어서 말도 제대로 못한 멍청이지만 혼자 있을 때면 자가발전만 시켰지."

"아저씨. 정말 비련이네요."

이 이야기를 여대생은 진지하게 들었다. 자기들 나이 또래에서 생긴 일이기 때문이다. 그는 젊은이와 퀸 커니 잣 커니 하면서 즐거운 시간을 보냈다. 모든 것을 잊기 위해서다. 이야기꾼처럼 이야기를 잘하니 아저씨 무엇 하는 사람이냐고 물었다. 그는 복덕방하는 사람이라고 서슴지 않고 공개 했다. 아울러 부동산 직업이 제일 신성하다고도 하였다. 그 이유는 땅은 자본주의의 기둥이니 땅 없으면 못 산다는 것이다. 앞으로 딴 것 하지 말고 돈 생기면 땅을 사라. 땅은 절대 썩지 않는다. 땅값은 자꾸만 올라간다. 학생들은 그의 말에 어안이 벙벙해 하였다. 그의 말이 비아냥거림처럼 들린 모양이다. 시간이 한참 흐르고 난 뒤 학생이 '이제 일어날 시간이 되었어요.' 라고 한다. 그는 옆에서 권하는 바람에 마지못해서 일어섰다. 학생들 수를 세어본다. 어라! 6명이다. 나 까지 셈하면 세븐이다. 스리세븐이면 더 행운이 온다. 자들 팁을 받아~ 한참 동안 귀를 기울였으니까, 하면서 3만 원씩 나눠주고 비틀거리면서 일어섰다. 밖에 나왔다. 학생들이 부축한다. 바이! 바이! 하늘의 별을 보고 갈 것이다. 그러고 보니 어디를 갈까? 찜질방으로 가자. 찜질방이 더 아늑하지. 거기서 푹 자자. 낚시 간 것이 벌써 오늘 아침에 갔다 오늘 온 것 같아 멍하다. 데자뷔 현상이 나타난 것이다.

그리고 다음날 아침에 찜질방에서 늦잠을 자고 눈을 떴다. 어디로 갈까하다가 '아이참 내 정신 바라.' 하면서 정신을 가다듬고 화성으로 가기로 하였다. 친구 전병국을 찾아가기로 한 것이다. 그곳에 지난번 땅 분양할 때 한 필지 6백 평은 남겨 두었다. 그의 명의로 되어 있다. 화성에 갔더니 친구는 왜 갑자기 왔느냐고 물었다. 머리가 복잡하여 쉬러 왔다고 하였다. 그는 요사이 땅값 어떠냐고 물었다. 많이 올랐다고 하였다. 너 땅도 한 필지 사 두었지? 응 사 두었어. 팔지 말고 잘 두어 앞으로 많이 오를 거야. 그리고 병국 친구에게 이곳에 낚시터가 어디 있느냐고 물었다. 그러지 말고 바다낚시를 하러 가라고 하였다. 그래서 친구 권유로 둘이는 바다 낚시터로 갔다. 이곳에서 일주일을 낚시와 술집을 오갔다. 어떤 술집은 매상을 올리기 위해서 아름다운 아가씨가 잔을 권하기도 하였다. 처음에 예뻐 보이더니 조금 있으니 다 그런 것이지 뭐, 하면서 감정이 무뎌졌다. 방황하지만 앞일을 설계하는 것은 잊지 않았다. 우선 얼마 동안 방황하면 가라앉을까? 하여튼 하고 싶은 데까지 자유를 만끽하자.

혜은이는 남편이 오늘 낮 일찍 집에 기습하여 큰 난리를 치는 데는 무서웠다. 그렇게 까지 무섭게 난리치는 것은 처음 보았다. 난리를 피우고 나갔으니 오늘 집에 들어오지 않을 거라 생각했다. 사실 생각해 보면 모두 그녀의 잘못이라는 것은 인정한다. 그녀는 그가 눈에 콩깍지가 끼어서 한 동안을 모르고 산 것 같았다. 어쩌면 남편을 무시했는지도 모른다. 이번 일은 자기의 잘못이고 죄 지은 것이란 생각이 들었다. 하여튼 그녀는 따귀를 벌겋게 맞았고 맞은 열이 아직 풀리지 않았다. 그녀는 스스로의 신세에 대해서 한탄하며 계속 서러운 울음이 나왔다. 인격적 모욕을 당했기 때문이다. 며칠 동안 아니면 영원히 집에 들어오지 않을 것 같기도 하였다. 그 이유를 생각을 해보니 남자의 자존심을 사정없이 짓밟았기 때문이다. 앞 일이 캄캄하다. 그래도 어찌 될지 몰라 밤 12시까지 멍하니 기다렸다. 혹시나 싶었지만 안 들어오는 것이 정상적이라는 것을 잠시 잊어먹었다. 그리고 다시 돌아오면 용서를 빌고 더 많은 볼때기를 맞을 작정이었다. 그런데 시간이 넘었지만 아무런 연락이 없다. 혜은은 방석을 거실에 깔고 꿇어서 남편이 들어오기만을 기다렸다. 새벽이 되어도 소식이 없었다. 얼굴에 눈물은 줄줄이 흘렀다. 이튿날도 보나마나 안 들어올 것 같았다. 잠을 한 잠 자려고 하였지만 잠이 오지 않았다. 부엌에 들어가서 남아 있는 포도주를 여러 컵 마셨다. 그리고 정신없이 잠들었다. 이튿날도 들어오지 않았다. 다음날 사무실에 전화를 하였다. 아직 화성 출장 가서 돌아오지 않았다고 하였다. 두 번이나 전화를 하였지만 같은 답변이었다. 한편 사무실 직원 숙희는 전화가 자주 오는 것을 보니 서로 틀어진 것 같은 예감을 하였다. 이제 그녀의 뜻대로 환경이 변할 것 같아 표정관리에 조심을 하였다. 그런데 사장은 어디 갔을까? 헤어지는 문제를 장고 중인가? 실마리가 잡히지 않아 궁금하기 짝이 없다.

혜은이는 보통 남편이 일주일 일정으로 출장을 잘 잡아서 넉넉잡아서 닷새만 기다리면 될 것 같았다. 그렇게 무료하게 시간을 보내다가 보니 문득 첫 직장에서 근무한 정자 친구가 생각이 났다. 안 본지 9년 정도는 된 것 같았다. 혹시나 싶어서 옛날 집 전화를 하여 알아보았다. 연락처를 알았다.

"정자야? 나야, 혜은이야."
"누구? 혜은? 아이구~ 웬 일이야 살아있네."
"그래, 잘 지내. 한 번 만나고 보고 싶었어. 언제 만나면 좋아?"
"모레는 시간이 나. 그래 그때 봐."

오늘도 무료하게 종일토록 집에서 보냈다. 아무 곳에도 나가기 싫었다. 아니 창피하였다. 갑갑하지만 자숙하여야만 되었다. 세상이 다 이상하게 보인다. 모든 것은 그녀를 향한 화살로 보인다. 악령에 포위된 것 같았다. 내일 친구 만나는 시간이 빨리 왔으면 하고 몹시 기다려진다. 만나는 장소는 집으로 하였다. 밖에 나가면 모든 사람이 배신녀라고 비웃을 것만 같았기 때문이다. 이튿날 점심때가 되어서 왔다. 현관문을 열어 주었다. 정자가 웃으며 인사를 하였다.

"혜은이야. 너 정말 오랜만이다. 집을 보니 꽤 잘 사네."
"그냥 그래. 너는 어떻게 지내."
"나는 남편이 무역회사에 있어 해외로 돌아다녀."
"같이 해외에 나가지~?"
"아직 그럴 형편이 못 되어."
"벌써 식사시간이 되었다. 배달시킬까?"
"좋도록 해"
"남편이 뭐하는 사람이야."
"부동산 하는 사람이야."
"돈 잘 벌어? 하기야 자본주의 국가에서는 다들 서로 돈 많이 벌려고 땅 싸움에 꿍꿍이수를 다 쓰지."
"어떤 사람이야. 너도 알 걸."
"직장 다닐 때 꽁무니 따라 다니던 사람 말이야?"
"알아서 짐작해."

이렇게 시작해서 혜은은 그동안 있었던 이야기에 대해서 줄줄이 이야기하였다. 첫 직장에서 같은 방에서 근무하였든 정인이 와의 불륜도 이야기하였다. 남편이 바람피운다는 소문에 홧김에 불륜을 저질렀지만 지금은 괴로워서 미칠 지경이란 이야기를 하고 어찌 해결하면 좋을 것인가를 상담하였다.

"나도 일이 너무 복잡해 마땅한 해법을 내 놓을 수 없네…. 이러나저러나 너 종교 가지고 있어?"

"아니, 무교야."

"종교에 귀의해. 어차피 인간은 태어나면서부터 본인도 모르게 막연한 신앙심은 조금씩은 갖고 있는 거야."

"무슨 종교가 좋을까?"

"100% 자기 마음에 드는 종교는 이 세상에 없어. 가끔 골수 신자가 있기는 해. 그래서 그런 것은 염두에 두지 말고 평범한 대중적인 기독교를 권하고 싶어. 나는 불교지만 기독교가 어떤 부분에 있어서는 합리적인 점이 많다고 생각해."

"그러면 그 교리를 완전히 믿어야 되는 거야?"

"그럴 필요는 없어. 선택적 교리만 믿음도 가능해."

"신앙도 좋지만 우선 죄의 고통에서 벗어나고 싶어."

"그래서 내 생각으로는 강화도에 가면 유명한 기도원이 있다는데 그곳에서 한 달간 수양관에서 잠자고 기도를 열심히 하여 마음을 안정시키는 것이 좋을 것 같아. 경비도 얼마 들지 않아."

"그렇게 해볼까? 경비도 그렇게 많이 필요하지 않다고 하니 내일이라도 출발하고 싶어."

이렇게 대화를 나누고 둘은 헤어졌다. 친구가 나갈 때 배웅 나가지 않았다. 혹시 그 사이에 남편이 돌아올 줄 모른다는 생각이 들어서이다. 그리고 남편이 돌아올 예상기일을 일주일 이상 넘겼다. 혜은은 이제 집에 있는 것이 갑갑하여 그 이상 있을 수 없었다. 친구가 가르쳐 준 기도원에 가서 머리를 순화시키고 와야 되겠다.

며칠 있다가 여행 준비를 하고 강화대교를 지나 카톨릭 대학 곁 가말 수련원으로 갔다. 경내에 들어가니 시설이 잘 되어 있었다.

가서 여장을 풀고 입교절차를 밟았다. 수련원의 일정에 따라서 설교를 듣고 찬송도 하였다. 모든 것은 생소하고 어려워 조금 듣다가 목사한테 부탁하여 나만의 기도를 할 수 있도록 기도문을 작성하여 달라고 하였다. 그러면서 그녀의 심정을 자상히 설명하였다. 목사는 초보자임을 고려하여 다음 기도문을 건네주며 경건한 마음으로 스스로 기도시간을 만들어 기도하라고 하였다. 이를 받아든 혜은은 이 구절을 외우기로 하였다. 틈만 나면 홀로 반복하여 기도하기로 하였다. 가끔은 예배 시간에 참석하기도 하였다.

"사랑의 하나님, 저는 죄인입니다. 예수님이 나의 모든 죄를 십자가에서 해결하시고 부활하신 그리스도이심을 믿습니다.
지금 내 마음속에 오셔서 나의 주인이 되어주시고, 나를 인도해 주옵소서.
이제부터 하나님의 자녀 된 축복을 누리며 살게 하여 주시옵소서. 예수 그리스도의 이름으로 기도드립니다. 아멘."

끊임없이 기도를 하니까 날이 갈수록 정신이 맑아졌다. 심신이 가벼워졌다. 자기가 지은 죄가 뚜렷해졌다. 얼마간 기도 생활을 하다가 이제는 집에 돌아가고 싶었다. 지금쯤은 남편이 와 있을 거란 생각이 들었다. 약 한달 간 있었다. 그러나 집에 오니 남편이 왔다 간 흔적이 없었다.

유진은 서해안을 돌아다니며 기분전환을 하였다. 처음은 친구와 같이 어울렸으나 친구의 시간을 너무 빼앗는 것 같아 서울로 홀로 올라갈 터이니 자기 일을 보라고 하면서 헤어졌다. 그는 서서히 마음을 고정해보려고 애를 썼다. 앞으로의 방향을 고민한 것이다. 보혜사 부동산 재산 처분을 하고 고성으로 가서 민박 사업을 하는 쪽으로 마음이 기운 것이다. 현 아내에게는 너무나 긴 시간 동안 신경을 쓰느라 시달렸다. 차라리 혼자 사는 것이 좋을 것 같았다. 아내와는 아내의 앞길에 건승을 바라고 헤어지는 것이다. 인륜은 천륜이라고 하였는데 내가 이렇게 생각하는 것도 운명의 신에게 복종을 하는 태도다. 그러나 혜은에게 마지막 인간적인 배려는 하고 싶었다.

이렇게 생각하니 마음이 어두워졌다. 여러 가지 갈등 때문이다. 이렇게 방황하면서 보름이 지나서야 사무실에 들어갔다. 오랜만에 사무실에 가니 사장님! 하며 다들 무척 반가워하였다. 상당히 기다린 모양이다. 오전에 이것저것 보고를 들었다. 그리고 가게 처분하는 문제도 마음을 굳혔다. 그래서 양 총무에게 오늘 점심을 같이 하자고 하였다. 양 총무는 만나는 첫 날에 사장이 갑자기 점심을 같이하고 싶다는 말에 무슨 일일까 하고 궁금증이 갔다. 단둘이 아미가 레스토랑에서 만났다. 식사를 하고 반주로 포도주를 같이 하였다. 그는 양 총무에게 물어 보았다.

"우리 회사 영업은 주변 보다 어떻습니까?"
"주변보다 아주 잘 되고 있습니다."
"극비리에 이야기를 하는데 보혜사 부동산을 처분하려고 하는데 얼마 받을 수 있겠습니까?"
"파시려고? 이 좋은 자리를 팔다니요? 팔지 마세요. 팔면 8억 정도는 갈 걸요. 서로 차지하려고 할 것입니다."
"그래요 아직은 비밀로 부치고 양 총무가 7년간이나 노하우를 쌓았으니 인수하시지요. 가격은 잘 할 터이니."
"하이구~ 제가요? 며칠간 생각해 보겠습니다."

"그러지 말고 이 자리서 결정 지어."

"사장님은요?"

"나는 동해에 가서 퇴직 시 할 수 있는 일을 찾을 거요."

"아직 젊으신데. 벌써 퇴직 준비를 하나요?"

"나는 앞으로 문필 활동과 그림을 그릴 작정이요. 그러니 다른 생각 말고 이 회사를 5억에 인수하세요. 시간은 열흘 줄 터이니."

"아 그렇게 까지요? 정 그러시다면 지금부터 준비하겠습니다. 워낙 보혜사 부동산이 널리 알려져서 마음만 단단히 하면 수익 창출이 클 것이라고 생각은 하고 있었습니다."

"자 그러면 3일 안으로 정산 준비를 하세요. 그리고 10일간이면 지불이 가능하지요?"

"가능합니다. 그러면 그때까지 자금 준비를 하겠습니다."

숙희와 파란산장

거래 성사가 되고 나서 기분이 좋아서 낮술을 양 총무와 둘이 거나하게 마셨다. 늦은 오후에 사무실에 들어오니 모처럼 마음이 안정되었다. 사무실 매매 건이 결정되었기 때문이다. 낮술을 하여 기분 좋은 상태를 보고 숙희가 시간 틈을 발견했는지 사장 앞에 나타났다.

"사장님 얼마간 쉬고 나니 기분이 좋아지신 모양이시죠?"

"헐~ 나에게 무엇을 감지할 수 있었나?"

"아니요. 잘못 이야기했어요. 단지 해장차를 한 잔 드리고 싶어서요."

　대화 가운데 숙희는 사장을 더 알아보고 싶었다. 조금 있다가 해장차를 준비해서 사장 책상 위에 올려놓았다. 한참 있다가 그녀는 다시 시간을 내어서 그 독특한 아양 떠는 모습으로 사장에게 접근을 하였다. 숙희는 사장의 가정사 돌아가는 것을 대강은 알고 있었다. 사장을 낚아채는 것은 지금이 절호의 기회라 생각을 하였다. 그래서 그녀의 머릿속에는 여러 가지 작전이 오가고 있었다. 사장이 최근 낮술을 하고 찜질방에 가는 날이 대여섯 날이 되었을 때다. 그녀는 해이해진 사장님의 상태를 눈치를 채고 피곤하시겠다고 하며 주위 사람이 없는 틈에 어깨를 주물러 주었다. 사장은 어깨가 시원하다고 하면서 싫어하지 않았다. 그녀는 최근에 안마 기술을 배운 것 같았다. 이때 다시 안마를 하면서 오늘은 내가 저녁을 산다고 하면서 시간을 낼 수 없느냐고 하여 그렇지 않아도 숙희의 아양에 녹초가 되었는데 그러자고 하였다. 그러면서 우이동 조용한 곳에 파란 산장이 있는데 그쪽으로 가자고 하여 그는 쾌히 승낙을 하였다.

　숙희가 이렇게 달라붙는 데는 나름대로 계산이 있었다. 사장을 녹여서 같이 평생을 살 수 있으면 더 없이 좋지만은 그렇지 않더라도 최소한 팁은 탄탄히 나올 것이란 생각 때문이었다. 사장 성격을 보면 좀 낭만적인 면이 있다. 그래서 이런 품성을 잘 맞추어주면 기분을 화끈하게 맞출 수 있다고 생각했다. 사실 그녀 자신도 어떤 남자와 동거생활을 했는데 그는 돈 많은 여자가 있으니 마음이 변해서 떠난 이력을 가지고 있었다. 그래서 숙희는 악착 같이 돈을 벌고 싶었다. 보혜사 부동산에서 얻은 노하우로 그녀도 독립하여 사업하고 싶을 정도였다. 그리고 김 사장은 운이 따라서 돈을 많이 번 것을 알고 있기 때문에 그녀도 그런 기회를 잡고 싶었다. 지금은 한참 개발하는 시대니 부동산 거래에 좋은 기회를 알아보면 성공할 것 같았다. 사장 스스로도 노력하여 번 돈이 아니고 운이 좋아서 돈 벌었다고 실토한 일이 있었기 때문이다. 운명이란 말에 공감이 간다. 사장은 짧은 기간에 수십억은 번 것 같았다. 사장의 사적 내부를 잘 아는 그녀로서는 오늘 산장에 가서 안길 작정이다. 그녀는 파란산장에 미리 전화를 해 놓았다. 저녁 7시에 귀한 손님을 모시고 가니 좋은 방과 냇물이 흐르는 분위기 있는 곳을 마련하라고 하였다.

저녁이 되어서 사장을 모시고 우이령 고개 있는 곳을 따라서 올라가서 왼쪽 길로 들어갔다. 입구에 들어서니 쇠죽 향기가 코를 찔렀다. 향기가 끝내 주는 정도다. 주인은 시골 풍경을 낸다고 송아지를 한 마리 키우기 때문이다. 안으로 들어가니 아줌마가 아서 나왔다. 그리고 계곡을 따라서 올라갔다. 조금 오르니 큰 바위 위에 초가집이 있었다. 옆에는 시냇물이 흘렀다. 초겨울에 들어서니 오늘따라 날씨도 싸늘하였다. 이런 산장 분위기를 본 사장은 깜짝 놀랐다. 서울에도 이런 별천지가 있는 줄은 전연 몰랐기 때문이다. 손님은 별로 없었다. 아줌마가 안내한 방의 문을 여니 내부는 훈훈했다. 조금 있으려니 상이 하나 들어왔다. 백반에 인삼백숙이 올려져있었다. 이 모든 것은 숙희가 다 사전에 준비한 것이다.

"사장님! 오늘은 제가 특별히 대접하는 겁니다. 양복 상의는 제가 벗겨드릴 것입니다."

그는 숙희가 상상 밖에 산장에서 손님을 접대하는 아이디어에 적이 놀랐다. 재원인 숙희가 모든 분위기를 연출하니 세련미가 더욱 돋보여 그를 얼떨하게 만들었다. 그는 엉겁결에 도깨비한테 홀린 것 같다고 이야기하였다. 그랬더니,

"걱정하지 마세요. 저도 이래 뵈도 색정아 보다 더 로맨틱합니다. 비록 작은 회사에 묻혀 있지만요."

그리고 그녀도 양장을 벗고 살결이 비치는 속옷을 입고 앞자리에 마주 보고 앉았다. 내복은 연미색의 잠옷이었다. 벌써 그의 가슴은 주소를 못 찾는다.

"대단하군. 그런데 그 미모로 결혼은 왜 안 해? 이미 노처녀가 된 것 같은데."
"걱정 마세요. 사장님이 곁에 계시지 않습니까?"

그는 이 이야기를 듣고 가슴이 또 다시 뭉클했다. 평소에도 숙희의 머리 굴림에는 당할 도리가 없었는데 다시 변칙 연기를 하기 때문이다. 그래서 애써 태연한 척 하면서 숙희가 담아 준 삼계탕과 따라 주는 술을 한 잔 하고 한 잔을 권했다. 그리고 곁에는 패티김의 애절한 음악이 가볍게 흘러나왔다. 가슴이 살살 녹는 분위기였다. 술이 얼근하게 취한 후에 숙희는 물었다.

"사장님! 약 20일 동안 어디 갔다 오셨어요?"

"업무 보기 위해서 왔다 갔다 하였지."

"정말 그럴까요? 다른 직원은 다 속일지 몰라도 저는 못 속입니다."

"…"

이것 봐라. 나의 속을 다 들여다보는 것 같아. 잘못 넘어가면 안 되는데. 한참 있다가,

"우리 딴 이야기하자. 그동안 나는 너무 바빠 피곤해."

"사장님! 저는 사장님만 하루 수백 번 생각하면서 견뎌왔습니다. 저의 이야기를 들어주겠습니까?"

"음? 그래 말만 잘하면…."

"너무 심각하게 생각하지 마세요. 나는 상당히 오랫동안 사장님을 사모했습니다. 사장님, 사모님보다는 내가 더 재능이 있다는 자부심 때문입니다. 비록 나는 사모님이나 사장님처럼 배운 것은 없지만 많이 배웠다고 전부는 아니잖아요? 부부간에 사랑이 최고가 아닙니까?"

"이거 뭐 잘못 되는 것 아닌가? 그런데 오늘 따라서 그녀의 얼굴은 섹시함이 짙어만 같다. 그래서 색정아라 하였나?"

"만일에 사모님 자리가 비면 내가 그 자리에 들어가겠습니다. 내 인생은 솔직히 이야기하면 전에 한 청년과 몇 달간 동거하면서 결혼을 약속했는데 그 청년이 부잣집 따님한테 장가를 갔습니다. 그래서 나도 돈을 벌어서 결혼하기로 하였습니다. 결혼할 남자의 과거가 있어도 상관없어요."

"그런 일도 있었어? 사실 그런 일이 있어도 사랑만 한다면 부부

관계는 문제가 없어. 우리 서서 블루스 춤 한번 출까? 느린 박자니 서로 호흡이 될 거야."

그래서 애절한 노래 '해변의 길손'을 틀어 놓고 둘은 가슴을 맞대고 약10분간의 윤무를 하였다. 그리고 자리에 앉았다. 그녀는 술을 좀 마셔 얼굴이 상기 되었다. 그녀는 그에게 다시 술을 공손히 따르고 나서 자기가 평소에 좋아하는 노래의 가사를 변형한 시인데 한번 읊어 보겠다고 하였다. 참고한 노래란 박재란의 '님'이란 노래라고 하였다. 사장은 어디 한 번 낭송을 하여 보라고 하였다.

아른거리는 님

목숨보다 더 귀한 그대 사랑이지만
창살 없는 감옥 때문에 만날 길 없었네
왜 그토록 가슴 깊이 그리워 보고 싶은지
못 맺을 지도 모르는 운명의 장난 속에서
애달픈 내 가슴에 비가나리네

서로 만나 오래지 않아 이별이 온다면
맺지 못할 운명을 탓할까 어찌할꼬
쓰라린 내 가슴에 눈물이 흐를지라도
애달피 울어 봐도 맺지 못할 지라도
헤어질 인연이라면 돌아서야지.

그녀는 이 시를 읊으며 눈물을 흘리며 이제 사장님의 처분에 따르기 터이니 알아서 하소서 하고 그의 얼굴을 쳐다보았다. 이에 그는 그녀의 애절한 바람에 응답하는 징표로 올 겨울은 나와 같이 지내자고 반승낙을 하였다. 그러면서 어떻게 그런 시를 창작하다시피 할 수 있는가를 물었다. 그러자 사실 자기는 한때 문학소녀라고 하였다. 아~ 그래 하면서 다가오는 겨울에 떠날 장소는 숙희한테 일임하였다. 그러면서 숙희에게 가능한 조용한 시골을 알아보라고 하였다. 이렇게 이 이야기를 하다가 보니 밤 1시가 되었다. 산속 산장에서 숙희는 이부자리를 깔고 조용한 계곡물이 흐르는 가운데 서로 품고 긴 꿈속으로 사라졌다.

혜은은 날이 갈수록 초조하였다. 남편이 돌아올 날만 기다렸다. 사무실에 전화를 하였다. 출타 중이라 하였다. 어디 갔는가 물었으나 아무도 모른다고 하였다. 최근 한 달 동안 양 총무에게 업무 처리를 맡기고 돌아다닌다고 하였다. 어쩌다가 사무실에 잠깐 들어왔다가 곧 나간다고 하였다. 혜은은 남편의 보헤미안 기질을 알지만 집에 전연 전화를 하지 않는 것을 이상하게 생각했다. 쌓인 화가 풀리지 않은 것 같았다. 그래서 혹시 남편이 돌아오면 다시 나가는 것을 막기 위해서 남편이 잠시 돌아오더라도 붙들기 위해서 방 안을 새로 꾸몄다. 거실 바닥을 카시미론 침대로 바꾸었다. 소파도 부드러운 재질로 바꾸고 거실 안은 화분을 예쁜 것으로 꾸며 매일 잔손질을 하였다. 그리고 남편이 좋아하는 포도주를 준비하고 컵도 디자인이 멋있는 것으로 준비하였다. 결국은 집에 들어올 것이란 기대를 하며 들어오면 붙들어 놓을 기회를 놓치고 싶지 않았다. 그리고 기다리는 동안 기도원에서 훈련한 기도문을 틈만 있으면 무릎을 꿇고 기도하였다.

아내는 오늘도 남편을 눈 빠지게 기다렸다. 이제 기다리는 것도 지쳐서 눈이 졸리는 판이다. 그렇게 기다리고 있는데 남편은 아주 늦은 자정에 집에 들어갔다. 아내는 문소리가 들리는 바람에 정신을 바짝 차렸다. 오늘에야 기다리던 남편이 들어오는 모양이다. 그래서 얼른 문을 열었다. 남편은 아직도 아내가 기다리고 있다가 문을 여는 바람에 깜짝 놀랐다. 그러면서 이별 결심이 무디지 않을 작정을 하고 마음을 단단히 하였다. 뿌리치고 헤어지는 것은 정말 고통스럽기 때문이다. 아내의 모습을 바라보니 얼굴은 화색이 돌고 웃음이 가득했다. 옷도 내복으로 준비를 하였고 연미색으로 입었다. 이 모습을 보고 나니 그는 가슴이 갑자기 쾅쾅하였다. 그러면서 유혹에 넘어가지 않으려고 노력하였다. 이번에는 두 팔로 목을 휘어잡고 키스를 원했다. 상황이 이렇게 되자 그는 마음이 풀어지기 시작했다. 옷을 갈아입고 내복으로 갈아입는데 잠자리 주변에는 모든 것이 다 준비되어 있었다. 그리고 곧 소반에 포도주를 들고 나왔다. 그동안 출장 가서 쌀쌀한 날씨에 얼마나 고생이 많았느냐고 하면서 요염을 떨었다. 그리고 이 포도주는 특별히 구한 것이라며 포도주 칭찬을 하며 한 잔을 권했다. 그래서 그는 얼떨결에 주는 포도주를 다 마셨다. 그리고 샤워를 할 것을 권한다. 그래서 샤워장에 들어가니 가운데가 서서히 힘이 들어서기 시작했다. 하도 오래 혼자 지내서 나타난 현상이다. 그래서 욕정을 참을 수 없어 우선 양치질을 열심히 하고 내복을 입고 나왔다. 거실에는 카시미론 이부자리가 있었다. 고급 카시미론 이부자리를 준비한 것이 자꾸 마음을 흔들었다. 그녀는 자기도 포도주 한 잔을 따라 달라고 하여 따라 주었더니 생긋 웃으면서 마셨다. 그리고 둘은 불을 끄고 너무나도 푹신한 카시미론 이부자리에서 모든 정력을 쏟아 부었다. 희열 이외는 아무런 생각이 없었다. 이렇게 자다가 벌떡 일어나니 술은 깨었고 어제의 유혹이 서서히 기억에 되살아났다. 아내는 정신없이 자고 있었다. 아내는 남편을 이제 완전히 녹초를 시켰다고 생각하고 피곤하여 마음 놓고 정신없이 잤다. 그러나 그는 아침 일찍 자기 방에 가서 여행용 가방에 필수품과 옷 한 벌을 꺼내서 넣었다. 그리고 소파 위에 3년을 살 수 있는 돈과 편지가 든 봉투를 놓았다. 그리고 아주 조용히 집을 빠져나왔다. 아내는 그때까지도 모르고 잠만 자고 있었다. 설령 낌새가 있더라도 산책 나가는 줄 알았을 것이다. 너무나도 오랜 세월을 혼자 지내면서 고민하였고 정신적 고통에서 풀렸기 때문이다.

회사 정리

그리고 유진은 일단은 건대 부근에 있는 원룸으로 가기로 하였다. 조용히 집을 빠져나갔다. 그런데 늦게 일어난 혜은은 방안이 조용하였다. 이상하다는 생각이 들었다. 그리고 한 편으로 생각해 보니 동네 산책을 갔는지도 모른다는 생각을 하고 거실 청소를 하였다. 청소를 중간 쯤 하는데 소파 틈새에 하얀 봉투가 끼어 있는 것을 발견했다. 그래서 소스라치게 놀라서 편지를 열어보았다.

사랑했던 혜은에게

당신을 안 것은 첫 직장이었습니다. 물론 나는 늦은 나이에 군대 만기 제대를 했고 당신은 갓 직장에 출근했지요. 그래서 우리 둘은 세상의 물정을 모르고 같은 직장 생활을 하면서 하루하루 사회 소용돌이 속에 스며들었습니다. 그러다가 나는 당신에 반했고 당신도 나에게 반했지요. 그러나 당신은 부자 집 재원이었고 나는 농촌 촌놈이라 서로는 자존심을 가운데 두고 줄다리기를 하였지요. 결국은 나의 패배로 끝났으며 나는 직장에서 사랑의 행패를 치다가 쫓겨났지요. 그 이후로 돈을 벌자고 미숙한 공사를 하다가 빚만 잔뜩 졌지요. 나는 들과 산을 방황하다가 다시 시작한 것이 부동산이었습니다. 나는 운이 좋아서 부동산에서 돈을 그런대로 벌었습니다. 그러다가 당신이 나의 눈앞에 다시 나타날 때는 가정 파탄에 병까지 나서 요양을 하고 서울에 오는 길이라 했습니다. 그래서 갈 곳이 없었던 차에 TV에 부동산 전문가로 뜬 나를 보고 찾아와서 얼마간 지낼 곳을 찾다가 결국은 내가 혼자니 나의 방을 사용하라고 하였지요. 그렇게 하다가 약식 결혼의식을 거쳐서 같이 살았습니다. 이제 당신을 안지 어언 7여년 가까이 되었습니다. 당신과는 한 동안은 행복했습니다. 그러다가 내가 재물을 모으는데 정신이 빠졌는지 어떤 인연인지 가정은 불화로 휩싸였습니다. 나는 고민하던 끝에 집을 떠나기로 하였습니다. 마지막 선물로 봉투 안에 금일봉을 넣어 두었으니 앞으로 3년은 쓸 수 있을 것이고 이 집은 당신이 소유한 것으로 되어 있으니 조건 없이 가지고 여생을 보내도록 하세요. 이것이 한 때 사랑했던 당신을 위한 최대의 배려입니다. 나는 이 집을 떠납니다. 나를 찾지 마십시오. 나를 찾지 않는 것이 당신이 한 때 사랑했던 남편을 위해서 영원한 아름다움을 남기는 것이기 때문입니다.

특별 추신: 지난밤의 사랑은 행복했습니다. 당신의 사랑 때문에 맺은 하룻밤은 잊지 못할 것입니다. 여기 봉투를 두니 부족한 점은 이해해 주시기 바랍니다. 새벽 찬 공기를 가르며 갈 것입니다. 안녕.

혜은이 다 읽고 나니 갑자기 손이 떨리기 시작했다. 이런 날벼락이! 그리고 울음이 넘쳐흘렀다. 정신이 혼미하였다. 소파에 펄썩 주저앉아 한참을 울었다. 앞길이 캄캄하다. 어찌할 줄을 몰라 창밖을 내다보았다. 며칠을 있으니 도저히 참을 수 없어 이번에는 다시 함양 수련원에 가서 얼마간 휴식시간을 가지기로 하였다.

한편 정인은 그날 낚싯대로 호되게 얻어맞은 것을 엄청난 모욕으로 생각했다. 그래서 오늘은 혜은이를 찾아가서 혜은에게 마지막 성적 유희를 하여 복수를 하기로 하였다. 그리고 영원히 캐나다로 떠날 작정을 하였다. 혜은은 과거에 정인을 이용해서 짝사랑 고통을 주어서 정인에게 고통을 준 일도 있었다. 그래서 단단히 이 점을 벼르고 혜은 집을 찾아갔는데 마침 혜은을 만난 것이다. 전화를 하여도 받지 않으니 직접 집을 찾아간 것이다. 한편 혜은은 수련원으로 갈 준비를 하고 집을 나오는 중 공교롭게도 정인을 만났다. 정인이가 어디 가느냐고 하여 여행을 떠나는 중이라고 하였다. 혜은은 남이 볼까보아 얼른 정인을 집으로 데리고 들어갔다. 자리에 앉자 혜은은 빌려간 3천만 원을 내 놓으라고 하였다. 돈을 주겠다고 하였다. 언제 주겠느냐고 하기에 몇 주만 기다리면 주겠다고 하였다. 빚 갚고 나서 정인은 캐나다로 곧 떠날 것이라 하였다. 그러면 지불 각서를 쓰라고 하였다. 금액, 날짜. 지장 및 싸인을 해서 차용증을 써 달라고 하였다. 그랬더니 정인은 다른 말을 하지 않고 써 주었다. 혜은은 이를 받아서 깊숙이 보관하였다. 그리고 이제 안 만날 것이니 온라인으로 보내 달라고 하면서 계좌를 가르쳐 주었다. 혜은이가 이제 나가자고 이야기하는데 정인은 '그래도 이별주는 한 잔하고 싶다.'고 하였다. 그러면서 부엌에 가서 포도주를 꺼내왔다. 혜은에게 권하니 싫다고 하였다. 정인이가 먼저 마시고 권했다. 이별한다고 하니 어쩐지 마음이 심란하여 한 잔을 마셨다. 그리고 가려고 하니 또 한잔을 권하였다. 그러자 얼근한 상태가 되더니 이별 파티를 하자며 정인이는 혜은의 가슴을 더듬기 시작했다. 그러다가 보니 둘의 가슴이 엉겼다. 혜은은 이제 남편이 없는 몸이란 생각에 아무런 수치를 느끼지 못했다. 그러면서도 마음이 심란하니 짧은 시간이라도 즐기고 싶었다. 한참 육체가 부딪치고 액체가 흐르더니 혜은은 정은을 밀어내었다. 늦게야 정신이 든 혜은이는 이제 떠날 시간이 다 되었다고 하였다. 문을 잠그고 둘은 인사도 없이 반대편으로 멀어졌다. 혜은은 뒤를 돌아보며 우리 완전히 헤어졌으니 앞으로 영원히 만나지 말자고 매섭게 쏘아붙였다. 네가 돈 부풀려준다고 나를 유인하여 만나게 된 것 뿐이야. 너는 여우야. 이렇게 내뱉었다. 이런 곡절을 겪어 혜은은 버스 편으로 함양 수련원에 오랜만에 가니 알던 사람이 이제 건강한 모습으로 왔다고 다들 환호를 하는 것이다. 혜은은 이곳에서 반년 정도 시간을 보낼 작정이다. 이제 그녀는 다시 혼자의 몸으로 돌아온 것이다.

한편 유진은 집을 나와서 미리 준비해놓은 원룸에 들어갔다. 아줌마가 반갑게 맞이하였다. 며칠 전부터 둘러본 결과 이곳에서 당분간 거처를 하면 좋을 것 같았다. 잠이 부족해서 이곳에서 잠깐 눈을 부쳤다. 그리고 아침 늦게 출근을 하였다. 사무실에 들어서니 웬일인지 숙희가 홀로 일찍 나와서 청소를 말끔히 하여 놓았다고 하였다. 숙희는 사장을 반갑게 맞이하며 우선 키스를 원했다. 그래서 사장실에서 키스를 하여 주었다. 오늘은 자기가 녹용차를 준비하였다고 하면서 녹용차를 타 주었다. 몸에 좋다는 것을 사방 알아보고 산 것이다. 그리고 하루가 시작되었다. 조금 있다가 양 부장이 출근하였다. 양 부장의 인사를 받고 우선 양 부장이 보고를 하였다. 신규 사업권을 이야기하는데 그것은 관심이 별로 없다. 우선 급한 것은 양 부장이 오억을 준비할 날이기 때문이다. 조금 있다가 양 부장이 다방에서 만나자고 하여 다방으로 갔다. 비밀 이야기니 직원들 듣는데 이야기 할 필요가 없었다. 다방에서 '사장님과 약속한 5억 원은 준비 되었습니다. 그리고 이미 거래하여 수금할 돈은 사장님은 포기하시는 것입니다.' 그래서 그는 좋다고 승낙을 하였다. 그리고 당분간 기업주가 바뀌었다는 이야기를 하지 말고 직원들에게도 눈치 못 채게 3주 정도는 전과 같이 출근하시는 것입니다. 그렇게 하겠다고 하고 모든 권리 양도 각서를 쓰고 받은 돈 오억 원을 확인하고 일어섰다. 그리고 은행에 가서 입금을 시켰다. 이로써 모든 것은 끝났다. 마음이 허전하다. 사업을 일구고 파란만장한 이곳을 떠나니 만감이 교차하였다. 그의 인생에 있어서는 최근 얼마간은 너무나도 역동이 심한 나날이었다.

며칠 있다가 숙희가 가까이 왔다. 사장님! 멍 하신 것 같습니다. 오늘 저와 같이 우이동 파란 산장에 갈 시간을 만드시지요. 그는 요사이 온통 잽으로 얻어터져 정신이 몽롱한데 무조건 응했다. 모든 것을 잃었으니 숙희와 고요한 곳에서 평안을 찾고자 한 것이다. 저녁 시간에 파란 산장에서 둘은 다시 만났다. 직원들의 눈을 피해서 만난 것이다. 산장 분위기는 전과 다름없는데 그래도 산책하지 않는 계곡이 있어서 같이 걸었다. 개울 물살은 세다. 차가운 계절에 들어선 것 같은 기온을 느끼기 시작했다. 춥지만 외투를 같이 덮어쓰고 험한 바위 디딤돌을 딛고 올라가 보았다. 정말 명산 심산계곡에 들어온 느낌이다. 숙희는 사장을 껴안는다. 나 어때하고 재롱을 떤다. 그러면서 뽀뽀를 하였다. 이렇게 우리는 계곡 산책을 마치고 방으로 들어왔다. 들어오니 아줌마가 저녁을 올릴까요? 하고 묻는다. 그렇지 않아도 점심을 제대로 못 먹었는데 그렇게 하라고 하였다. 밥상이 들어왔다. 숙희의 밥상 서비스는 남자 간장을 녹일 정도였다. 이에 김 사장은 기분이 상기되었다. 그리고 그녀가 특별히 준비하여온 포도주도 한 잔 받아 마셨다. 서비스하느라고 숙희의 가슴은 사장 팔 곁에서 연신 출렁거린다.

이런 새로운 환경에 접하자 지난날의 혜은은 점점 잊혀져갔다. 그동안 유진은 혜은의 기막힌 불륜을 목격하고 받은 충격은 너무 컸다. 혜은의 그늘을 벗어나기 위해서 한 달 이상 노력을 하였다. 이제 비교적 빨리 잊으니 마음이 안정을 찾을 수 있었다. 숙희가 입을 열었다.

"사장님 기억나세요?"

"뭐 말인가? 요사이 하도 분망해서."

"아이 저와 같이 지난번에 이곳에서 '아른거리는 님'이란 시를 선물했잖아요."

"아~ 그래? 나는 그 시를 두고두고 곱씹었지. 대단한 솜씨더군. 그때 올 겨울 눈 오는 곳으로 가서 같이 지내자고 하였지…. 맞나?"

"답은 비슷한데 눈 오는 곳이란 이야기는 하지 않았어요. 그러나 우연히 내가 그곳을 찾아냈어요. 눈이 함박 내리는 곳 말입니다."

"어딘데?"

"강원도 정선군 북면 여랑리입니다. 그곳에 아우라지 강이 흐릅니다. 이곳은 예부터 강과 산이 수려하고 도암면에서 발원된 골지천이 아우라지에서 합류되어 다른 계곡에서 흐른 물과 서로 어우러집니다. 그래서 아우라지 강이라 합니다. 또한 이곳은 남한강 천리 길 물길 따라 목재를 운반했던 뗏목 시작점이기도 합니다. 그래서 이런 풍치 좋은 곳에서 우리 같이 산에도 오르고 눈과 얼음 고기를 낚으면서 겨울을 지내면 사장님도 기분이 상쾌해 질 것입니다."

"음~ 그래 그곳에 도원경이 있었군. 아니 겨울이니 설원경이란 이름이 낫겠다."

"사장님 도원경이 무어요? 그리고 설원경이란?"

"도원경은 무릉에 사는 중국 진나라 한 어부가 강에 나갔다가 복사꽃에 매료되어 꽃잎이 흐르는 곳을 따라 올라 갔더니 동굴이 나타나서 신기하여 동굴을 들어갔는데 그곳에는 신선이 사는 세상이 있었다는 고사에서 나온 이야기야. 집에 왔다가 다시 찾으려고 하였지만 도저히 그곳을 못 찾았다는 애틋한 사연을 이야기 담긴 곳이야. 설원경은 숙희가 이야기 한 것을 들으니 그런 곳을 이야기하는구나 하고 생각했지. 내가 그곳에 가면 황홀경에 나날을 보내다가 다음에 다시 찾는다면 못 찾아갈지도 모른다는 뜻이야."

"호호호~~ 사장님 참 재미있게 말씀하셔. 설마 그렇게 될까? 걱정이 앞서네요."

"숙희! 네 말이 내 가슴을 더욱 철렁이게 하네. 하~하~하~하"

"그리고 나는 그곳에 이미 민박 장소를 다 알아보았습니다. 언제쯤 출발하면 좋을까요?"

"이제 나도 도시 생활이 진절머리가 나. 너도 짐작하다시피 사업한답시고 현장에 뛰어다니고 가정에서도 자상하지 못한 생활을 하니 가슴이 숱하게 험한 삶에 긁혔지. 이제 도시를 잠시 탈피하고 싶어. 그래서 연말에 가는 것으로 날짜를 잡자. 네가 좋다고 하니 기대가 크다."

"그런데 하나 더 여쭈어도 되요?"

"사장님은 아내와 심한 갈등이 있는 것 같아요."

"음, 벌써 넘겨짚고 있구나. 허기야 이제 털어 놓아도 되는 상황이 되었지 지난번에 사모님 물러나면 대신 그 자리를 차지하고 싶다고 하였지…"

"갈등이 아니고 그녀의 시야를 떠났어. 이제 나는 자유의 몸이야."

"이미 집을 떠났어요? 그러면 회사는 어떻게 하시려고?"

"피땀 어린 회사지만 눈물을 머금고 정리했어."

"벌써 정리를?"

숙희는 짐작을 다 하고 있으면서 애써 놀란 척 하였다. 그리고 잠시 생각해 보았다. 지금 사장님으로부터 들은 것을 종합하니 숙희가 과거 추리한 것과 비슷했다. 그러나 그 이상으로 정보를 캐서 궁금증이 많이 풀린 부분도 실은 많았다.

"아 그랬어요? 아들도 없잖아요?"

"다 복이야. 지금부터 나는 자유스럽게 사는 거야. 이 사실을 사무실에 이야기하지 말고 우리 연말에 살짝이 떠나자. 설령 나중에는 알려질지라도 가능하면 비밀에 붙이자."

밤이 깊었다. 이야기하다가 보니 밤중이 되었다. 실은 이런 내용은 여행 떠나기 전에 서로 소통을 하고 나야 앞으로 같이 생활하는데 도움이 될 수 있다고 생각해서 비밀을 푼 것이다. 숙희는 이제 그의 상황을 알았으니 그녀의 페이스대로 이끌어나갈 마음의 준비를 하였다. 그녀는 상을 방 가장자리로 치웠다. 그리고 이부자리를 폈다. 그리고 숙희가 먼저 샤워를 하였다. 나올 때는 살결이 비치는 내복을 입었다. 그녀는 불을 끄고 그의 곁으로 가서 남자를 자극시키기 시작했다. 바깥에는 가로등이 있어서 방은 제법 훤하다. 개울물 흐르는 소리가 난다. 가끔 솔바람이 분다. 차츰 그의 중앙은 힘이 들어갔다. 무엇을 찾는 모양이다. 오늘따라 잠자리 분위기가 전연 다르다. 마음도 황홀하다 못해 붕 떴다. 가끔 가슴에 돌 던지는 소리가 들린다. 시간이 얼마나 흘렀는지 모른다.

숙희와 설원경 생활

연말 30일 정오경 둘은 강릉 부둣가에서 만났다. 각자 여행가방을 가지고 나왔다.

"우리 이곳에 왔으니 바다회로 식사를 하고 들어가지?"
"선생님 좋은 대로 하시지요. 회물 식사도 좋아요."

둘이는 강릉 집에 가서 회를 시키고 점심식사를 하였다. 그리고 항구를 둘러보다가 먼 바다를 감상하며 천천히 걸었다.

"나 독서할 책을 몇 권 준비했어."
"잘 했어요. 어떤 종류의 책인데요?"
"영시도 있고, 김소월 시도 있고. 그리고 낭만파 소설책과 역사

책, 철학책도 가져왔지. 전부 10권 정도 돼."

"이 책을 겨울기간 정도면 다 읽을 수 있나요?"

"어림도 없지. 소설 빼면 중간 중간 정도 마음에 드는 것을 골라서 학습하는 거지."

"나도 책을 읽는 것을 좋아하는데 공부 못한 것을 선생님한테 배워야지."

"알았어. 나만 잘 따르면 끝까지 가르쳐 주지."

숙희는 마냥 즐거운 냥 웃으면서 무조건 예스였다. 이윽고 택시가 지나갔다. 택시기사에게 아우라지로 가자고 하였다. 이곳에서 실컷 주변 환경을 둘러보고 우리는 아우라지로 향했다. 아우라지에 내려서 낯선 주변을 살펴보니 산수 경치가 빼어났다. 아늑한 시골에 들어서니 머리는 맑아졌고 마음도 평안해졌다. 겨울에 들어서서 그런지 두꺼운 옷을 입었는데도 제법 쌀쌀하였다. 산에는 눈이 옅게 쌓였다. 숙희가 가자고 하는 방향을 따라 조금 걸어가니 산기슭에 오두막집이 있었다. 곁에 중고등학교가 하나 있었다. 담장 안으로 들어서니 주인아줌마가 반갑게 손님을 맞이하였다. 아줌마는 점잖은 청년부부가 왔다고 깍듯이 대했다. 방에 들어서니 방이 제법 넓었다. 바닥을 짚어보니 이미 군불을 지펴 놓았다. 산속이기 때문에 밤에는 춥기 때문이라고 한다. 좁지만 샤워장도 있었다. 짐을 방에 정리해 놓고 우선 살림살이를 살펴보았다. 이부자리, 장롱, 골방이 있었다. 그리고 석양이 되니 저녁상을 차려왔다. 하도 시장하여 얼른 뚝딱 먹었다. 아줌마에게 살림도구에 대해서 물었더니 옆에 작은 부엌이 붙어 있으니 그곳을 사용하면 되고 장롱은 방에 조그마한 것이 있는데 이를 사용하면 된다고 하였다. 3

일분의 쌀과 반찬이 준비되어 있으니 이를 사용하고 나머지 필요한 것은 동네 시장에 가거나 5일 장이 열려서 정선시장에서 사면 된다고 하였다. 정선 시장까지 시내버스로 약 40분 정도 걸린다고 하였다. 오늘은 이사 첫날이라 피곤하여 아줌마가 주는 밥을 먹고 정신없이 잤다. 그런데 자다가 보니 바닥이 너무 뜨거웠다.

다음날 우리는 동네와 개울가를 둘러보았다. 개울가는 폭이 넓으며 조약돌이 질펀하게 깔려 있었다. 산도 텅 빈 밭을 우선 둘러보고 동네도 둘러보았다. 아이들이 뛰어놀았다. 참새들도 나뭇단 더미나 방앗간 공간을 날아다녔다. 며칠 전에 눈이 조금 온 모양이다. 동네 뒷산에 올랐다. 눈이 가볍게 쌓였다. 얕은 산 코스를 따라 올랐다. 오르니 미끄러워서 힘들었다. 오후에 그는 산을 내려오면서 유진이 멍청한 참새 이야기를 하였다. 멍청한 참새라 하니 숙희는 대단한 이야기인양 귀를 기울였다.

내가 어렸을 때 시골에는 눈만 오면 참새 잡이를 하였지. 그게 나의 취미였다. 참새를 그물로 잡으면 잡기 쉽지만 그런 문명의 혜택이 없는 시골은 원시적인 방법을 찾아야 했지. 한번은 외삼촌이 집에 며칠 묵으며 참새 덫을 만들었는데 외삼촌이 가고 일 년가량 있다가 겨울이 와서 같은 방법으로 참새 잡이를 하려고 하였으나 당시에 덫을 만드는 법을 자세히 관찰 하지 않아서 어떻게 장치를 했는지 기억을 해 낼 수 없었지. 그래서 얼마간 씨름을 하여 기억을 해 내었는데 그것은 널따란 돌판을 평평한 지에 세우고 바닥에 지푸라기를 고리 형으로 만들고 돌판 부분 뒤에 지푸라기 끈을 나무 가지에 매달고 지푸라기 돌판 쪽에 끈에 가는 나무막대를 매어달고 아래쪽 지푸라기에 막대 끝을 걸면 되었다. 그리고 바닥 지푸라기에 벼 따위의 먹이를 매달고 눈이 오면 먹이가 귀할 때 참새 틀이 지나가다가 먹이를 보고 돌판 안에 들어가서 아랫줄에 있는 먹이를 쪼면 나무 막대기는 풀리고 돌 판이 덮쳐서 새는 치어서 죽게 되거든.

"정말 멍청한 새였네. 자기 먹이에 욕심이 나서 눈에 보이는 대로 먹어대다가 일생을 마치니."
"인간들도 멍청한 사람이 많지. 감방에 가는 사람이 수없이 생겨나는 걸 보면 새만도 못하잖아."

이렇게 설명을 하고 둘이는 마을 뒷산 적당한 곳을 찾아서 덫을 여러 개 놓았다. 다음 날 아침에 성과를 볼 심사였다. 이렇게 만들어 놓고 저녁이 되어서 같이 집으로 들어갔다. 목가적인 동네서 하루를 즐기니 몹시 마음이 가벼웠다. 저녁이 되니 산바람이 쌩쌩 불어왔다. 오늘은 눈도 감상하고 바람 소리도 감상하고 아우라지 강도 구경하였다. 그리고 줄배도 타 보고, 돌다리도 건너보았다. 그럼에도 방에만 있으니 허전하였다.

"숙희~ 우리 오늘 뒤풀이 한 번 하자. 동네를 살펴보니 정육점이 있더라. 그리고 소주 가게도 있고. 오랜만에 삼겹살 파티를 하자."
"오빠~ 내가 사올게. 그리고 이제부터 오빠라고 부를 거야. 오빠는 나를 자기야 라고 해도 돼."
"하여튼 자기는 가게 가서 야채라든가 기타 시장 보고 싶은 것을 사와. 나는 방 안에서 기다릴게."
그는 숙희가 시장 나가는데 대문까지 나가서 배웅을 나갔다. 둘러보니 이곳은 도둑이 없다고 하며 대문도 형식적이라고 한다.

숙희는 시장에서 여러 가지 식재료를 듬뿍 사왔다. 고춧가루, 간장, 고추장, 된장 등 양념될 만한 것은 바구니에 몽땅 담아 왔다. 안집에 있는 화로를 빌렸다. 그리고 석쇠는 새로 하나 샀다. 숯불이 훨훨 타서 석쇠를 올려놓고 삼겹살을 구웠다. 그리고 둘은 삼겹살을 나눠 먹으며 이야기를 나누었다. 주인에게 구운 고기를 가져다 드리는 것도 잊지 않았다. 둘이 소주를 몇 잔하니 그때서야 배도 든든하다. 숙희가 물었다.

"오빠는 왜 언니하고 이혼했어?"

"어려운 질문을 하네. 나는 첫 직장에서 그녀를 첫 눈에 반했어. 첫 직장은 비밀 민간 기관이야. 그녀에게 반했다가 그녀가 꼬리를 내리니 가슴이 철렁했지. 그리고 낙담을 하였는데 결국은 그녀가 다시 꼬리치는 것이야. 그래서 내가 오판했구나 생각하고 가슴에는 다시 불이 붙게 되었지. 그러다 그녀는 다시 꼬리를 내리는 거야. 마음은 다시 안달했지. 이렇게 오르락내리락 하다가 보니 나는 직장에서 영웅이 되기 위해서 궂은일을 다 하면서 한껏 인기를 올렸지. 인기를 올리는 것은 그녀의 꼬리치는 회수에 비례하는 거야. 결국은 인기를 얻기 위해서 기관장을 몰아내는데 선봉장이 되었지. 선봉장을 하다가 보니 잔뜩 기가 살아서 새로 부임한 기관장에 맞서기 위해서 후일 연회장에서 접시를 다 부수었지. 대단원의 사건이 있고부터 분위기를 보니 그 이상 있을만한 직장이 아니라고 생각하고 타의 반, 자의 반으로 회사를 떠났지. 떠나고 나서 나는 방향을 바꾸어서 노총각이 되더라도 돈 버는 사업으로 돌아섰어. 그러다가 그 후 그녀가 나를 찾아와서 어려운 사정을 이야기해서 도와준 것은 그래도 한 때는 사랑했던 사이라 생각하고 방을 내어준 것이 결국 동거생활로 발전 한 거야. 그 다음에는 바람피운 경위는 알지? 모든 것은 운명이야."

"그래도 의문이 풀리지 않는 곳이 있어. 그리고 설명한 내용으로 보면 잘 이해가 되지 않아. 궁금한 것은 다음에 듣기로 하고 나는 어떻게 하면 좋을까? 걱정이 되네. 오빠와 약혼도 하지 않고 이 깊은 산중에 와서 같이 시간을 보내니…. 물론 오빠를 믿어. 의심한다고 생각하지 말어."

"나는 지금 40이 멀지 않았으나, 아직도 앞길이 창창하다고 생각해. 결혼 일찍 한다고 일찍 성공하고 늦게 결혼한다고 늦게 성공하는 것은 아니야. 모든 것은 운대가 있는 거야. 즉 니체철학에서 말하는 운명을 긍정하고 받아드릴 뿐 아니라 적극적으로 사랑해야 돼. 이것을 운명-애(運命愛)라고 해."

"하나만 더 물어볼 게. 나 오빠와 같이 살면서 애기를 낳을까 말까?"

"그것은 자유야. 앞에서도 이야기했듯이 모든 것은 운명이야. 더 나아가서 생각을 하면 인연으로 후세를 탄생시키는 거야. 자기 뜻대로 되지 않는 거야 창조주가 만들어 주는 거야. 그런 것은 신경 쓰지 말고 같이 운명을 따라 사는 거야."

"운명이란 말이 쉬운 말 같은데 생각해 보니 어려운데. 좀 더 설명해 보지."

"운명이란 어떤 흐름에 따라서 자연스레 흐르는 무형의 기운으로 눈으로는 볼 수 없지. 쉽게 이야기 하면 창조주의 기운이지. 창조주의 기운이 내려서 피조물이 생성되고 피조물은 대를 이어서 자기와 같은 복제품을 만드는 것이지. 최초의 피조물은 태초에 지구상에 한 종류가 있었던 생명이며 이 생명이 수많은 종류로 번졌지. 그래서 생명의 수효는 수십만 종으로 되었지. 수많은 생명은 끊임없이 변동하여 증가 또는 감소하기도 하였지. 그래서 최초에 생명이 있었는데 언제부터 수많은 종류로 되었는지 우리 피조물은 알 수 없지. 결국 생명의 탄생은 원점이 있다는 뜻이야. 하나 첨가 하면 운명이 없다면 즉 자기 의지로 사물이 이루어진다면 창조주 도 다스릴 수 있다는 뜻이고 이를 확대하면 생명체계를 인간 마음 대로 변형시킬 수 있다는 뜻이야. 창조주는 생명을 우주에 풀어놓 고 때가 되면 회수하는 거야. 이것은 신도 완구를 즐길 수 있다는 뜻이기도 하는 거야."

숙희는 이 말에 알 수 없다는 듯이 적이 놀랐다. 결국은 나 보고 알아서 하라는 뜻이다. 애기를 갖는 것도 좋고 안 갖는 것도 좋다 는 뜻이다. 그리고 애기가 있는 것도 운명이고 안 갖는 것도 운명 이다. 모든 것은 창조주가 지시한대로 따르는 여자의 뜻인 것이야. 숙희는 한참을 생각했다. 오빠의 말에 따르면 애기 때문에 성에 속 박될 수 없다는 뜻이기도 하다. 앞으로 겨울이 끝나는 3월까지는 이런 문제 대해서 구애되지 않고 조용한 시골에서 마음껏 사랑을 즐길 수 있을 것이라 생각했다. 그래서 이 문제에서 만은 일단 정 리되었다고 생각이 되었다. 그리고 그는 숙희더러 내일 아침에 오 늘 덫 놓은 곳에 가서 참새가 얼마나 잡혔는가를 살펴보라고 하였 다. 많이 잡혔으면 내일 참새구이를 안주 삼아 이웃 사람을 초청해 서 술 파티를 하겠다고 이야기하였다.

다음날 그가 동네를 지도하는 고수를 찾아가서 저녁 모임에 초 청 계획을 세우니 고수도 반겼다. 그래서 저녁에 전부 10여명이 모 였다. 그가 사는 집 마당에서 숯불구이 파티를 하였다. 이들 모든 재료 준비와 요리는 낮에 숙희가 준비한 것이다. 앞으로 잘 도와달라고 인사를 하고 각자 찾아가서 인사를 나누었다. 한참을 이런저런 대화를 하다가 마지막에는 정선아리랑을 듣고 싶다고 하였더니 일창을 하고 흥이 겨워 재창을 하였다. 그래도 우리는 더 듣고 싶어서 4창 까지 들으며 따라하였다. 한 마당을 하고 헤어질 때는 분위기가 거나했다.

정선아리랑은 아우라지 강의 양쪽에서 처녀 총각이 밀회를 하는데 뱃사공에게 몰래 시간을 약속하였으나 장마가 크게 져서 서로 만나지 못하는 애틋한 심정을 노래한 것이라 하였다. 원래 노래 가사는 길지 않았는데 시간이 흘러서 수백 가지가 되었다고 하였다. 고수가 전체를 읊은 노래는 다음과 같았다.

○ 눈이 올라나 비가 올라나 억수장마 질라나
만수산 검은 구름이 막 모여든다.
(후렴) 아리랑 아리랑 아라리요.
아리랑 고개로 나를 넘겨주소.
○ 아우라지 뱃사공아 배 좀 건너 주게
(후렴) 싸리골 올동백이 다 떨어진다.
○ 한 치 뒷산에 곤드레 딱죽이 임의 맛만 같다면 후렴 위치 변경
(후렴) 올해 같은 흉년에도 봄 살아나네.
○ 명사십리가 아니라면은 해당화는 왜 피나.
(후렴) 모춘 삼월이 아니라면은 두견새는 왜 우나.
○ 정선읍네 물레방아는 사시장철 물을 안고 뱅글뱅글 도는데
(후렴) 우리 집에 서방님은 날 안고 돌 줄을 왜 모르나.

그러고 며칠 있다가 둘이는 정선 아리랑에 매료되어 동네 고수

를 찾아서 한 수를 가르쳐 주기를 부탁하였다. 고수에게 우리들도 목소리가 제대로 나올 때까지 가르쳐 달라고 하였다. 고수는 우리 둘을 보더니 좀 의아하게 생각했다. 부부인 것 같기도 하고 그렇지 않는 것 같기도 하기 때문이다. 숙희는 동네 어른이 노래하는 것을 듣고 구성지고 소박하게 가락이 넘어가는 정선 아리랑에 매료 되어 꼭 배우고 싶다고 했다. 고수에게 둘은 매일 한 시간 정도를 따라 배우고 싶다고 말했다. 그랬더니 고수는 기꺼이 승낙을 하였다. 그는 고수에게 내일 만날 때는 참새구이를 또 장만 할 것이며 참새구이가 부족하면 삼겹살이라도 준비 되어 있으니 삼겹살 파티를 하겠다고 하였다. 고수는 순박한 시골의 어른 모습으로 연신 웃으며 어떤 것도 좋으니 걱정하지 말라고 하였다. 이렇게 간청을 하여 둘은 고수를 따라 열흘을 배우니 이제 목청이 트이기 시작했다. 고수는 이 정도면 된다고 말 하였다. 유진 보다 숙희가 더 잘 불렀다고 하였다. 수고하신 분의 덕분이다.

어느덧 명절 설날이 가까워 왔다. 그는 시골에 계신 부모를 잘 찾아보지를 못했다. 찾아본 것은 처음에는 학교생활을 할 때고 두 번째는 첫 직장 생활 때 몇 번이다. 첫 직장은 급여가 기본 활동비도 되지 않았다. 그래서 부업을 하기도 하였다. 다음은 사업을 한다고 하니 맨날 바쁘고 돈에 쪼들렸다. 결국 사업은 망하고 빚에 쪼들렸다. 이제 생활의 여유가 생겨 결혼도 하고 기반을 잡을 것 같더니 이내 가정이 엉망이 되었다. 이런 변명은 다 핑계일 수 있지만 야망을 가진 사람으로 부모님 조금만 기다려 주십시오, 하면서 효도를 희생시켜 왔다. 이제 심신이 가벼운 상태가 되고 나니 마음 놓고 고향을 찾아보고 싶었다. 그러나 앞으로도 자주 찾아뵙겠다는 자신은 없었다. 그는 타향살이를 하면서 역마살로 무장되었기 때문이다. 이제 큰 마음을 먹고서 고향을 찾아가서 문간을 들어서자 부모는 반갑게 맞아주었다. 오랜만에 얼굴을 살펴보고 인사를 하였다. 그리고 준비해간 생선과 한우를 마루에 내려놓았다. 찌그러진 집안을 둘러보았다. 그리고 동네 앞 들판에 산책도 하였다. 저녁에 어머니가 지은 따뜻한 밥을 채소 재료로 만든 반찬으로 하여 든든하게 먹었다. 부모를 떠나서 20여 년간 타향살이를 하였다. 그동안 이룬 것이 무엇인가를 생각해 보았다. 없다고 보는 것이 타당하다. 돈 몇 푼 모은 것은 이룬 것이 아니다.

그는 인간의 가치를 생각해 보았다. 그가 생각하기에는 최고의 가치는 인륜을 지키는 것이라 생각하였다. 인륜이란 군신, 부자, 형제, 부부 사이에 지킬 윤리라고 생각한다. 서양에서 헤겔은 객관화된 이성이라고 하였다. 하여튼 그는 우리의 표준에 거의 접근하지 못한 생활을 하여 왔다. 슬픈 일이다. 이곳에서 동심을 회상하며 4일간을 부모, 이웃과 같이 있기로 하였다. 동네가 작아서 아는 사람이 몇 없었다. 이웃집에 가면 반가운 손님이 왔다고 하면서 아랫목에 담근 술을 채로 걸어서 전을 부쳐 한 잔 하라고 하였다. 이곳에서 이런 이야기 저런 이야기를 하면 시간은 금방 흘러간다. 어떤 집은 서울에서 출세한 사람이 왔다고 하면서 닭을 많이 키우고 있느니 약병아리로 백숙을 만들 터이니 기다리라고 하였다. 꼭 먹고 가라고 하였다. 이렇게 고향 품에 잠기다 보니 어느덧 4일이 다 흘렀다. 이제 길을 떠나는데 새벽부터 눈이 내리기 시작했다. 콜택시를 불렀다. 부모님은 아들이 떠나는 모습을 끝까지 보려고 길에 나와 있었다. 드디어 택시가 왔다. 갑자기 눈물이 났다. 부모님께 걱정 말라고 인사를 하였다. 어머니도 울먹였다. 10Km 정도 떨어진 버스 정류장으로 향했다. 부모는 그가 서울서 행복하게 가정을 이루고 살고 있다고 생각했다. 따지고 보면 그는 방랑 인생나그네일 뿐이다.

다시 아우라지의 생활은 계속되었다. 숙희는 반가이 맞으며 울먹였다. 산속에 혼자 있으니 춥고 조용해서 동물이 나타날 것 같았다는 것이다. 바람이 불 때는 이상한 소리가 나타나서 유령이 나타날 것 같아 밤에는 이불을 덮어쓰고 무서워서 설 잠을 잤다는 것이다. 그는 이 소리를 듣고 숙희가 처연하다는 생각이 들었다. 그래서 유령에 대한 생각은 이러니 잘 들어 보아.

"유령이라, 그 문제는 이렇게 생각하면 이해갈 것 같아. 나는 령은 있다고 생각해. 사람은 육체가 있는 령이고, 소위 귀신은 육체가 없는 령이야. 그런데 사후에 령은 오래가는 령도 있을 것이고 금방 사라지는 령도 있다. 예수를 믿는다고 천국이라는 곳에 가는 것도 아니며 석가를 믿거나 살아생전 좋은 일을 많이 한다고 하여 천당에 가는 것도 아니라고 생각한다. 천국, 천당, 지옥이니 하는 곳은 존재하지 않는다. 다만 평소에 긍정적이고 아름다운 령으로 훈련시키고 가꾸고 생활했던 사람이라면 사후에도 그러한 곳을 맞이할 수는 있다고 생각한다. 그 사람의 종교에 따라서 또는 어느 특정 신에 의하여 사후가 좌지우지 된다고는 생각하지 않는다. 사고를 늘 올바르게 유지하고 살다가 죽으면 그것이 바로 아름다운 사후세계를 맞이할 수 있다고 생각한다. 사고를 올바르게 하고 산다는 것은 끊임없는 자신의 인격수양을 하고 사는 것을 뜻해."

그러면서 그가 시골 간 사이에 독서를 좀 해 보았느냐고 물었더니 테스를 좀 읽었다고 하였다. 다 읽자면 댓새는 갈 것이라 하였다. 그는 잘했다고 칭찬하고 끝까지 읽어보라고 하였다. 오늘은 피곤하여 방 안에서 지내기로 하였다. 내일은 땔감이 더 떨어져가 자주 나가서 땔감도 준비할 참이다. 우선 둘이는 따뜻한 안방에서 잠시 쉬기로 하였다. 그러면서 둘이는 이 책 저책을 뒤적였다. 그 중에서 재미있는 구절이 하나 있었다. 학교 다닐 때 강 교수에게 강의 들은 일이 있는 천리마에 대한 것이었다.

"여기 숙희가 꼭 알아야할 재미있는 구절이 있네. 그것은 백락일고란 고사성어야"

"오빠가 한 번 설명해 주어. 귀담아 들어 볼게."

"백락 일고란 백락이란 사람이 한 번 살펴본다는 뜻이다. 명마도 백락을 만나야 세상에 알려진다는 뜻으로, 재능 있는 사람도 그 재주를 알아주는 사람을 만나야 빛을 발한다는 말이야."

이 부분을 보고 그는 숙희에게 이 말을 들어본 일이 있느냐고 물었다. 숙희는 처음 듣는 말이라고 하였다. 책에는 이렇게 쓰여 있으니 숙희는 앞으로 이를 가슴에 간직하며 살면 좋을 것이라 하면서 책 내용을 낭독하여 주었다.

주나라 때 어느 날 말 장수가 백락에게 찾아와 자기에게 훌륭한 말 한 필이 있어 이를 팔려고 시장에 내놓았지만 사흘이 지나도 아무도 사려고 하지 않으니 사례는 충분히 하겠으니 감정해 달라고 신신당부하였다. 백락은 시장에 가서 말의 주위를 여러 차례 돌면서 요모조모 살펴보았다. 다리, 허리, 엉덩이, 목덜미, 털의 색깔

등을 감탄하는 눈길로 그냥 쳐다보기만 하였다. 그러고 나서 아무 말 없이 갔다가는 다시 돌아와서 세상에 이런 명마는 처음 본다는 듯이 또 보곤하였다.

　당시 최고의 말 감정가가 찬찬히 살피는 것을 보자 이를 지켜 본 사람들은 구하기 힘든 준마라고 여겨 앞 다투어 서로 사려고 하여 말의 값은 순식간에 껑충 뛰었다. 결국 이 준마는 백락이 있기 때문에 그 진가가 나타난 것이었다. 천리마의 고사는 이러해.

천리마(千里馬)

세상엔 백락이 있은 후에 천리마가 있으니
천리마는 항상 있으나,
백락은 항상 있는 것은 아니다.

천리를 가는 말은
한번 먹을 때 혹 곡식 한 섬을 다 먹지만
말을 먹이는 자가 그 천리마의 능력을 알지 못하고 먹이니
천리마가 비록 천리를 가는 능력이 있으나,
먹는 것이 배부르지 못하여 힘이 부족해서
천리를 가는 재주를 나타내지 못한다.

울어도 그 뜻을 알아주지 못하고
다만 채찍을 하면서 말하기를
아~ 천하에 좋은 말이 없구나 하니
참으로 천리마가 없는 것인가
아니면 말을 알아보는 자가 없는 것인가.

숙희야말로 정말 멋있는 말(馬)이 아니냐? 걱정 말아. 숙희도 능력을 갖고 있으나 알아주는 사람을 못 만난 거야. 앞으로 일고할 사람이 나타날 거야. 그리고 며칠 간 숙희를 외롭게 만들어서 미안해. 그러면서 둘은 갑자기 진한 뽀뽀를 했다. 그리고 오후에는 둘은 산에 가서 나무를 하기로 하였다. 지게를 질 줄 모르니 주위온 나무를 새끼줄에 매어서 끌고 옮기기로 하였다. 땔 나무는 많은데 산길이 울퉁불퉁하여 운반이 문제였다. 그래서 하루에 조금씩 하기로 하였다. 나무하고 독서하고 잠자고 이런 생활을 몇 주 하였다. 둘 사이는 금실이 좋았다. 오늘은 며칠간 구름이 없더니 점점 구름이 모여들기 시작했다. 그리고 눈이 공중에 휘날리더니 나중에는 많이 내리기 시작했다. 둘은 느닷없는 백설기 선물에 삽살개마냥 강변을 돌아다니고 싶었다. 그래서 숙희에게 눈 맞으며 산책을 멀리 하자고 하였다. 그는 눈 내리는 모습을 무척 좋아해서 겨울에는 함박눈이 내리는 날만 되면 눈을 맞고 돌아다닐 정도였다. 숙희도 덩달아 기분이 좋아서 둘은 정성선 마지막 역인 구절리까지 산책을 하기로 하였다.

구절리까지 갈 준비를 하기 위해서 방으로 들어갔다. 우선 머리에 벙거지를 썼다. 옷을 두둑이 입었다. 미끄럽기 때문에 비상용으로 준비한 아이젠을 신발에 끼었다. 그리고 소주. 간식, 마른 양미리 안주를 어께 가방에 넣었다. 준비를 다하고 둘은 걸어서 눈을 맞으며 송천 냇가를 끼고 북으로 올라갔다. 눈은 더 많이 내렸다. 눈이 펑펑 내려서 가다가 유원지가 있어서 잠시 쉬기로 하였다. 평편한 바위자리를 찾아서 눈을 쓸고 앉아서 이런저런 이야기를 끄집어내서 대화를 나누었다. 이번에는 백석이 생각났다.

"백석과 자야의 사랑이야기를 들었어?"

"못 들었는데."

"백석은 미남이었지. 그리고 시인이야. 나처럼 말이야. 그가 가장 사랑했던 여인은 기생 김영한이었어."

"기생이 똑똑했던 모양이지."

"백석은 북한 함흥에서 영어교사로 재직하던 때 회식 자리에 나갔다가 기생 김영한을 보고 첫눈에 반했어. 그래서 김영한에게 자야(子夜)라는 애칭을 지어 주었어."

"자야라는 애칭이 재미있네요."

"둘은 서로 사이가 가까워져 결혼할 것을 백석이 요청했으나 자야는 보잘 것 없는 자신이 백석의 장래에 방해가 되지 않을까 염려되어서 거절하였지."

"자야는 대단한 여성이네. 나는 어쩌지?"

"쓸 데 없는 생각을 하지 마."

"…"

"그러나 백석은 자야가 자신을 찾아 올 것을 확신하고 만주로 떠났어. 만주에서 홀로된 백석은 자야를 그리워하며 시를 하나 읊었지. '나와 나타샤와 흰당나귀'를."

나와 나타샤와 흰 당나귀(약식 인용)

가난한 내가

아름다운 나타샤를 사랑해서

오늘밤은 푹푹 눈이 나린다

나타샤를 사랑을 하고

눈은 푹푹 내리고

눈이 푹푹 쌓이는 밤

흰 당나귀 타고

산골로 가자

출출이 우는 깊은 산골로 가

마가리(오막사리)에 살자

눈은 푹푹 내리고

아름다운 나타샤(톨스토이 전쟁과 평화 여주인공)는

나를 사랑하고

어데서 흰 당나귀도

오늘 밤이 좋아서

응앙응앙 울을 것이다

"백석에 얽힌 이야기는 많은데 이 정도로 표현한다면 정말 대단한 사랑이지? 그 후 백석은 이북에서 먼저 죽고 자야는 남한에서 기생집을 운영하면서 그 유명한 대원각이란 고급 요정을 남겼지. 이곳은 정치사에서 정치 거물급이 정치하는 곳으로 유명한 곳이지. 자야는 죽을 때까지 백석이 반드시 찾아온다고 믿고 있었어."

눈은 점점 펑펑 내렸다. 사방은 어두워졌다. 높이 있는 노추산, 사달산 등이 보이지 않았다. 눈으로 서로 엉겨서 하늘과 땅이 뒤엉겨 있는 상태다. 산이 깊어서 무서움을 느낄 정도였다. 이럴 때 산 짐승은 다들 어디로 갔지? 그래도 작심하고 떠난 여행이라 서서히 걸어 종점 정선선의 구절리에 도착하였다. 거의 한 시간이 넘게 걸렸다. 우리는 이곳에서 사방을 둘러보았다. 이제 길이 완전히 눈에 묻혔다. 내려가는 것도 문제였다. 여기 저기 몇 집이 있었다. 그 중에 처마 끝이 넓은 눈에 띄는 집을 찾아갔다. 거기에는 넓은 돌판이 몇 개 눈에 띄었다. 우리는 이를 잘 모아 앉기 좋게 배열하였다. 여기서 조금 쉬었다가 다시 하산을 하기로 하였다. 우리는 준비해 간 군것질과 소주를 꺼냈다. 서로 한 잔씩 따라 마셨다. 그는 마음이 센티해져 여러 잔을 마셨더니 마음이 알딸딸하였다. 그의 역마살 기질을 떠올리며 머릿속에는 어두움이 들어서기 시작했다. 그가 살고 있는 것이 바른 길인지, 누가 그가 살아온 곡선을 만들었는지 생각하면 더욱 마음이 알 수 없는 곳으로 빠져들어 가는 것 같았다. 모든 것은 처음과 끝이 있다. 우리는 그 사이서 해야 할 일이 무엇인가? 그래서 우리는 신을 찬미하는 행렬에 합류하고 또 신을 찾기 위해서 노력하는 것이 아닌가? 신을 찾지 못하면 낙오자란 생각이 든다.

"음~이번에는 무슨 이야기를 할까? 갑자기 생각이 멎는다?"
"자야 이야기를 하면서 자야에게 파묻힌 모양이죠."
"내려가면서 또 이야기를 해보자. 무슨 이야기가 좋을까?"
"아무거나 다 좋아요. 그런데 이곳에서 인증 뽀뽀 안 해 주어요?"
"아. 그것을 잊어먹었구나. 천금과 같은 것을. 이리와 내 품에 안겨."

그는 숙희 보고 품에 안기라는 말을 하자마자 자기도 모르게 눈물을 글썽거렸다. 갑자기 술기운이 올라 마음이 센티해진 모양이다. 눈물이 계속 글썽 거렸다. 끝내는 눈물이 고이며 그녀의 어깨를 부여잡았다. 그녀는 그가 눈물을 흘리고 있다는 것을 알았다.

분위기가 이렇게 되자 그녀도 뒤따라 눈물을 흘렸다. 그녀는 더 슬퍼서 그의 목을 껴안고 놓아 주지를 않는다. 이렇게 서로는 뒤엉켜 포옹하고 한참을 눈물 속에서 지냈다. 그리고 조금 있다가 그는 그녀의 목을 놓았다. 그녀가 말을 하기 시작했다.

"오빠! 갑자기 슬퍼지네요. 마음이 요동치고요."

"나도 마음이 심란하고 울적해."

"오빠는 왜 울먹였지요."

"억지로 얻은 사랑은 한동안은 아름다웠지만 그 것은 지킬 수 없는 사랑이란 것을 느꼈어."

"나도 그런 것을 느꼈어요. 난 오빠를 사랑하지만 영원히 가질 수 없다는 생각이 들어요. 왜 그러지?"

"나는 분명 자유롭게 선택하라 그랬는데…."

"자유롭게 선택하는 것은 다음의 문제라 생각해요. 다른 뜻이 아니고요. 오빠는 너무 지성적이어요. 나 같은 사람이 오빠 정도가 되자면 다시 공부를 시작해야 되겠다는 생각이 들어요. 그렇다고 사랑을 잠시 정지시킨다고 그것이 훗날 다시 이어질 수 없다는 뜻은 아니어요."

"지성도 그렇고 재물도 그렇고, 제일 중요한 것은 사랑이란 생각이 들어. 사랑이 건강과 행복을 얻을 수 있다는 생각이 들어. 그런데 나는 자기와 사랑에 퐁당 빠졌지만 창조주가 어떻게 물에 뜨게해 줄지 그것을 기다리고 있는 거야. 사랑에 뜨는 것이 제일 바람직하지."

"꼭 떠야 하나? 이해가 안가. 빠질 때도 있지."

"그거야 쉬운 해석이 있잖아. 퐁당 빠지면 숨을 못 쉬는 것 아니야?"

우리는 이곳에서 오래 동안 조용한 대화를 하느라고 하였지만 그래도 조용한 산촌을 너무 시끄럽게 하였다. 눈은 계속 내린다. 자~ 이제 내려가자! 그렇게 하여 우리는 길 없는 눈 위를 더듬어서 길을 만들며 내려갔다. 때때로 종잡을 수 없는 길에서는 겁이 났다. 발이 푹 빠져 다칠 것 같아서이다. 눈이 쌓인 곳은 눈 위를 밟기 때문에 차라리 안전하였다. 이렇게 우리는 양쪽 계곡을 가늠하여 느린 걸음으로 길을 추정하면서 골지천 끝점이 있는 곳까지 겨우 사고 없이 도착하였다. 다 내려오니 마음은 후련하였다. 해냈다는 기쁜 마음으로 우리는 언제 산속에 있었느냐는 듯 눈싸움을 한참 하기도 하였다. 얼마쯤 눈 놀이를 하다가 집으로 들어갔다. 머리와 옷은 온통 눈으로 칠해져 있었다. 저녁때가 되니 겨울이라 일찍이 어두웠다. 그는 밖에 나가서 군불을 지폈다. 방은 연기로 차기 시작했다. 곧 바닥은 더워지고 연기도 서서히 사라졌다. 그는 그녀의 얼굴을 빤히 쳐다보았다. 그녀의 얼굴은 냉기 있는 밖에서 훈훈한 방에 들어와서 그런지 아주 붉은 홍조를 띠었다. 역시 그녀는 세련미가 살아 있었다. 깜직스러워 가슴을 안고 뽀뽀를 하였다. 저녁은 설경을 머리에 그리며 고추장 삼겹살을 반찬으로 하여 잘 먹었다. 그리고 얼었던 몸을 녹이며, 긴 잠에 빠졌다.

다음 날은 산바람이 아주 세어서 방에는 한기가 들어왔다. 산골 추위가 시작된 것이다. 그래서 문풍지를 발라서 외풍을 막았다. 그리고 이불 속에서 둘이는 다정스럽게 책을 읽기로 하였다. 그가 읽은 것은 외국 시였다. 숙희는 테스를 마저 읽겠다고 하였다. 그래서 그 감상을 이야기하겠다고 하였다. 이렇게 며칠간을 독서로 보냈다. 일주일이 지나니 날씨가 풀렸다. 그는 그동안 할 일을 짜 놓았다. 할 일이야 송금하고 몇 친구만 통화를 하는 것이었다. 그래서 마침 오늘이 정선 장날이라 장에 일 보러 가겠다고 숙희에게 이야기하였다. 숙희는 갑자기 오빠가 혼자 시장을 간다고 하기에 의아해 하였다.

"무슨 볼일이 갑자기 생겼어요?"
"오늘 일을 처리했으면 좋을 것 같아 장날 버스로 가는 거야."
"그러면 내가 따라가면 안 돼?"
"음~그래도 되지."

마지못해서 승낙했지만 사실 오늘 일 보는 것은 그에게 따로 꿍꿍이속이 있었다. 그는 은행에서 숙희 몰래 송금 처리할 일이 생긴 것이다. 이것을 그녀에게 이야기 할 수가 없었다. 한편 숙희가 따라 나서겠다는 것은 얼마 전부터 준비할 작품이 있어서이다. 숙희는 나중에 혼자 가려고 하였지만 이 기회에 같이 따라 나서고 싶은 것이다. 이렇게 하여 둘은 후다닥 출타 준비를 하고 버스 정류장에 갔다. 약 한 시간이 걸려서 정선 시장에 도착하였다. 우선 각자 볼일이 달라서 각자 일을 다 볼 시간을 한 시간 반 정도로 잡았다. 그리고 각자 일 보고 만나는 장소는 정선다방으로 정하였다.

5일장 날 한바탕

그는 동생 생각이 났다. 그동안 너무 무관심한 것 같아 오늘은 돈을 보내고 싶었다. 동생이 어렵게 생활할 것 같았다. 동생은 형이 떠돌이로 돌아다니니 혼자 서울서 명절 제사치례를 다 한다. 그래서 정말 오랜만에 거금을 보내기로 하였다. 주소지를 아는 사람은 큰 동생뿐이었다. 우선 농협에 가서 수표를 넉 장 끊었다. 편지 내용은 우선 돈을 보내니 사이좋게 나눠 쓰고 조금 더 있으면 부모 곁으로 갈 것이라는 이야기를 적었다. 그리고 당분간 떠돌이로 있다가 정착하면 나중에 연락한다, 라는 이야기를 종이에 적었다. 그리고 수표를 봉투에 넣어서 우체국에 가서 등기로 보냈다. 은행 전산망을 이용할 수 없어 이런 방법을 사용한 것이다. 그러고 나니 시간이 남았다. 남는 시간에 시장에 들어가서 선술집에서 막걸리 한 잔을 하고 이곳 사람과 이쪽 문화에 대해서 대화를 나누었다. 어느덧 시간이 다 되어서 정선 다방으로 향했다. 숙희는 다방에 아직 도착하지 않았다.

한편 숙희는 문방구점에 가서 연하고 투명한 아세테이트와 초랭이 가면, 바늘, 실 천등을 샀다. 간단한 커튼과 가위 등을 사서 오느라 시간이 많이 늦었다. 다방에서 창밖을 내다보고 지방지 신문을 읽으며 숙희를 기다렸다. 약속 시간보다 좀 늦게 왔다. 큰 가방에 뭔가 한 보따리 들었다. 그는 이것이 무언지도 모르고 알려고 하지도 않았다. 우리는 이곳을 나와서 장터를 한 바퀴 돌아보기로 하였다. 한 집에 가니 문어회를 팔고 있었다. 먹음직하게 요리되어 있어서 같이 먹고 가자고 하였다. 우리는 판대기 의자에 앉아서 소주 한 병과 문어를 시켜서 같이 먹었다. 그리고 숙희보고는 점심을 먹지 않았을 터이니 육개장을 시켜서 먹으라고 하였다. 둘이는 시장 둘러본 이야기를 하면서 소주잔을 기울였다. 그는 추가로 한 잔 하여 기분은 한참 좋았다. 시장 풀이를 하고 난 다음에 우리는 일어섰다. 버스에 올랐다. 집에 오면서 숙희는 내가 일주일간 바느질을 할 터이니 절대로 반질 그릇을 만지지 말라고 부탁을 하였다. 이 이야기를 들은 그는 무언가 이상하게 생각하면서 '만져보라고 해도 안 만질 거다.' 하고 찡그린 소리를 하였다. 그는 이별의 순간이 가까이 옴을 알고 마음이 울적했다. 사랑했던 애인 앞에서는 명랑하려고 하니 그것 또한 어렵다. 사실 숙희도 마찬가지다. 그가 보기에는 얼굴은 명랑하지만 우수의 안개가 되어 앞을 지나가는 것 같았다. 그런데 숙희가 불쑥 이야기를 꺼냈다.

"오빠!"
"응."
"오늘 시장에 갔을 때 사무실에 있는 양 부장에게 전화를 하였어."

그는 이 말에 화들짝 놀랐다. 지금은 외부와 연락을 끊고 살고 있기 때문이다.

"뭐라 그래?"
"사장 어디 있는지 아느냐고 물었어."
"그래서?"
"나는 모른다고 하였지. 나는 지금 부산에서 직장을 잡았다고 하였지."

"응~ 잘 둘러대었어. 다른 이야기는?"

"그리고 다른 소식은… 음, 사모님은 함양에 가서 지내다가 배가 불러서 집에 왔는데 이웃에서 배신녀란 이름이 나 집을 팔고 안동으로 이사를 갔대."

'내 추측이 틀림없어. 망할 놈의 자식들! 무슨 수작을 한 것이 틀림없어' 하면서 모조리 죽일 놈이야! 하면서 스스로 중얼거렸다.

"하여튼 나에 대한 소식을 모르게 한 것은 잘 한 일이야. 앞으로 내가 어디로 갈 지는 나도 몰라. 나의 행적을 아무에게도 이야기하지 말아. 알았지?"

"응~ 알았어. 그런데 왜?"

"도시 생활이 진절머리가 나서 지금 조용히 지내고 싶어서 그래. 친구들은 나의 행방을 몰라."

그는 숙희에게 태연한 척 태도를 보였지만 조금 있으니 은근히 화가 났다. 집에 오면서 지난 날을 요목조목 생각해 보았다. 술이 딸딸하니 생각이 빨라졌다. 이제부터 내막을 알아보아야 되겠다. 혜은이 왜 사무실을 찾아왔지? 그리고 왜 정인이와 어설프게 정사(情事)를 하였지. 그리고 숙희는 왜 밀착하여 나를 유인하였지? 모든 것이 음모가 있는 것 같았다. 결국 혜은은 그의 재산을 사취하기 위하여 찾아온 것이 틀림없어. 그리고 정인과 이 모든 일을 공모한 것이야. 정인이 혜은과 짜고 혜은을 그와 같이 살도록 공작을 하고 고의로 헤어지는 공작을 하여 재산의 일부를 사취했다는 생각이 들었다. 생각이 여기까지 이르자 화가 치밀어 올랐다. 심지어 숙희도 가담했는지도 모른다는 의심이 들었다. 그래서 오늘 집에 가면 한바탕 분풀이를 하고 싶었다. 집에 도착하였다. 집에 도착하자마자 큰 소리로 숙희에게 술 상 차리라고 외쳤다. 숙희는 처음으로 큰소리를 치는데 깜짝 놀랐다. 소반에 양미리를 구워서 포도주를 올렸다. 그리고 술을 잔에 잔뜩 부라고 하였다. 그는 잔을 석잔 정도 정신없이 마시고 나서 말을 꺼내기 시작했다. 얼굴에는 노한 기운이 돌았다.

"숙희! 내가 혜은과 헤어진 것을 어떻게 알았어!"

숙희는 약간의 공포를 느끼면서,

"오빠가 한 달간 방황하니 눈치를 채었지."
"눈치를 채었다? 어디까지 눈치를 채었어."
"헤어지는 준비를 하는 정도만 눈치 채었지 그 이전은 하나도 몰라요."
"모른다? 납득이 가지 않는데…."
"그러면 내가 실토를 해야 되겠구나. 혜은과는 처음 직장 생활을 할 때 서로 짝사랑을 하던 사이였어. 그 틈 사이에 정인이라는 남자가 끼어들도록 하여 질투심을 유발하도록 하였어. 혜은이가 질투심을 하도록 하여 나를 유인하는 작전은 수포로 돌아갔어. 그런데 부동산을 하고부터 어느 날 혜은이 찾아온 거야. 가정이 파산되고 건강도 위험해서 산에 들어가서 요양을 했다고 했어. 그녀는 경제가 어려워 나를 찾아온 거라 했어. 사정이 하도 딱해서 잠시 동안 내 사는 집의 방 하나를 빌려주었지. 그러다가 둘은 동거생활에 들어갔어. 그런데 집을 자기 명의로 하여야 한다고 하고 애기도 낳지 않았거든."

"그것은 처음 듣네요?"

"들었던 안 들었던 숙희의 명석한 두뇌는 다 파악하고 있었다고 생각해. 그것이 오늘 이 꼴을 만들었어."

숙희는 입술을 약하게 떨었다. 말을 잘 못했다.

"그런데 낮에 숙희가 이야기하였지. 혜은은 임신했다고⋯. 나는 그 말을 듣고 치가 떨렸어. 이것이 정인이 수작이라는 생각이 들었어. 확실히 정인의 아이야. 그런 게임에 너도 한몫 했지?"

숙희는 그의 조여 오는 질문에 가슴이 뛰기 시작했다. 사실 숙희도 그러한 과정에 관여했기 때문이다. 그러나 숙희는 스스로를 합리화 했다. 사랑하는 사람을 차지하고 싶어서 어쩔 수 없이 저지른 일이란 이야기를 하고 싶었으나 이런 말은 하지 않았다. 잘못하다가는 큰 싸움이 벌어질 것 같아서이다.

"⋯"

"왜 말을 못해!"

하면서 상을 들어 엎었다. 숙희는 눈물을 흘렸다. 아무 말을 할 수가 없었기 때문이다. 사실 그녀가 사랑을 독차지하기 위하여 수작을 한 것임은 틀림없었다. 그녀는 그것이 잘못 되었다고 생각하지 않았다. 산다는 것은 사랑을 홀로 차지하고 싶은 것이 정상이라고 생각했기 때문이었다. 그녀는 다시 상을 차렸다. 그리고 무릎을 꿇고 다시 술을 따라 주었다. 그녀가 잘못했다고 눈물을 흘리며 용서를 빌었다.

그는 상황이 이렇게 되자 가슴이 답답하였다. 그리고 밖으로 나갔다. 뒤쪽에 있는 반론산으로 올라갔다. 답답하고 울적한 마음을 달래기 위해서다. 산 중턱에 넓적한 바위가 있었다. 들고 온 소주병을 기울였다.

며칠 동안 숙희는 아무 말도 하지 않고 무언가 바느질을 열심히 하고 있었다. 저녁때가 되면 빛이 비쳐오는 한지가 창인 문 앞에서 일을 하는 것이다. 저녁때가 되면 문짝 쪽은 태양 때문에 밝은 빛을 발하는 것이다. 오전은 청소하고 부엌일을 하고 오후 조금 지나면 또 일을 하기 시작하는 것이다. 바느질 할 때는 그는 혼자 밖에 나와서 마당 청소를 하거나 땔감을 준비하였다. 지난번에 충분히 준비해 두었는데 어느덧 다 없어져 갔다. 그리고 자주 들판에 있는 눈 위를 밟으며 발자국을 만들어 나갔다. 그러면서 상념에 잠겼다. 그래서 오후만 되면 혼자서 밖에서 시간을 보냈다. 나무를 할 때도 혼자 나무를 하고 혼자 끌고 내려오는 것이다. 굵은 것은 도끼로 잘게 쪼개기도 하였다. 그러다가 매일 바느질 하는 것을 보니 측은해서 숙희의 마음을 풀어주고 싶었다. 그래서 그는 서로 서먹한 마음을 풀기 위해서 '자기야 오늘은 얼음 고기 잡으러 가자.'고 하였다. 그러자 숙희는 바쁘다면서 마지못해 일어섰다. 바깥 기온이 추우니 두꺼운 옷을 입도록 하였다. 주인아줌마에게 함마 등 뜨개그물을 빌렸다. 그리고 둘은 골지천 상류로 올라갔다. 냇가의 얼음은 꽝꽝 얼었는데 눈은 많이 덮여 있다. 그러나 튀어 나온 바위 주변은 얼음이 녹았다. 고기 잡는 방법은 바위를 함마로 힘껏 쳐서 바위틈에 있는 고기가 놀래서 떠오르게 하는 방법이다. 그래서 적당한 곳의 바위를 찾아 함마로 세게 여러 번 내리쳤다. 그런데 고기가 뜨는 것이 보이지 않는다. 그래서 다른 곳을 찾아서 세게 쳤다. 고기가 몇 마리 둥둥 떴다. 그리고 다른 곳으로 장소를 이동하여 함마로 바위를 쳐서 얼음을 깨고 둥둥 뜬 고기를 뜨개그물로 그릇에 담았다. 이렇게 하여 오후 열심히 하였더니 반 사발 정도가 되었다. 하도 세게 쳐서 팔이 욱신할 정도였다. 오후가 늦어서 집에 왔다. 우리는 이것을 안주찌게로 만들었다. 밥반찬으로도 훌륭하였다. 그동안 준비해온 포도주가 그냥 남아 있었다. 그래서 고수 아저씨를 초청하기로 하였다. 고수 아저씨는 고기를 한 가득 잡은 것 보고 깜짝 놀랬다. 자기들은 추운 겨울에 고기를 잡으러 잘 가지 않는다고 하였다. 하여튼 정선아리랑을 가르쳐 주어서 고맙다고 하고 그런 의미에서 아리랑 한 곳조를 뽑으라고 하였다. 우리는 그의 곡을 다시 한 번 경청하였다. 그러고 나서 우리 셋은 매운탕으로 저녁 식사를 같이 하였다. 손님을 보내고 나서 숙희는 맺힌 말을 시작하였다.

"오빠! 나의 갈 길은 어딜까?"
"무얼 걱정해?"
"시간은 흐르지 않아?"
"그래서 걱정을 한다 이거지?"
"응."
"그것은 내가 자기에게 여러 번 이야기했잖아. 자유라고. 그리고 다 응해 주겠다고."
"그렇지만 모든 것은 인연이라고 했는데 둘 사이의 인연을 누가 정리하여 주지?"

"창조주만이 정리해 주어. 그의 결정대로 우리는 사는 거야."

"그러면 먹고 자고만 있으면 되는 거야?"

"…"

"아리송해."

"사실 나도 잘 모르겠어."

둘은 그동안 행복했던 생활이 점점 어두워짐을 느꼈다. 우리 둘 사이가 연장되거나 아니면 끊어지거나 어떤 경우든 슬픔은 찾아오는 것이다. 앞길은 항상 그런 것이다. 어떻게 결정할 것인가를 결정하는 것은 너무나도 어려운 일이기 때문에 결국은 시간에 맡기고 하루하루를 곶감 빼먹듯이 보내기로 하였다.

"우리 다시 나머지 학습을 하자. 자기가 읽던 테스 말이야. 이제 다 읽었지?"

"다 읽었어. 그런데 너무 슬퍼."

"그러면 짧게 독후감을 이야기 해봐. 그리고 이야기하기 전에 아래 다음 시를 읽어봐. 이해하는데 도움이 될 거야."

외로운 파수꾼

워드워즈

보라, 들 가운데 홀로
추수하며 노래하는
저 외로운 고원의 처녀를!
걸음을 멈춰라, 아니면 차라리 조용히 지나가라!

그녀 홀로 곡식을 베고 묶으며
구슬픈 노래 부르니 ;
오 들으라! 깊은 골짜기마다
노래소리 넘쳐 흐르네

아라비아 사막
지쳐 어느 그늘에서 휴식하는 여행객의 무리들도,
이보다 더 환영해주는
나이팅게일의 노래 들은 적 없으리라 :
머나먼 헤브리디즈의 섬들 사이를
바다의 적막을 깨뜨리며 나는
봄의 꾀꼬리들도 이렇게
영감 가득찬 노래 부른 적 없나니

아무도 말해줄 이 없는가, 지금 그녀가 무엇을 노래하는지?
어쩌면 저 구슬픈 노래는
먼 옛날의 불행했던 어떤 사건
오래된 전쟁의 이야기를 읊는 것인지도 모른다 :
아니면 그보다 더 가까운 노래,
요사이 있었던 어떤 일일까?

과거에도 있었고 앞으로도 또다시 있을지 모르는

피할 수 없는 어떤 슬픔, 어떤 상실감, 어떤 고통일까?

무엇을 노래하건, 그 처녀는 노래했다

그 노래에 마치 끝이란 없다는 듯 ;

나는 그녀가 일을 하며

낫을 들고 몸을 구부리며 노래 부르는 것을 보았다

나는 귀를 기울였다, 꼼짝도 하지 않고 조용히 ;

그리고, 내가 언덕 위로 올라가고,

그 노래 소리 들리지 않은지 오래건만

그 노래는 내 마음속에 그대로 남아 있다.

영국의 계관시인인 '워드워즈'의 아름답고도 슬픈 시다. 영문학자라면 첫 줄을 읽는 순간 이내 '테스'가 떠오르게 된다.

"여주인공 테스는 몰락한 농가의 딸이다. 명문가라고 자칭하는 청년 알렉에게 유혹되어 사생아를 낳지만 곧 죽어서 남몰래 매장한 다음, 타향으로 도망가 농장에서 젖 짜는 일을 하며 갱생의 길을 찾지."

"어떻게 사생아를 낳았을까?"

"당시 사회적인 인습이 있었겠지. 하여튼 몇 년이 지나, 농장 경영을 하겠다는 목사의 아들 엔젤과 사랑하게 되어 결혼을 하게 되었지. 결혼 첫날 밤, 남편이 자기의 과오를 고백하자 테스도 자기의 과거를 고백했지. 그러자 엔젤은 이를 용납하지 않고, 그녀를 버리고 브라질로 가버리지."

"처녀성을 빼앗기니 남자가 거절 한 것이구면. 그리고 다음에는…"

"그녀는 남편인 엔젤이 결국 돌아올 것이란 믿음을 가졌으며 가족 중에 아버지가 죽자 생계 때문에 알렉의 보호를 벗어날 수 없었지. 그래서 알렉의 농장에서 다시 일을 하게 되지."

"여자가 가족을 위해서 어쩔 수 없이 고육지책을 선택하게 되었구면."

"그런데 뜻하지 않게 엔젤은 자기의 생각이 틀렸다고 반성하고 다시 테스를 찾아 돌아오고, 환경이 변하니 알렉은 용서 못할 사람이란 생각이 떠오른 테스는 자기를 농락한 알렉을 살해하고 엔젤과 둘이 5일간 참다운 행복을 누리고 테스는 결국 처형 되었지. 물론 엔젤과 테스는 서로 사랑하게 되었지."

"결국은 사회적 인습에 희생된 불행한 여자의 모습을 보여주고 인간의 힘으로는 어찌할 수 없는 운명의 장난을 극적인 플롯으로 표현하려고 한 것이구면."

"오빠가 잘 본 것 같아."

"그러나 하나 더 보탠다면 테스의 얼굴 표정이 풍부하고 요염한 입술과 천진스런 두 눈이 남자를 사로잡았지. 게다가 몸매가 너무 매력적이라 유린당하고도 계속 남성의 관심의 대상이 될 정도였지. 너무 미녀도 악의 근원이 된다는 뜻이야"

"어머나. 오빠가 선수처서 해석을 하네. 나는 그런 오빠가 너무 끌려서 견딜 수 없지만 그럴수록 중심을 잡아야지. 으흠~ 하하."

"하여튼 나 때문에 공부 많이 했지?"

"오빠는 항상 나의 앞을 가고 있는 사람이야. 어쩌면 나도 부분적으로 테스의 입장과 유사성에서 예외는 아니라는 것을 비유하는 것 같아 가슴이 찔려."

"참고로 위의 시의 작가인 워즈워드가 먼저 사람이고 그의 사후에 토마스 하디가 명작 테스를 쓴 거야."

다음날도 숙희는 며칠 전처럼 바느질에 열중 했다. 아침에 청소하고 밥해 놓고 오후 늦게부터 바느질에 열중하였다. 그는 자존심을 건드리지 않으려 질문도 하지 않고 방해되는 일은 하지 않았다. 보아하니 짐작에 하던 일을 곧 끝낼 것 같았다. 이렇게 여러 날 걸려서 일을 다 끝내고 나서 숙희는' 휴 '이제야 다 끝냈다고 하면서 정선시장에 가서 무엇 좀 먹자고 하였다. 숙희의 우울한 마음도 이제 풀렸나 싶어 다음날 아침 정선시장을 갔다. 시장을 둘러보고 가장 맛있는 생선회를 먹기로 하였다. 숙희가 가자고 하는 것을 보니 예감이 이상했다. 어쩌면 이별주를 한 잔 하자고 할지도 모른다는 생각을 하였다. 무슨 제안이 들어올지 가슴이 설레기도 하였다. 우리 둘은 시장을 돌다가 가재미가 있어 가재미회를 먹자고 하였다. 그리고 시장에 앉아서 주문을 하고 막간을 이용하여 이제 오빠가 마음이 풀렸는가를 물었다.

"마음이 풀렸다기 보다는 나의 잘못이 크다는 것을 느꼈어."
"아니야! 자초를 이야기하지. 내가 동 사무소에 가서 서류를 뗄 일이 있어서 떼어보니 주택 명의는 엉뚱하게 혜은이로 되어 있고 아이도 없는 것을 보고 이상하다는 생각이 들었어. 게다가 혼인신고도 되어 있지 않고, 그래서 나도 사모님과 비슷한 나이라고 생각하고 오빠가 탐이 났지. 그래서 바람피운다고 사모님에게 고자질을 하였지."
"그러면 정인이란 사람과 혜은은 어찌하여 마음 놓고 바람피우며

활보를 하였지?"

"그것은 모르지만 내가 중간에서 사모님에게 고자질 하니 사모님은 맞바람을 놓고 싶은 거겠지."

"그러면 혜은이는 내가 다른 여자와 사귀고 있다는 것을 알았다면 나에게 덤벼들어 한 바탕 따져야 되는 것 아니야? 아무런 이야기도 없이 맞 바람을 슬그머니 피우는 것은 정인이란 사람을 만나서 작당을 하여 결혼생활을 파탄을 내서 재산을 가로채겠다는 심산으로 집에까지 데리고 와서 바람을 피운 것이 아니야?"

"그렇게 생각하니 그런 것 같기도 하고. 그 점에 대해서는 나는 잘 모르겠네."

이렇게 숙희가 있었던 이야기를 하고 원인 제공자는 자기라고 실토를 하고 얼굴을 붉혔다. 그리고 자기가 사랑이 탐나서 저질렀다는 고백도 하였다.

"가정이 불신으로 휘몰리니 그는 대비책 없이 고민을 하며 방황하다가 마침내는 모든 것을 포기하고 집을 떠난 것이다. 게다가 숙희가 친절히 대해주고 나의 마음을 빼앗으니 같이 아우라지까지 마음 정리를 위해서 여행을 떠나온 것이야."

유진은 나름대로 사건의 흐름을 이렇게 유추해 보았다.

"이렇게 추리를 이야기하니 숙희는 듣고 있다가 일부는 맞는데 일부는 오빠가 잘못 생각하고 있어."

그의 오류도 있을 수 있다는 이야기를 하였다. 물론 그렇게 생각하는데 그는 정황 증거는 있지만 숙희는 그 증거를 알 수 없어 그렇게 생각했는지는 모른다. 그는 여기까지 생각을 하고 이 문제는 끝내고 오늘 하고 싶은 이야기는 무어냐고 이야기하여 보라고 하였다.

"어렵게 생각한 끝에 작심하고 오늘 이곳에 나와서 모든 것을 허심탄회하게 이야기하고 싶었어. 다름이 아니고 우리들이 약속한 동거생활도 끝날 때가 되어가. 오빠는 나를 어떻게 할 거야."

"창조주가 정해주는 대로 살면 된다고 하지 않았어?"

"오빠는 말마다 창조주의 책임으로 돌리는데 본인 결정으로 한다고 이야기 해봐."

"그러면 내가 오래 살고 싶다고 마음대로 오래 사나? 그것이 창조주 마음대로 한다는 증거지."

"사실 나는 오빠를 빼앗았으니 잘 되었다고 생각하고 같이 살고 싶었어. 그러다가 나는 중간에서 나도 오빠처럼 공부를 좀 해 보고 싶었어. 그것은 다름 아닌 요리공부를 해서 그 방향으로 나가서 이 분야의 전문가가 되고 싶었어. 그래서 프랑스에 가서 2년 동안 요리학교에 갈 계획이야. 이를 바탕으로 나의 주도적인 삶을 갖고 싶었어."

"좋은 생각이야. 그리고 나는 그동안 숙희의 아낌없는 사랑에 무척 감사해. 나도 숙희를 잘 만나서 영원히 같이 살고 싶었어. 그리고 가장 아름다운 사랑을 하고 싶었어. 그러나 창조주의 뜻은 달랐어. 나는 숙희가 떠나는 날에는 배웅 나가고 며칠간은 동네 머물면서 동네 사람들에게 인사를 하고 혼자 떠날 거야."

"나는 오빠에게 내 최대의 선물을 해 주고 싶어. 그것은 떠나는 날 갑옷 춤을 추는 공연을 하고 다음에는 그 갑옷을 오빠에게 선물하는 거야. 갑옷은 오빠가 내가 생각날 때 가끔 펼쳐 보아. 그 춤은 내가 오빠 곁을 떠나기 전날 공연할 거야. 나는 과거에 발레를 하였는데 잘 한다는 칭찬을 받았지."

"아~? 그래. 그런 실력도 있었던가? 그리고 그동안 숙희가 나를 많이 사랑해 주었지. 그래서 내가 선물할 수 있는 것은 파리 유학 가는 대 필요한 비행기 값과 6개월간 생활비를 주는 거야. 나머지는 현지 알바를 하면 학비를 벌 수 있는데. 성공을 빌어."

이야기하는데 정신이 팔려서 가자미회가 그냥 남아 있었다. 지금부터 둘은 자주 소주를 맞대고 마셨다. 그리고 가자미회의 맛은 오들오들 하여 광어회보다 맛이 훨씬 좋았다. 가슴에 매듭지어졌던 이야기는 이 정도고 나머지는 석별의 정을 나누는 시간만 남았다. 그동안 나는 나름대로 고난의 나날을 보냈지만 이제 주변에 진 빚 즉 심적인 빚은 모두 끝나고 혼자 어디론가 떠나는 길만 남았다. 어디로 갈까를 생각하니 또 다른 나그네 길을 출발하는구나 하고 생각하니 창조주가 인간의 생명을 풀어 놓았다가 때가 되면 회수해 가는 절차를 남기고 있는 것 같기도 하였다.

이별 공연 (갑옷 춤)

둘은 거나하게 마시고 어두워서야 어게를 걸치며 집 문안을 들어섰다. 그리고 방 안에서 팔자로 퍼져서 '그대는 고마웠어.'를 여러 번 되뇌고 큰 잠에 빠졌다. 잠 중에 가끔 숙희 연인! 숙희 연인! 나 어떻게 해~ 하며 중얼거렸다. 이렇게 자다가 잠을 깰 때는 새벽이 되었다. 목이 말랐다. 물을 달라고 하였다. 갈증을 해소하기 좋은 해장차를 준비하여 왔다. 그는 컵을 받아들고 '고마워' 하면서 꿀꺽 꿀꺽 마셨다. 거우 정신을 차리고 기분 전환을 위해서 문 바깥을 나왔다. 겨울밤이라 온몸이 싸늘하였다. 어제 어떤 일이 있었는지 잘 기억이 나지 않는다.

그리고 며칠 있다가 느닷없이 숙희는 공연 시간은 오늘 저녁에 방에서 갖는다고 귀띔하였다. 관객은 유진 한 사람이다. 그는 너무 갑작스레 통보한다고 생각을 하였다. 벌써 이별의 신이 찾아왔구 먼. 한 편으로 두렵기도 하였다. 그는 아쉬운 마음으로 음~ 알았 어~하면서 고개를 돌려서 눈물을 글썽였다. 이제 헤어짐의 시간이 다가온 것이다. 3월도 다 간 것이다. 숙희는 슬퍼하지 말라고 하면 서 공연시간은 40분이며 꿋꿋이 지켜달라고 하였다. 그는 오후 내 내 공연 시간을 기다리며 공연이 어떤 것인지 궁금하기도 하고 초 조하기도 하였다.

저녁 7시가 되었다. 패티 김 음악이 은은히 실내에 퍼지고 있었 다. 숙희는 공연 준비를 마쳤다. 그녀는 공연 시작하기 전에는 얼 굴을 가리라고 하면서 수건을 건네주었다. 그는 숙희가 하라는 대 로 수건으로 눈을 가리고 아래 벽에 기대서 정좌 하였다. '시작' 소 리가 나면 수건을 풀라고 하였다. 한참 있다가 숙희가 '시작!'하는 소리를 내어서 수건을 풀었다. 눈을 뜨니 앞에는 빛나는 천사가 카펫 위에 서 있었다. 갑옷을 입은 여인의 옷이 전등에 반짝인다.

아래는 몸에 착 붙은 살색 팬츠를 입었다. 그리고 위의 가슴도 살색으로 만든 브라자로 착 달라붙게 입었다. 엷은 살색 재질로 몸소 만든 것이다. 겉옷은 투명 비닐 재질로 만든 비늘로 바느질한 투명 갑옷을 입었다. 입으면 투명 갑옷을 입은 여장군과 같은 모습이다. 갑옷 전체로는 비늘이 치밀하게 바느질 되어 있어서 경계선을 알아볼 수 없었다. 공들인 흔적이 역력했다. 전체적으로 보면 나체를 투명체로 살짝 가린 예술품이다. 얼굴은 하회탈 중에 이매탈을 썼다. 놀이마당에서 선비의 하인으로서 바보스러운 병신역할로 등장하여 양반, 선비를 적극 풍자하여 이들을 바보스럽고 병신스런 존재로 격하시키는 역할을 하는 것이다. 치마는 움직일 때 마다 주름치마가 하늘하늘 하는 것처럼 특별한 율동을 보여주었다. 그러면서 그녀는 서서히 율동을 시작하였다.

공연 순서는 처음에는 정선 아리랑 소리에 맞추어 이에 어울리는 팔과 어깨 춤을 추었다. 갑옷은 반짝이며 출렁거렸다. 상상을 뛰어넘는 연출을 하여 첫 장면부터 그를 얼떨떨하게 만들었다. 그리고 다음 춤은 트위스트 춤을 변화 있게 추었다. 출렁거리는 엉덩이와 가슴이 잘 어울려 순간순간 온 몸을 좌우로 꼬며 손과 발의 동작이 멋지게 흔들어 여성의 미를 더욱 돋보이게 하였다. 춤 순간, 순간마다 스트레스를 해소 시켰다. 현대성을 가미하여 율동이 빠르고 가슴을 울리는 춤이었다. 그리고 다음에는 같이 부루스를 치자고 하였다. 약 10분간 밀착하여 추었다. 가슴을 밀착하고 두 손을 잡으니 자연 시큰시큰 하였다. 춤은 두 사람의 몸을 한껏 달구었다. 부루스가 끝나고 마지막으로 자유 춤을 추었다. 자유로운 춤사위도 신나게 진행되었다. 그녀는가 발레를 했기 때문인지 변형된 모습을 자유자재로 구사하였다. 그는 연신 그녀의 몸매에 얼빠

졌다. 정말 멋있는 몸매와 율동이었다. 약 40분 정도 걸렸는데 숙
희만의 창작성이 돋보였다.

며칠 있으면 숙희와 헤어질 것을 생각하니 공연시간이 너무 빨
리 흘렀다는 생각이 들었다. 갑자기 마음이 슬퍼왔다. 이제 공연은
끝나고 공연자도 숨이 차서 쉴 차례가 되었다. 대단원의 공연은 끝
났다. 그녀는 옆에 준비한 소반을 꺼냈다. 끝날 때를 대비해서 숙
희가 주안상을 준비해 놓은 것이다. 아울러 주현미 음악을 틀었
다. 같이 정좌하여 포도주를 대작하였는데 숙희의 앉아 있는 몸매
를 보니 온몸에 생동감이 넘쳤다. 정말 훌륭한 공연이었다. 오늘의
이별 공연은 아주 흥미 진진 하였다. 유진은 공연이 수준급이라고
칭찬을 거듭하며 ' 이번 춤은 다른 예술영역에 비교해 보아도 손색
이 없는 멋있는 퍼포먼스라.'고 아이디어의 특이성을 강조하였다.
'그는 이 공연이 영원히 잊을 수 없는 춤사위로 기억을 하고 싶다,'
고 감사의 뜻을 표했다.

숙희는 자기가 공연하던 공연복을 그가 보는 앞에서 무릎을 꿇
고 앉아서 하나씩 벗어서 포겠다. 그리고 뒤로 돌아서 평상의 옷
으로 갈아입었다. 그리고 방안의 열정은 고요로 되돌아오고 방안
은 열정의 공기만이 가득 차 있었다. 이 공기는 서서히 창틈으로
빠져 나가고 옷은 미색 보자기에 싸서 작은 박스에 넣어서 그에게
선물로 주었다. 그는 뭉클한 마음으로 다른 거주지에 갈 때도 가
져가겠다고 하며 두 손으로 경건히 받았다. 이렇게 공연을 마치고
둘은 저녁 이별파티에 들어갔다.

하루 밤 지나고 떠날 시간이 되었다. 추위는 좀 풀렸다. 오늘도
눈이 펄펄 내렸다. 드디어 이별의 순간이 되었다. 배웅 나가기 위해

서 아침에 일찍 떠날 준비를 하였다. 첫차를 타고 정선터미널에 도착하였다. 그는 숙희 보고 잠깐 기다리라 하고 농협에 갔다. 수표를 인출하였다. 이별의 시간을 미루기 위해서 이왕이면 가자미회를 한 번 더 먹자고 하여 둘은 가자미회집을 갔다. 같이 이별주를 하였다. 그리고 이별의 시간이 왔다. 숙희가 프랑스 공부하고 돌아왔을 때 내가 다시 혼자 산다면 받아주겠다고 하였다. 그러나 그런 일이 있을지는 알 수 없다. 하루 밤 생각해 본 숙희 공연에 대한 평가는 이랬다 '나체의 갑옷은 정조요. 살색 팬츠는 여성을 보호하는 마지막 철조망이요, 가면은 여성의 보호정신'이라는 품평을 숙희에게 하였다. 숙희는 이 말에 감명의 눈물을 글썽였다. 이제 헤어지고 유진은 집에 가서 울겠다고 하였다.

리 별

정이 들었습니다.
아쉽습니다.
다시 붙들고 싶습니다.
가슴이 멍청합니다.
다시 못 볼 것 같습니다.
눈물이 글썽입니다.
결국은 흘러내립니다.
이곳은 창조주의 마당이라 체념합니다.
모든 것을 그에게 맡깁니다.

제3부

이별 후 화진포에서

청자다방과 건축

가까스로 이별을 하고 그는 혼자서 집으로 돌아왔다. 집안은 허전하여 유령이라도 나올 듯하였다. 울적하지만 다시 용기를 가지고 방 안을 청소 하며 정리할 것들을 정리하였다. 그리고 주인집에 빌린 살림 도구는 따로 정리하였다. 그가 들고 갈 것은 여행용 가방과 소형 전축뿐이다. 주인집 아저씨한테 내일 떠난다는 인사를 하였다. 어디로 가느냐고 물어서 화진포로 간다고 하였다. 사실 화진포는 잠정적으로 정한 곳인데 마침 떠날 시간이 되니 그렇게 움직여진다. 거기서 무엇을 하려하느냐고 물어서 숙박업을 해볼까 한다고 하였다. 숙희에 대해서도 물어왔다. '아가씨가 착하던데 그 아가씨는?' 하고 물어서 '외국에 공부하러 갔습니다,' 라고 답하고 사례비를 조금 주었다. 아저씨는 둘이 살다가 따로 가는 것에 대해서 고개를 갸우뚱하였다.

오후에는 고수 선생을 초청하였다. 이별주를 하자는 것이다. 그는 이 동네서 대체로 은둔 생활을 하여 친분이 있는 다른 사람은 별로 없었다. 오후에 삼겹살에 소주 한 잔을 하고 민요 정선 아리랑을 청했다. 청아한 구슬픈 이별가로 이별의 아픔을 대신했다. 조촐한 대작을 하고 고수와도 이별의 인사를 하였다. 그러면서 그동안 간간히 가르쳐 주어 교습비도 약간 드렸다. 드디어 이튿날이 되었다. 새벽에 일어나서 동녘 산기슭에 올라 긴 호흡을 반시간 정도 하다가 내려왔다.

그리고 짐을 싸들고 그곳을 작별하였다. 거리로 나가 정선터미널 행 버스를 탔다. 조금 기다렸다가 강릉 가는 버스를 타고 가다가 다시 거진행 버스를 갈아타고 오후에 거진 터미널에 도착하였다. 숙소는 사람들에게 물어서 거진 화진포로 가기에 편리한 소방대 곁 민박집으로 정했다. 그리고 주인아줌마에게 당분가 하숙을 할 정이다, 라고 말해 두었다. 며칠 후 익숙해지면 자취 생활을 하겠다고 하였다.

안내한 방에서 짐을 대충 정리하고 누워서 지난날을 한참 생각을 하였다. 환경이 바뀌니 정신이 어리둥절하였다. 지나온 세월이 머리를 지나간다. 제법 긴 여정이었다. 그동안 서울생활 15여년은 짧지 않는 세월이었다. 일차 직장에서 영웅이 되기 위해서 앞만 보고 달렸다. 2차 사업에서 조금 남은 퇴직금을 다 날릴 때는 캄캄했다. 게다가 온갖 인격적 수모를 당했다. 3차 부동산에서는 운이 맞아 떨어져 큰 돈을 벌었다. 손대는 것 마다 대체로 잘 풀렸다. 대박도 났다. 그러나 보헤미안처럼 생활하니 비교적 여복이 없는 셈이다. 어떻게 보면 따르는 여성은 많았다. 그러나 만나는 사람마다 다 문제가 생겼다. 그러면 진정한 사랑의 기준은 어떤 것인가? 진정한 사랑은 남녀가 만나서 서로에 대해 차이점을 인식하고 사랑하며 그 차이점을 극복하는 것이 진정한 사랑이 아니겠는가. 이를 확대해석하면 상대적인 차가 많이 나타나는 부분도 인정하고 극복하는 것이 진정한 사랑이라 생각한다. 실은 진실한 사랑과 노력을 바닥에 깔지 않으면 아무 것도 되지 않는다.

이런저런 생각을 하다가 바깥 구경을 하고 싶어 일단은 밖에 나가서 가까운 거진 항을 둘러보기로 하였다. 우선 거진 항 주변을 둘러보았다. 꽃샘추위라 그런지 봄바람이 불어서 그런지 하늘은 시꺼멓고 바람은 휘몰아쳤고 날씨는 싸늘하였다. 하늘에는 갈매기가 요란하게 윤무를 하면서 떼를 지어 교대로 파도 속으로 들어갔다 올라왔다. 고기 때가 들어온 모양이다. 때 만난 갈매기는 연신 먹이 떼를 낚는 데 열심이었다. 그 멋진 생명의 움직임을 분주히 관찰하였다. 그 순간만은 생명의 장엄한 순환을 가슴으로 느끼게 했다.

추위를 무릅쓰고 방파제 있는 곳에 가서 동해안을 둘러보았다. 수평선은 언제나 보아도 가슴을 벅차게 만든다. 그리고 주변을 살펴보니 어떤 중년 쯤 되는 사람이 외로이 쪼그리고 앉아 있었다. 이쪽 동네 사정을 알기 위해서 말을 걸었다.

"이 동네 사십니까?"

"아닙니다. 객지에 와서 얼마간 지내고 있습니다."

"아저씨는 어떤 연유로 이곳에 오셨습니까?"

"서울에서 KBS 영상기술자로 있다가 가정 일이 잘못 되어서 퇴직하고 이곳 동생 집으로 피신해 있습니다."

"잘못된 일이라~ 아주 안 좋은 일이 생긴 모양이군요."

이렇게 이야기하고 얼굴을 쳐다보았다. 얼굴이 아주 우울해 있었다. 수심이 가득하여 딱해서 사정을 더 물어보고 싶었다.

"동생 집에서 있다니 매우 거북하실 텐데요?"

"처음에 얼마간은 내 방에 난방을 해주더니 오래 되니 난방을 안 해 줍디다."

"초봄이라 춥겠군요. 그런데 서울에서 잘못된 일이란 어떤 것입니까?"

"집 사람이 계를 한다고 하여서 집을 다 팔아먹더니 이제 아예 딴 남자한테 가서 생활하는데 하도 화가 나서 정신 상태가 이상해졌습니다. 애들은 4촌집에 맡겼습니다. 그래서 해결한다고 돌아다니다가 보니 기력이 없어서 저질러진 일에 대항할 수 없었습니다."

"아저씨는 아직 앞길이 창창합니다. 자본주의의 원리를 확실히 이해하는 것이 중요합니다."

"뭐 좋은 것이 있어요?"

"좋은 것이 아니라 근본을 이해하고 삶의 길을 갔어야 합니다. 그렇지 않으면 백전백패입니다."

"이야기 해 보세요."

"좀 딱딱하게 들리지만 들어보세요. 우리가 태어나자마자 자본주의라는 바다에 버려져 있습니다. 바다에 있는 여러 어종도 마찬가지입니다. 바다에는 약육강식이 있지요. 자본주의도 마찬가지입니다. 그러나 인간은 지혜를 가졌기 때문에 자본주의 바다에서 헤엄치는 양태가 동물과 다릅니다. 이해가 갑니까?"

"약간 이해가 갑니다."

"자본주의란 상품생산에 의해서 이윤을 획득하려고 하는 정신적 태도를 말합니다. 그러니까 아저씨가 말한 곗돈은 이 원리에서 거리가 먼 것입니다."

"그러면 나 같은 입장에 있는 사람은 어떻게 해야 합니까?"

"지금이라도 정상적 경제활동을 하면 성공이 가능합니다. 우선 중고 수레를 사서 끄시오. 그리고 작은 돈이라도 모으시오."

"지금은 용돈도 없습니다."

"수레만 있으면 하겠습니까?"

"예, 하겠습니다."

"수레를 가지고 하루종일토록 고속터미널 또는 시장을 돌아다녀

보세요. 반복적으로 돌아다니면 많은 사람이 운반을 맡길 것입니다. 희망이 있습니다."

"들어보니 그렇게 될 것 같습니다."

"자~ 받으세요. 작은 금액이지만 받으십시오. 용돈도 되니 열심히 하세요."

"감사합니다. 이렇게 많이?!. 결초보은을 하겠습니다. 그런데 이 돈을 언제 갚아야 합니까?"

"정상적인 경제활동을 할 수 있을 때 갚으시오. 그러나 갚는 대상은 주변에 정말 어렵다고 생각하는 사람에게 나누어 주는 것입니다. 이것이 인간 창조의 원리입니다. 그곳에는 주인이 있습니다. 그 주인이 창조주입니다."

"알았습니다. 지금부터 창조주의 은혜를 생각하며 노력하겠습니다."

"가장 평범한 일을 하다가 보면 관련된 주변 일이 생겨납니다. 그러면 바빠지게 됩니다. 그러면 주위에서 실력을 인정받아서 좋은 일자리가 나옵니다."

둘은 헤어졌다. 그는 나그네를 보내고 나서 해안가를 거닐어 보았다. 떠난 아저씨의 얼굴이 눈에 선하다. 아저씨는 반드시 성공하리라 믿었다. 어둠이 지고 있었다. 이제 집에 가야 되겠다.

으흠. 말은 그분에게 천사 같이 이야기했지만 자본주의는 문제야. 자본이 인권을 우습게 보는 주변을 많이 보았지. 중국이 사회주의를 지향하고 있다하나 신자유주의의 흐름에 휩쓸려 가고 있다. 과거 등소평이 '부자가 될 수 있는 사람은 더 빨리 부자가 되라.'

고 이야기하였지만, 이제 그들에게 있어서는 사회주의는 부패한 관료들의 터전이 되었다. 모든 국민과 국가를 위한 것이 아니고 개인이 사리사욕을 채우고 있다. 이들은 신자유주의 자본가들과 별반 다를 바 없다. 그들도 어찌할 수 없는가 보다. 자유주의에서 규제는 진할수록 사회주의, 공산주의가 되는 것이다. 사실 신이 만든 자유주의라는 뿌리는 하나다. 이를 신바람 나게 하는 조합이 중요하다. 배합은 창조주만이 할 수 있다. 줄기도 하나고 단지 굵고 가늠의 차이다.

오늘은 숙박업을 하기 위해서 300평 정도에 1/4은 텃밭을 만들고 나머지는 숙소를 짓는 아이디어를 짜서 부동산업소를 찾아갔다. 가게에 가서 300 평 정도 숙박업소를 짓기 위한 알맞은 장소와 가격을 물었다. 위치는 화진포 부근이 좋다고 하였다. 한참을 생각해 보더니 새로 짓는 것 보다 헌집 사서 리모델링하는 것이 낫지 않느냐고도 하였다. 다른 곳도 물어보라는 의견을 들었다. 그리고 다른 건축업자에 가서도 궁금한 것을 물어보았다.

한참 주변을 죽 둘러보고 나서 쉬기 위해서 살펴보니 청자다방이 눈에 띄었다. 갔더니 손님을 맞이하는 젊은 아줌마의 외모가 수수하고 교양이 있어보였다. 차를 한 잔 시켰다. 의상 디자인도 살펴보니 클래식하고 멋스러웠다. 그래서 차 한 잔을 더 시키고 한 잔 하라고 하였다. 시켜놓고 언뜻 언뜻 지난날을 생각해 보았다. 그동안 문화를 누리기에는 일상생활이 너무 촘촘하였다. 이제 기초 재산을 모았으니 문화를 누리며 살고 싶었다. 수채화를 그리고 싶었다. 드로잉에는 기본 실력이 있으니 빨리 배울 수 있을 것 같았다. 글쓰기, 수채화, 낚시 정도면 인생 4막을 잘 꾸밀 수 있을 것 같았다. 그러자면 화실도 만들어야 되겠다. 아줌마가 차를 가지고 왔다. 아줌마가 먼저 말을 걸었다. 무얼 생각하느냐고, 그리고 어디서 왔느냐고 물었다. 그러나 어디서 왔느냐는 것은 가르쳐 주지 않았다. 아줌마는 커피점 한지 얼마나 되었느냐고 물었다. 한 3년이 다 되어 간다고 하였다. 다른 지방에서 몇 년을 하고 동해 바다 바람을 따라서 이곳까지 왔다고 하였다.

"가족은요?"
"저 멀리 떨어진 시골에 있습니다."
"그러면 혼자 거처하시는 모양이군요."
"…"
"수입은 가계에 도움이 됩니까?"
"장사가 안 되어서 다른 할 만한 일이 있으면 다른 일을 하면 좋을 것 같습니다."
"그래요? 내가 숙박업을 하려고 하는데 새로 지으면 일할 사람이 필요한데요."
"아~그래요? 숙박업 개업하게요? 거기에 일자리 있으면 용돈만 받아도 좋으니 저를 써 주세요."
"그런데 댁의 성함을 물어보지 않았습니다. 성함은요?"
"김강희입니다."
"김 여사이구먼요. 맞죠? 나는 개업하자면 약 4개월 걸리니 찬찬히 생각해 봅시다. 이름 하나 좋습니다."

이곳을 나와서 김 여사를 되돌아보니 의심이 많이 갔다. 혼자 동해안을 다방을 하면서 여러 해 돌아다니는 것은 무슨 연유가 있는 것 같았다. 그리고 보통의 여자로서 감히 생각 못할 배경이 있는 것 같았다. 언제 한번 본 일이 있는 얼굴 같았다.

김 사장을 만나고부터 얼마간 돌아다니다가 겨우 부지 결정을 보았다. 다음에는 시공사를 물색하여 숙박업소 공사계약도 하였다. 신경을 많이 썼지만 일단 매듭을 지으니 후련하였다. 앞으로 공사 감독을 잘 할 일만 남았다. 계약과 동시에 기초공사를 하였다. 일정 부분 텃밭도 만들고. 2층에는 화실도 만들고. 방 2개는 내실용으로 하였다. 숙박할 수 있는 방은 대, 소 합해서 10개다. 늦어도 4개월만 있으면 오픈한다. 시간이 빌 때면 가끔 주변 관광과 낚시로 시간을 보낼 수 있는 환경이었다. 오늘은 지역 상태를 듣기 위해서 저녁에 회집에 가기로 하였다. 한 곳에 들어가니 손님도 별로 없었다. 여행 온 사람이 잠깐 들렀다 갔다. 조금 있으려니 며칠 전에 만난 딱한 남자가 들어오는 것이다. 가다가 그가 약주를 하고 있으니 들어왔다는 것이다. 딱한 남자는 그를 반갑게 마지하며 인사를 하였다.

"어떻게 이곳에서 만나게 되었지요?"

"가는 길에 눈에 띄어서 찾아뵙기로 하였습니다."

"얼굴이 훨씬 흰해졌는데요. 생기가 돕니다."

"사실 나는 사장님께 돈 받은 날 결심을 하고 수레 중고를 하나 사서 선생님의 말씀대로 터미널이나 시장에 끌고 다녔습니다. 다니면서 '물건 실어요!' 하고 외치면서 돌아다녔습니다. 닷새 정도 되니 짐 부탁을 하더군요. 열심히 소리 지르고 하니 이제는 짐꾼 하면 저를 찾습니다."

"축하할 일입니다. 우선 약주 한 잔을 권하겠습니다. 그리고 가자미회도 드시고요."

"예, 감사합니다."

"혹시 일을 할 수 있다면 우리 숙박소를 화진포에 짓는데 그곳에서 막일 자리도 만들어 드리겠습니다."

"지금 이일도 바쁩니다. 힘도 덜 들고요. 수입이 좋습니다. 그래서 오늘은 약주는 제가 사려고 일부러 찾아왔는데요."

"그 정도로 일이 많다고 하니 축하합니다. 그래서 다음 기회에 서울에 있는 4촌집에 아들 보러갈 때 선물도 준비하면 아들이 좋아할 것입니다."

짐꾼이 이곳저곳 골목 이야기와 지형을 이야기하기에 빨리 이곳 지리를 익히게 되어서 도움이 되었다. 기분이라 소주 한 병을 더 청하였다. 나올 때 그가 술값을 내려고 하였더니 극구 만류하여 딱한 남자가 지불하였다.

그리고 며칠 후 청자 다방에 들렀다. 다방은 김 여사가 지키고 있었다. 손님은 별로 없었다. 손님이 없으니 아주 반갑게 맞이하였다. 오늘도 차를 같이 하였다. 나이는 짐작에 그 보다 5살 정도 차이가 날 것 같았다. 인품이 후덕해서 부잣집 맏며느리감이다.

"숙소는 어떻게 해결합니까?"

"다방 안에 조그마한 방이 있습니다."

"아~ 그래요?"

"불편하시겠습니다. 아이들은요?"

"아이들은 없습니다. 늦게 결혼해서 일찍 이혼했습니다. 그 이후로 정착할 곳이 없어 객지를 떠다닙니다. 왜 물어요?"

"좋으신 분인데 하고 안타깝게 생각했습니다."

"그냥 동해안을 따라서 무작정 북상하고 싶었습니다. 벌어 가면서 전국 여행을 하지요."

"아하~그러고 보니 나도 35살이 넘은다 된 노총각입니다. 나도 사연이 많지요."

"그래요? 놀랍네요. 그 나이에 숙박업소를 할 돈을 어떻게 모았어요?"

"창조주가 만들어 주었지요. 순전히 운입니다. 그리고 지금 화진포 부근에 숙박소를 짓는데 화실과 숙소 두 곳을 만들고 텃밭도 만듭니다. 현장에 인부들이 일하고 있는데 중간 중간 시간을 내어서 구경 가 보시지요. 가서 일 감독해도 괜찮습니다. 그냥 지시하면 집 사람이 간섭하는 줄 알텐데 누구 거역하겠습니까? 그래야만 집이 야무질 것입니다."

"내가 참아 그곳을."

"부담 느끼지 마세요. 나도 자주 감독차 가지만 내가 없을 때는 산림욕 나가거나 낚시 나갈 때입니다."

이 곳 빈 시간을 활용해 보라는 뜻이다. 그렇게 신뢰에 찬 어조로 약속을 던지고 밖을 나왔다. 나올 때 김 여사가 그런 이야기를 하는 사장이 이상하다고 생각하면서 유심히 뒷모습을 바라보았다. 그가 고개를 돌리니 바로 들어가지 않았다, 이때를 기회 잡아 그녀하고 방파제 낚시를 하고 싶어서 지금 같이 낚시 가자고 하였다. 그랬더니 재빨리 나들이 준비를 하고 나왔다. 낚시는 자주 가는 낚시 가게에 가서 가지고 나왔다. 방파제 낚시라 해 보아야 별로 잡힐 것 같이 않지만 밀려오는 파도를 구경하기 위한 것이다.

잘 잡혀 넙치가 잡히면 회를 떠먹고 매운탕을 해먹을 작정이다. 바다 바람은 제법 세었다. 김 여사의 치맛자락도 마구 펄럭였다. 두어 시간을 낚시하니 회 해먹을 정도인 광어 두어 마리가 낚였다. 잔챙이도 제법 잡았다. 그래서 그물망을 들고 일어설 준비를 하였다. 사실 바람이 세어서 김 여사는 많이 떨었을 것 같았다. 그는 추운 줄 알면서도 모른 척 하고 잡힐 때까지 낚시한 것이다. 그는 그녀에게 이것을 매운탕 만들어 먹자면 어떻게 하면 될까하고 물었다. 그녀는 약간 망설이는 틈에 우리 민박집에 가서 끓여먹자고 하였다. 그랬더니 고개를 끄덕이며 그의 숙소로 따라갔다. 가니 산림 도구나 양념 등이 전연 준비되어 있지 않았다. 식사를 주로 사먹기 때문이다. 이를 본 그녀가 시장에 가서 양념을 사 오겠다고 하였다. 그래서 양념과 식재료를 준비할 때까지 기다렸다. 시장바구니가 식재료로 그득하다. 곧 그녀가 요리를 시작하였다. 심지어 밥솥에 밥도 하였다. 밥상을 방에 차리고 찌개도 올리고 식사도 올려서 매운탕을 곁들여서 같이 식사를 하였다. 대화의 주류는 그를 중심으로 이루어졌다. 김 여사가 물었다.

"어떻게 하다가 이곳에까지 오게 되었지요?"

"이곳에 오기 전에 그는 어떤 여자와 동거를 하였는데 서로 의견이 맞지 않아서 헤어졌지요."

"여자가 억셌던가요?"

"만날 운은 따로 있는 모양입니다."

"젊은 나이에 리조트를 지을 정도면 대단한데 무엇을 하여서 돈을 벌었나요. 나도 돈 버는 법 좀 배우게. 하하."

"아하하~ 시대가 영웅을 만들지요."

"그것을 달리 이야기하면 때가 맞아야 된다는 뜻이지요?"

"모든 것은 운명입니다. 운명에 맡기시오. 노력한다고 되는 것은 드뭅니다."

"그리고 나이를 짐작해 보니 숨겨둔 연인이 있을 것 같은데요?"

"아닙니다. 지금 혼자입니다. 전에 연인은 이미 떠났습니다. 깨끗이. 여복이 없어서 말입니다."

"이곳에는 어떤 매력이 있어서 자리를 잡으려고 합니까?"

"사실 서울 강남에서 부동산 사업을 하였는데 그 곳에서 돈을 좀 벌고 도시가 너무 피곤해서 귀촌 할 곳을 찾다가 이곳에 온 것입니다. 그러고 보니 김강희 여사나 나나 마찬가지로 세상을 피해서 이곳까지 와서 우연히 만나게 되었다는 생각이 듭니다."

"그러고 보니 어딘가에서 본 친숙한 얼굴형입니다."

"사장님이 운명을 여러 번 이야기하는데 선생님이 생각한 운명, 신을 이야기 해 보세요."

"그것은 이렇게 생각할 수 있습니다. 세상 인생은 운명에 따라 흐르고 이 운명의 조정자는 창조주라는 이야기입니다. 이러한 운명의 세계의 원리와 법칙은 창조주도 인간에게 가르쳐 주지 않습니다. 그래서 생명은 영속성을 가질 수 있습니다. 태초에 DNA에서 생명이 탄생한 것은 그대로 대를 이어서 나가고 이것이 세분화되어서 수십만 가지 생명체가 생겨납니다. 그런데 창조는 인간에게만은 특별 관리할 수 있는 DNA를 주었으며 우리는 이에 조종되는 것을 운명이라 봅니다. 그러나 모든 DNA 생성 소멸을 하고 이 과정은 영원히 존재합니다. 아무도 창조주의 영역을 거약할 수 없고 여기서 파생되는 운명도 거역할 수 없습니다."

"머리에 뚜렷이 이해할 수 있는 논리를 들으니 가슴이 후련합니다. 들어보니 그럴 듯 합니다. 대단한 식견을 갖고 계십니다. 이 원리에서 생사고락의 열쇠가 풀어질 수 있다고 믿고 싶습니다."

"오늘은 김 여사와 즐거운 시간을 보내게 되어 기쁘게 생각합니다."

자주 공사하는 곳을 둘러보라는 당부의 말을 하고 그는 민박집을 떠나는 김 여사를 문밖까지 바래다주었다.

리조트 개업

여러 곡절 끝에 숙박업소는 완성되었다. 건물 외관이 아주 미려했다. 화실은 혼자 그림 그리기에 딱 좋은 공간이었다. 팔레트, 붓, 물감, 수채화판, 보조 재료를 잘 갖추면 작업하기 편리한 공간이었다. 게다가 창문에 가득 찬 해안풍경이 좋았다. 창을 통해서 늘 넓은 바다를 바라볼 수 있는 위치기 때문이다. 그리고 저녁때는 석양과 숲을 잘 조망할 수 있는 구조였다. 방 둘 중 하나는 침실이며 다른 하나는 관리인이 거처할 수 있는 방이다. 나머지 숙실은 8개가 된다. 이들 중 반은 주방시설도 되어 있었다. 마당도 공동으로 사용할 수 있는 상수도 시설과 바비큐 시설도 만들었다.

지금이 해수욕시즌이나 건물이 조금 늦게 완성되었다. 그래서 급한 대로 김 여사와 손님 맞을 일을 상담하게 되었다. 김 여사에게 건물 완성이 늦은 데다 시즌까지 다가오니 급히 도와달라고 하였다. 그랬더니 김 여사는 숙박업소 한 번 가 보자고 하여 살펴보더니 깜짝 놀랐다. 보잘 것 없는 손님이 와서 말을 붙여서 그러려니 생각하였는데 대단한 남자였기 때문이다. 그녀는 얼른 가게 문을 닫고 도와주겠다고 하였다. 그리고 숙박시설 방을 둘러보더니 보조원이 한 명 더 있어야 되겠다고 하여 그렇게 하라고 하였다. 그렇게 하여 개업식도 없이 슬그머니 영업을 시작하였다. 손님 받는데 손이 모자라 김 여사가 이 일을 주도적으로 꾸려 나가달라는 부탁도 하였다. 결국은 김 여사는 서로 합의 하여 숙소 전체를 관리하는 책임자로 결정되었으며 운영하던 다방은 다른 사람에게 팔기로 하였다. 김 여사가 사는 관리 숙소에는 주방도 만들어졌다.

이렇게 하여 시즌이 되니 김 여사가 하는 일은 날로 바빠졌다. 방 청소하랴, 텃밭도 가꾸랴, 마당 청소하랴, 손님 관리하랴, 이부자리 세탁하랴 엄청 바빴다. 그래서 그는 시즌이 끝날 때 까지 김 여사와 조용한 대화를 나눌 여가가 없어 김 여사에게 수고하신다고 연신 인사를 하였다. 그러면서 그는 손님들의 이용 상태를 점검하는데 정신이 없었다. 이 해수욕장을 찾는 사람은 젊은이가 많다. 중년 가족도 있다. 한참 날씨가 좋을 때는 이용객이 해수욕장을 가득 채웠다.

하루는 10여명의 여자 단체 손님이 왔다. 큰방이 필요하다고 했다. 이틀간 숙박을 하겠다는 것이다. 마침 큰 방이 비었다. 손님에게 방을 설명하고 편의시설도 설명하였다. 그리고 불편한 사항이 있으면 벨을 눌러서 연락하라고 하였다. 식사편의는 없으니 식사나 음료수 문제는 100m 거리에 가면 식품점이 있다고 하였다. 다 설명하고 돌아 나오려하는데 어떤 아줌마 하나가 고향이 어디냐고 물어서 시골 사마골이라고 하였다. 그랬더니 유진씨 아니냐고 물었다. 누군데 나를 알고 있느냐고 반문하였다. 그랬더니 어렸을 때기만 어른 바로 옆집에 살지 않았느냐고 또 반문하였다. 맞다고 하였다. 그러면서 어릴 때 자기 손가락을 입으로 상처 낸 기억이 나지 않느냐고 하여 깜짝 놀라며 기억이 나지 않는다고 하였다. 여러 이야기를 하다가 보니 결국은 이웃집에 살았다는 것을 알았고 그 여자 이름은 은자라는 것을 알았다. 하여튼 그 집과 우리 집은 어릴 때 어른들끼리 분쟁 때문에 반목하면서 살았고 시간이 오래 되어서 전혀 기억에 없는 사이가 된 것이다. 그래서 둘은 무척 반가워서 잠시 화기애애한 이야기를 나누었다. 그리고 같이 온 분들하고 어울리라고 하고 자리를 떠났다. 유진이 손님과 같이 한참을 반갑게 이야기하는 것을 귀동냥한 김 여사는 깜짝 놀랐다. 김 여사는 옛날에 제일 처음으로 초등학교에 부임한 그 동네 사람이 틀림없다고 생각하고 가슴이 출렁거렸다. 그 당시에 시골이라 눈을 피해서 밤에만 연애한 그 사람일 거란 생각이 떠올랐다. 그리고 밤중에 자기 자취방에도 들려서 놀다 간 것도 기억에 쟁쟁하였다. 사실 김 여사는 그를 시골 근무지에서 떠난 이후 많이 고민을 하였다. 바로 그 주인공을 오늘 확인한 것이다. 얼굴과 이름은 기억나지 않지만 당시의 연인이 맞다는 생각이 들었다. 어쩌면 같은 동네 있는 다른 사람일지도 모른다는 여지는 있었다. 하여튼 지금 바쁘니 지금 들은 이야기는 잠시 묻어 두었다가 일이 잠잠해지면 그때 이야기하기로 하였다.

한편 숙희는 유진 사장과 아우라지에서 헤어진 후 사장이 숙박업소를 하고 있는 곳을 어떻게 알았는지 전화를 해왔다. 그는 숙희의 전화에 깜짝 놀랐다. 어떻게 이곳을 알았느냐고 반문하였다. 그리고 유학문제는 어떻게 되었느냐고도 물었다. 숙희는 프랑스로 떠나는 날짜를 대기 중이라 하였다. 그러면서 옛 사무실에 들러보았다고 하였다. 잔무가 있고 7년 간 있었던 곳이라 인사차 갔다고 하였다. 물론 김 사장에 대한 이야기는 하지 않았다고 하였다. 그러면서 들어보니 혜은이는 안동에서 여자아기를 낳았다는 것이다. 그리고 아이는 미혼모로 해서 자기 앞으로 입적 했다는 것이다. 그녀는 그가 떠난 이후에 눈물로서 세월을 보내다가 옛날에 있었던 함양 요양소에서 일하면서 잘못을 빌고 살았지만 용기가 나지 않아 오빠를 찾아 나서지 않았다는 것이다. 게다가 태어난 딸의 친부가 누구인지 모르고 있으며 훗날 수녀의 길을 간다면 그때 딸의 친부가 누구인지 찾아보겠다는 것이다. 그러면서 사장님은 이에 대비해야 하겠습니다, 하고 이야기하였다. 그는 이 소식을 듣고 깜짝 놀랐다. 다시는 보고 싶지 않은 여인인데 아기까지 있다니 복잡하게 되지 않을까 싶어 갑자기 수심이 생겼다. 누구 아이든 한 동안 마음 편하지 못할 일이 생길 것 같아서였다.

해수욕 시즌은 끝났다. 정산을 하여 보았다. 수입이 제법 되었다. 오천만 원은 되었다. 이 돈은 임금 밑 기타 경비를 제하고 저축하였다. 첫 번째 수입 치고는 제법 큰돈이었다. 다음에는 수입을 창출 할 수 있는 알찬 이벤트를 계획할 작정이다. 그동안 일을 도와준 김 여사에게 선물도 해주고 근거리 여행도 할 작정이다. 그동안 너무 무뚝뚝하게 일을 처리하여 미안하기도 하고 이런저런 할 이야기가 쌓여 있기 때문이다. 우선 텃밭에서 일하는 김 여사에게 다가갔다.

"이제 바쁜 것은 대충 끝났지요?"
"그거야 그렇지만 일이란 밑도 끝도 있겠습니까? 사장님!"

"아~그래요? 그런데 더 활기를 얻기 위해서 같이 왕곡마을과 송지해수욕장으로 구경하고 휴식을 하면 좋을 것 같습니다."

"송구스럽게도 제가 뭐. 사장님이나 혼자 바람 쐬고 오세요. 이곳 일은 걱정하지 마시고…"

마침 주변에 보는 사람이 없어서 이때다 싶어서 그는 강제 뽀뽀를 하였다. 그러나 김 여사는 반항하지 않았다. 이미 자기의 첫 사랑을 바치기로 작정한 과거사를 알고 있기 때문이다. 그러나 그는 이런 사실을 하나도 몰랐다. 그는 김 여사가 순순히 응하니 이번 여행이 이루어지기만 하면 프러포즈를 하여 일이 잘 풀릴 것이란 생각을 하였다.

"자~ 그럼 내일 모래 3일간 여정으로 갈 터이니 준비를 하세요. 방은 2개를 준비할 터이니 염려 안 해도 됩니다, 출발은 내일 아침입니다."

"…"

긍정도 부정도 안 하는 것은 신호가 긍정이라는 뜻이다. 착각은 자유일 수 있지만 내일 10시에 출발하자고 하였으니 기다려 보자.

다음날 이곳에서 가깝고 유명한 송지호 해수욕장이 있는 송지호 리조트로 갔다. 이층이 베란다 전망대가 있어서를 출입하기에 좋아서 이층을 예약했다. 둘은 한숨 놓았다는 안도감 속에서 베란다에서 맥주를 시켜놓고 먼 바다를 펼쳐 보았다. 오늘에야 둘은 겨우 서로의 얼굴을 자세히 살펴 볼 수 있었다. 그동안 바쁘기도 하였지만 일에 열중을 하여 생각이 딴 데 있었기 때문이다. 그는 맥주를 앞에 두고 가벼운 대화로 그동안의 수고를 위로 하였다. 나름대로 고생담이나 주변잡기를 이야기 하는데 김 여사를 살펴보니 틈틈이 무언가 생각에 잠기는 것 같았다. 그동안 김 여사는 스스로 그를 무척 어려워하였다.

그녀는 과거로 거슬러 올라가면 과거 사장의 고향 초등학교에 첫 번째로 부임한 일이 있었다. 그때 사장은 제대 휴가를 나왔다. 어느 날 여동생의 학교생활을 알아본다고 면회를 한 것이 인연이 되고나서 과거사가 생겼다. 그러던 어느 여름날 하루 근무가 끝날 즈음에 학교에 찾아와서 시간을 가지자고 하였다. 그녀는 그가 너무나도 유명한 기대주라는 것을 동네사람한테 들어서 자기처럼 초등학교 근무하는 사람은 감이 넘볼 수 없다고 생각했었다. 그렇지만 둘은 남의 눈을 피할 수 있는 저녁 밤을 택해서 시골 논두렁을 정답게 거닌 일이 있었다. 이때가 여름 방학이라 만물이 한창 성장할 때다. 휴가 중 거의 매일 저녁 밤 들판에서 사랑을 나누었으며 포옹까지도 자주 하였다. 그리고 사랑이 한창 무르익을 무렵 휴가가 끝나 유진은 복귀를 하였다. 그러면서 미래를 약속했다. 김 여사는 이것이 실천 되리라 철석 같이 믿었다. 그리고 그가 제대했을 때는 김 여사는 이미 발령이 고향인 성주로 나서 그녀는 그를 그리워하며 연락하리라 믿으며 긴 세월을 보냈다. 그러다가 부모님 성화에 결혼하였더니 성격이 고약하고 서로 맞지 않아 일찍 헤어졌다. 그로부터 그녀는 인생 회의를 느끼고 모든 것을 버리고 동해안을 따라 북상하며 마음을 달래며 시간을 보냈다.

그랬던 그녀가 이번 해수욕 시즌에 김 사장을 알게 되었고, 김 사장의 숙소 일을 하던 중에 손님과 김 사장의 깜짝 놀랄 대화를 들게 된 것이다. 손님은 사장과 초등학교 때 헤어져서 전연 처음 만나 전혀 기억이 나지 않는 사이였다. 단지 말씨로 서로가 이웃에 있었다는 것을 알게 된 것이다. 기가 막힐 인연이었다. 김 여사는 이런 내용을 오늘 탁자에 올릴까를 생각에 잠긴 것이다. 이제 남은 것은 그 당시 사랑했던 그 남자가 맞는가를 확인 하는 문제였다. 오래된 일이라 가슴이 조마조마하였다.

"김 여사님! 어디 언짢은 일이 있습니까? 오늘 말이 별로 없네요."

"아~아~ 아네요. 그냥 추억에 잠겨 보고 있습니다."

"무슨 추억~ 나 좀 들어보면 안 되나요?"

"혹시~ 제 모습 기억나지 않나요?"

"글쎄요. 전혀 감을 잡을 수 없는데요. 혹시 대구서 학교 다닐 때 만났나?"

"저를 보고 자세히 기억하세요."

"글쎄요. 아주 오래되었으면 모르지만.. 그렇지 않으면 웬만하면 기억할 텐데. 자꾸 나를 애타게 하지 마세요. 당신이 맏며느리 감이라는 것은 이미 알고 있어요."

"자꾸 빗나가네요. 그러면 당신 여동생 초등학교 담임선생하면 생각나요?"

"아~그때 학교에 여동생 때문에 찾아간 여선생은 있었어요. 혹시 당사자인가요?"

"네. 그래요. 사실 나는 초등학교 때 사장님 여동생 담임선생님 이었습니다. 나는 지금도 당시의 추억을 가슴에 품고 있습니다."

"아~ 그 때 그 사람! 이제 키워드가 풀렸습니다. 당시 우리는 같이 동네 앞 계단식으로 생긴 논두렁길을 이슬을 맞으며 밤새도록 사랑을 나누었지요. 그리고 한 여름이라 논은 묘목이 한참 자라고 있었고 풀벌레 소리는 물론 개구리 합창음도 짓궂을 정도로 들었지요. 장본인이 맞나요?"

"이런 기억은 나지 않나요? 잡초에 이슬이 맺혀서 나의 손수건을 깔고 같이 앉아서 장래를 논했지요."

"아~ 기억나지요. 하여튼 감회가 감개무량합니다. 그런데 그때 어떻게 해서 연락이 끊겼지요?"

"나는 제대하면 사장님으로부터 연락이 있을 줄 알았는데 아무리 기다려도 연락이 없었어요. 그래서 실망을 무척 하였습니다. 물론 그 이전에 고향으로 발령이 났지만요."

"이렇게 만나게 되니 대단한 인연인 것 같습니다. 이야기를 들으니 다시 사랑이 싹 트네요. 나는 그때의 연정을 제대할 때까지 품고 있었는데 제대하고 나니 전근 갔네요. 그 때 마침 가정적으로 어려운 일이 생겨서 취직하는 것이 급했지요. 그리고 직장에 들어가니 그 세계에 파묻히는 신세가 되었지요. 흙 속에서 태어난 사람이 도시 권력에 순종하지 않으면 살아날 길 있겠습니까? 대단히 죄송합니다. 그러나 수많은 곡절 끝에 오늘이라도 만났으니 이산가족 만난 기분이네요."

이렇게 대화가 진행되니 가슴은 미어졌다. 그는 김 여사 곁으로 살짝이 다가갔다. 그리고 볼에 키스를 진하게 하였다. 그녀는 눈물을 글썽이며 결국은 울음을 감추지 못했다.

"선생님! 너무했습니다. 나는 우울할 때 얼마나 많은 날을 눈물로 기다렸는지 아세요. 집에서는 결혼을 하라고 아우성이고 나는 노처녀가 되겠다고 맞섰습니다. 결국은 학교 사표를 냈습니다. 부모의 강제에 못 이겨 마음에 들지 않는 사람을 만났는데 성격이 포악했습니다. 그래서 할 수 없이 별거 생활을 했습니다. 결국 2년 만에 이혼했습니다. 그로부터 지금까지 떠돌이 생활하고 있습니다. 나의 운명을 만든 것은 바로 당신입니다."

그녀는 서러워 그의 가슴에 안겨서 흐느끼고 있었다. 그도 따라서 눈물을 글썽거렸다.

"우리는 이때까지 참 사랑을 찾아서 긴 세월을 걸어왔습니다. 이제 눈물을 그치십시다."

이렇게 하여 눈물을 멈추고 바다 쪽을 바라보았다. 야릇한 운명에 정신은 멍할 뿐이다. 그래서 한참 이런 일 저런 일 살아온 일을 생각해보니 모든 것은 운명이구나 하고 생각하면서 인생에 대해서 다시 생각을 해 보았다.

"김 여사! 내가 살아온 인생으로 세상사를 생각해 보니 창조주가 인간을 만들었습니다. 그것도 복제 가능한 생명체를 말입니다. 이것은 창조주의 위대한 발명품입니다. 그런데 창조물은 수만 가지가 넘습니다. 이렇게 만들어진 창조물은 약한 것을 먹고 살도록 하여 생명의 영속성을 가지도록 하였습니다. 우리는 그러한 고리의 한 부분에 속하는 것입니다. 그 중에서 인간은 특별나게 만들었습니다. 생각하는 생명이 생각을 무기로 창조주가 만든 기능에 의하여 생명을 태어나게 하기도 하고 또한 삶의 과정을 마치게 하기도 합니다. 그 과정은 여러 갈래입니다. 나는 이 과정을 운명이라 합니다. 젊을 때는 긍정적, 적극적 사고방식, 노력이 인간의 원동기를 돌립니다. 그러나 나이가 들면 운명이란 말로 생각 방식을 가지게 됩니다. 즉 팔자, 운, 행운 등 말입니다. 이런 창조주의 짓궂은 장난에 의해서 인간을 가혹하게 연단(演壇)하고 마지막에는 창조주가 만들어 놓은 그물에 의해서 한 세상을 회수해 갑니다. 결국 우리는 운명의 수레에 의해서 마음껏 돌아가다가 운명에 순응하여 이 세상을 떠나는 것입니다. 아무도 운명을 거역할 수가 없습니다. 너무 허망할 때가 있지요?"

"그리고 보니 운명의 고리에 의해서 우리는 연결 되어 있군요. 그렇게 생각하니 무슨 원리라도 발견한 것처럼 가슴이 후련해졌습니다. 어떻게 그런 경지까지 생각하게 되었습니까?"

"진실한 사랑이란 무엇이며 인간의 생명이란 무엇인가를 생각하면서 찾아낸 것입니다. 물론 인간들은 각자가 가진 진리에 의해서 고유의 생각을 갖고 있지요."

"이제 그만 잠자리에 듭시다. 어느덧 새벽이 되었습니다."

"아닙니다. 오늘은 사장님과 별거하겠습니다. 나의 마음을 가다듬기 위한 것입니다."

독백

어릿광대 시절이 아름다웠는지 오랜만에 만난 남자는 낯설다. 이 남자를 사랑하고 운명에 의해서 많은 길을 돌아서 그런지 지금은 먹먹하기만 하다. 가난한 집안에서 태어나서 교육대학을 겨우 졸업을 하고 첫 부임지에서 기대주 남자가 어두우면 자기 방을 찾아온 그 남자 나의 가슴을 흔들었다. 시골에서 만난 논두렁에서 사랑을 나누고 가슴이 한동안 터졌는데 인연이 닿지 않아 유배당했다. 그곳에서 부모강요에 의해서 처녀의 가슴은 흔들려 다른 길을 갔다가 되돌아왔다. 나는 오늘 옛사랑을 생각하며 같이 잠자리를 하자고 하였지만 내가 잠깐 더럽힌 몸에 대해서 잠시 자숙을 하려고 하였다. 오늘 밤을 기도로서 보내고 마음을 비운 후에 남편과 같이 잠자리를 가지는 것이 좋을 듯하였다. 나는 오늘 밤을 눈물 반 치유 반으로 보낼 작정이다. 이로서 모든 독백을 하고 나를 이해해 주는 남편과 사랑을 나누고 싶다.

그는 홀로 자면서 파도소리를 들었다. 아니 파도소리를 세었다. 김 여사와 처음 만난 날은 언제쯤이며 무슨 아름다운 일이 있었는가를 머리에서 꺼내보려 하였다. 그리고 사르르 잠들었다.

다음날은 모처럼 늦게까지 푹 잤다. 아침 샤워를 하고 외출 준비를 하였다. 그는 강희를 둘러보았다. 그리고 다시 한 번 정열의 키스를 하였다. 외출 준비를 하여서 밖에 나오니 마땅한 식사집이 있었다. 식당에 들어서니 구미에 당기는 값 비싼 아구찜이 있었다. 식사를 마치고 나와서 해안가를 바라볼 수 있는 찻집으로 갔다. 커피를 시키고 아침 기분이 어떠냐고 물었다. 강희는 오랜만에 지금도 꿈꾸고 있다는 생각이 든다고 하였다. 강희에게 묻고 싶은 것은 물어보라고 하였다. 그러나 질문할 것이 없다고 하였다. 그래서 대화를 잇기 위해서 어릴 때 짓궂었던 이야기를 하나 하지하면서, 이야기를 계속하였다.

어릴 때 나는 착하게 행동한 기억만 남았었는데 나중에 언뜻언뜻 생각해
보니 깍쟁이 같은 짓을 제법 한 것 같았다. 한번은 내가 졸업했고 당신이
근무하던 초등학교 앞 도로에는 가로 지르는 도랑이 하나 있었다. 도랑에
물이 흐를 때는 자동차가 지나가면 물이 튕겨서 길은 온통 흙탕물로 되어
도로를 지저분하게 하였다. 그리고 차가 도랑 때문에 잘 가지 못하니 항상
엔진 소리가 귀에 거슬렸다. 더구나 화물차가 자주 지나가서 굉음을 내니
짜증이 더 났다. 그래서 친구와 상의를 하니 차를 못 가게 애를 먹이자는
의견의 나왔다. 이때는 학교에서 밭에 나가 실습하는 시간이 있어서 오늘
이 실습 날이라 집에서 괭이를 가져왔다. 안성맞춤이다 싶어 우리는 괭이
로 도랑에 홈을 깊이 파기로 하였다. 화물차가 자주 지나가니 학교 쉬는
시간을 계산하여 재빨리 도랑을 깊이 팠다. 그것도 진행 방향에 급경사지
도록 하였다. 그러다가 저 멀리서 화물차가 오는 소리가 들려 우리는 교실
로 도망갔다. 친구와 나는 어떤 결과가 나올까 싶어서 가슴조려 기다렸다.
조금 있다가 화물차가 '윙'하고 가려 하였으나 가지 못했다. 다시 뒤로 후
퇴를 하려니 휭~하고 가지 못해서 조수와 탄 사람이 밀었으나 나갈 수가
없었다. 그래서 운전기사가 차에서 내려 어떤 놈이 이 짓을 했느냐고 하면
서 학교로 와서 야단을 치는 것이다. 우리는 모른 척 하고 마음 조리고 있
는데 다시 내려가더니 삽으로 도랑을 매우고 돌까지 채워서 겨우 지나가
게 되었다. 처음에 시작은 호기심으로 하였으나 막상 일이 터지니 가슴이
두근거려 후회했다. 인생은 이렇게 사는 모양이다.

"어때? 선생님! 시사하는 바가 많지요?"
"나는 지금은 선생님이 아닙니다. 아내가 될 사람입니다. 호호~"
"아~그러고 보니 깜박했네요. 지금까지 이야기 한 것은 내가 초
등학교에 다닐 때 일어났던 일이고 내가 그 학교를 졸업한 후 당신
은 그 학교에 근무했다는 인연을 살펴본 것입니다. 그러다가 세월

이 지나 다시 연결된 운명이 신기하다는 것을 강조한 것입니다."

"그러고 보니 학교 다닐 때 남의 애를 태우는 깍쟁이였네요. 호호."

"아닙니다. 이래 봐도 양 같이 순합니다. 또 하나 이야기할 사실이 있습니다."

"뭔데요?"

"나는 제대하고 남산센터라는 직장에 나갔습니다. 직장에 한 여성이 있었는데 서로 짝 사랑하는 사이가 되었습니다. 3년 정도 서로 갈등을 하다가 직장을 떠났지요. 나중에 돈을 버는 것이 중요하다고 생각하여 사업에 뛰어들었는데 고생을 죽도록 하였습니다. 결국 시련을 이기고 나름대로 돈을 크게 벌었습니다. 그런데 공교롭게도 그 여성은 가정이 파산되고 중병도 앓았다며 치유를 하고 나를 찾아왔습니다. 나보고 도와 달라고 하여 옆방을 하나 빌려주었는데 결국은 동거생활로 들어갔습니다. 한 2년이 되었지요. 그러다가 여자가 외도를 해서 강남에 있는 집을 버리고 헤어졌습니다. 그리고 방황생활을 하는데 재원인 여직원이 접근하여 겨울 설경이 가득 찬 곳으로 떠나자고 하여 그렇게 하기로 하였습니다. 물론 부동산 가게를 아예 정리하고 겨울 여행을 떠났던 것입니다. 사실 서울이 피곤해서 아예 떠나고 싶었습니다. 정선에 가서 겨울 동안 같이 지내면서 과거를 날려버렸습니다. 겨울이 지나고 여직원은 처음에는 같이 살자는 뜻이었는데 마음이 변해서 공부하러 외국 간다고 하였습니다. 그래서 우리는 미련 없이 헤어지고 나는 화진포로 온 것입니다."

"아~ 그랬었군요. 다방에서 대충 들은 것은 있는데 오늘처럼 생생하게 이야기한 것은 처음입니다."

"당신은 남자를 잘못 만나서 헤어졌고 머리를 쉬기 위해서 동해안을 따라서 북으로 온 거라 하였지요?"

"그런 셈이지요. 그리고 보니 지구를 한 바퀴 돌다가 서로가 인연이 닿은 것 같네요."

"이제 서로 과거를 알았으니 날 잡아서 결혼식을 합시다. 장소는 화진포 해수욕장 모래밭이 좋을 것 같고요. 간이식으로 하지요."

"그러면 결혼 신청을 하신 건가요?"

"예~ 그렇지요. 받아 주십시오."

"좋아요. 나도 찬성입니다. 계획을 서두릅시다."

그러면서 둘은 진한 키스를 하였다. 바람을 맞으며 치맛자락을 휘두르며 한 폭의 그림자를 만들었다. 정말 감격스런 순간이었다. 가슴이 떨렸다.

"신혼여행은요?"

"울진 덕구 온천으로 갑시다."

"우리 백년가약을 위해서 손가락을 겁시다. 자~ 손도장 뚝 찍읍시다."

첫 연인 만나 결혼식

둘이는 다시 해안가를 거닐면서 결혼식 문제를 이야기하였다. 간단하고 경비 적게 들어가고 기발한 방법이 없나하고 같이 심사숙고를 하였다.

"아~모래밭에서 스피커로 서로 좋아하는 노래를 틀도록 합시다. 스피커 가게는 내가 이 동네 오래 살았으니 결혼식 사회와 스피커 대절을 같이 부탁하면 될 것 같습니다. 그리고 손님 식사는 뷔페 식당에 부탁하여 해안가 곁 평지에서 뷔페식으로 주문합시다."

"그 다음에 초대 손님이 걱정되네요. 부모는?"

"아버지와 어머니는 살아 계시는데 너무 오래 만나지 않아서 서 먹하네요. 내 생각 같아서는 아기 하나 놓고 친정을 찾아가서 사 죄하고 인사하면 모든 것을 용서할 것입니다."

"그런 문제가 있군요. 나도 그런 점이 마음에 걸립니다. 어려운 환경에서 객지생활을 하다 보니 부모와 정은 멀어졌습니다. 어린 동생도 있고, 그동안 가정을 돌보지 못해서 고생하는 것을 생각하 면 먼 곳까지 느닷없이 오라고 할 수도 없습니다. 내가 원래 사업 하는 것이 제대로 되었으면 화목했을 텐데 크게 실패 하다가 뿔뿔 이 흩어졌습니다."

"그리고 하객은 이 동네서 아는 분들을 초청하면 될 것 같고 당 일 해수욕 온 사람과 구경 온 사람도 초빙하고 이웃 사람을 초빙하 면 조촐한 결혼식이 될 것입니다."

"그렇게 머리를 짜니 나름대로 훌륭한 결혼식이 될 것 같습니다. 그리고 주례 없이 결혼식을 하고 결혼선언문은 문답식으로 합시다."

"참 멋있는 아이디어입니다. 우리들의 결혼식은 동해를 건너서 펼쳐나갈 것입니다. 날짜는 10월 1일로 합시다. 청첩은 가까운 곳 에 방(放)으로 알리면 될 것 같습니다."

12시에 결혼식을 마쳤다. 음식 처리는 식당에 맡기고 주변 관리 는 아줌마한테 부탁을 하였다. 그리고 둘은 덕구온천리조트로 렌트 차로 신혼여행을 떠났다. 호텔에 도착하여 가방을 호텔 방에다 옮겨 놓고 주변 풍경을 둘러보았다. 우선 부부 탕에 가서 사우나를 하고 저녁 식사를 하고 들어왔다. 그리고 베란다로 나가서 마주 앉아 포도주를 한 잔씩 주문하였다. 이제 정식 부부가 되었으니 당신이라 해도 좋고 자기라 해도 좋다고 말을 꺼냈다.

"당신 종교를 가지고 있어? 무교?"

"전에 기독교에 조금 나가다가 요사이는 나가지 않아요. 당신은요?"

"나도 그런 정도야. 열심히 나가는 것은 정말 어려워."

"왜요?"

"이것저것 떠돌이 생활 하다가 보니 정착이 안 되서 그런 모양이야."

"그것도 마음이 안정 되고, 특별히 가정이 안정 돼야 가능할 수 있을 것 같아요."

"대부분의 사람은 불만족 하지만 신앙심을 갖고 싶어 해. 불완전한 인간의 의지심이겠지."

"그런데 그런 문제에 대해서 수락산에서 신도 두 사람과 누나와 넷이 대화를 나누었는데 그날 이야기를 한 번 해볼까? 사업이 망해서 방황하던 중에 교회행사를 따라가서 신도와 대화를 나눈 일이 있어."

"그 이야기 좀 해 봐."

"내가 이야기 하는 것은 종교를 확신하지 못하는 입장에서 이야기 하는 거야. 앞에 설명한 것 하고 조금 다른 현실적인 이야기를 간단히 하는 것이지. 그래서 제목을 '종교는 완전하지 않다. 그러나 신은 완전하다'는 의미에서 이야기 하는 것이야."

따뜻한 봄날 신도 한 무리와 지인들 셋이 수락산에 올랐지. 내려오는 길에 우리는 산기슭에 자리를 함께 하며 종교토론을 하게 되었어. 토론이라기보다는 '나의 견해'라 하는 편이 낫겠다. 좌로부터 신도. 최 선생, 서 선생 이렇게 탁자에 함께 앉았다.

유진 : 형님! 두 분 장로가 계셔서 이야기 하는데 과학자가 이때까지 밝힌 것은 이러합니다. 지금부터 약 150억 년 전에는 우주에는 조그마한 크기의 물질이었는데 이것이 어느 날 폭발물이 터지듯이 순식간에 폭발이 일어났습니다. 그리하여 가스 상태가 되어서 이 가스는 사방으로 퍼져나가게 되었습니다. 사방으로 퍼져나간 가스는 그룹을 지어서 수많은 부분이 뭉치게 되었습니다. 뭉친 것은 서로 서로 인력이 작용하여 더 작게 뭉쳐지게 되었으며, 그들 중에 하나가 지구며 지구는 태초에 뜨거운 불덩어리였습니다. 그러다가 보니 지구 내부에서는 각종 가스가 분출하여 지구의 둘레를 덮었습니다. 이러한 상태에서 천둥 번개가 치고 이들이 비가 되어서 계속 땅위에 떨어졌습니다. 이 비는 땅을 적셔 낮은 곳으로 흘러내려 오늘과 같은 바다가 되었습니다. 그러다가 지구는 식어 어느 날인가부터 생명이 탄생하게 된 것입니다. 생명이 생긴 것은 바다 속에서 먼저 생겨났고 바다 속의 생명이 육지로 옮겨 나와서 진화하여 지구상의 여러 생명이 생겨난 것입니다. 이 과정을 우리 인간은 모릅니다. 창조주의 핵심 아이디어가 발전하여 수많은 생명이 생겨났다고 봅니다.

최 장로 : 흥미 있는데….

서 장로 : 창세기를 보면 양의 빛이 있고 음의 빛이 있어. 하나님이 태초에 우주 만물을 창조할 때 이 두 가지의 빛을 만들고 모든 생명을 만든 것이야. 하나님이 인간과 중간단계서 천사 셋을 만들었어. 그 중 하나가 하나님을 거역하고 달콤한 세계로 넘어갔는데 이들이 우주 구석구석에 퍼져

있게 되었는데 이들이 바로 사단이야. 즉 악령이야.

유진 : 원시 시대는 자기들의 삶을 유지하기 위해서 수많은 신들을 섬겼습니다. 그런 것들은 태양의 신, 물의 신, 서낭당, 조상신 등 이루 헤아릴 수 없이 많습니다. 기독교는 이러한 신들을 정복하고 세력을 넓힌 것입니다.

서 장로 : 하나님이 여러 신들을 정복한 것이 아니라 애초에 존재하고 있었지. 잡신들도 하나님에게서 분파되어서 생긴 것이야.

유진 : 예수님 당시에는 억압받는 역사적인 배경이 있었습니다. 이때 예수님이 많은 사람에게 말씀을 전파하니 그 말씀이 폭발적으로 인정을 받게 되었습니다. 그래서 그 말씀이 힘을 얻어 서방으로 전파되게 된 것입니다. 예수님의 말씀은 순교자에 의해서 동 지중해 연안의 많은 지역에 전파되었고, 그 결과 기독교를 박해하던 로마도 기독교를 인정하게 된 것입니다. 결국은 이들 신을 믿는 많은 사람들이 기독교 신앙으로 흡수된 것입니다.

최 장로 : 성경 공부를 많이 한 모양인데 교회에 나가서 각종 활동도 하고 우리 교회에도 나와서 같이 신앙생활을 하시지요. 그 좋은 달란트를 발휘하여 교회에서 더 존경 받는 위치에 오르도록 열심히 하시지요.

유진 ; 옳은 말씀입니다. 솔직히 말해서 삼시 세끼를 해결하지 못하면 신앙생활이란 어렵습니다. 경제 걱정을 하는 상황에서는 신앙생활이 어느 누구에게도 어려울 것이라는 것을 다들 이해 할 것입니다.

누나 : 말하는 것 보니 너무 완벽하여 말을 못하겠다. 어디서 그렇게 공부를 했어.

유진 : 그런데 여기서 첨가하고 싶은 말은 생명의 역사와 탄생을 이야기하였지 생명 자체의 탄생을 설명한 것은 아닙니다. 생명의 탄생과 소멸의

경지에 들어가면 바로 신의 영역이란 뜻이지.

"좋은 이야기를 들었어. 보통은 무작정 종교를 가지려고 하는데 기초라도 알고 믿으면 좋지."

"우리가 살아가는데 이를 참고할 필요는 있어. 너무 종교를 도외시 하는 것도 인간의 도리가 아니라는 생각이 들어."

"알았어~ 밤이 너무 늦었어. 우리 잠자리로 가. 첫날밤의 황홀함을 꿈꾸고 싶어."

이제 우리는 서로의 과거를 거의 다 알아서 다른 의심을 가질 필요가 없었다. 오랜만에 둘은 폭신한 침실 안으로 들어갔다. 오래 억제된 정력 때문에 가슴은 두근거렸다. 그녀는 그이 품에 꼭 안겼다. 그녀는 눈물을 흘렸다. 지난 과거가 너무 험난했는데 이제 희망을 맞이하니 감격스런 모양이다. 격한 포옹이 끝나니 둘은 구름 위에 잠든 것 같았다. 구름 이불 속에서 새벽잠이 찾아왔다.

신혼여행이 끝나고 난 후의 이들 내외는 매일 매일의 생활이 행복했다. 주로 아내가 고생을 많이 하였다. 남편은 창작 생활을 주로 하였다. 집안이 항상 정돈되고 고객도 많이 찾아왔다. 그러다가 남자 아이를 하나 낳았다. 이제 늦었지만 애기 키우는 재미로 살 것이다. 그는 가끔 취미로 수채화를 그렸다. 그리고 전에 미완성 된 채로 버려진 자서전 원고를 꺼내서 손수 자전적 소설을 완성해 나갈 것이라 마음먹었다.

뜻밖에 만난 딸

한편 혜은은 역삼동 집을 처분하고 안동으로 내려가서 여자 아기를 낳았다. 누구 아기인지 몰라서 미혼모 자격으로 자기 앞으로 입적하여 살았다. 서울의 주택을 처분한 것과 예금 일부로 충분히 부양할 수 있었다. 직장을 나갈 수 있었으나 부양 관계상 집에서 생활을 하였다. 아기 이름은 혜숙이라 지었다. 서울의 친구도 멀리 있으니 만나기가 어려웠다. 아기에게 완구도 사주고 글자도 가르치면서 하루하루를 아이를 돌보는 재미로 살았다. 혼자 몸이라 이웃과 어울릴 때 질문이 나오면 남편은 외국에 돈 벌러 나갔다고 하였다. 그런데 아이가 커 가면서 아버지를 찾았다. 그래서 그럴 때 마다 외국에 돈 벌러 갔다고 하였다. 돌아오면 선물을 많이 사온다고 하였다. 처음에는 그럭저럭 달랬으나 나이가 5살이 되니 동네 아이들이 놀린다고 하면서 더 성화였다. 아이는 똑똑하였다. 하도 외국에 어디 갔느냐고 물어서 이제 거짓말 하는 것도 바닥이 났다. 원래는 그녀가 잘 키워서 같이 살려고 하였는데 아이의 성화에 점점 양육에 자신이 없어졌다. 자기의 과거가 불륜이 많아서 억지로 데리고 살 수는 없었다. 결국은 친 아버지를 찾아주는 것이 도리라 생각을 하였다. 며칠 간 고민을 하다가 결국은 친 아버지를 찾아서 돌려주고 싶었다. 그런데 잠자리를 한 사람이 두 사람이니 어느 사람의 딸인지 알 수가 없었다. 가장 유력한 후보는 유진이었다. 오랫동안 동거생활 했기 때문이다. 그래서 해결방법으로 유전자 감식을 하기로 하였다. 그래서 일단 전 남편의 유류품에서 모발을 찾아냈다. 우선 아는 대학에 가서 상담을 하고 감식 의뢰를 하였다. 얼마 있다가 결과가 나왔는데 이혼한 유진이가 친부임이 확인되었다. 친부 확인이 되니 궁금증이 풀려서 후련하였다. 막상 돌려준다고 생각하니 고민이 되었다. 유진이 혜은이 보고 다시는 찾지 말라고 부탁을 하였는데 직접 갈 수는 없었다. 그래서 대신 사람을 보내야할 판이었다. 며칠을 고민하면서 심사숙고해 보았다. 이제 노처녀가 되었는데 재혼을 하여 일생을 생활한다는 것은 심적 부담이 클 것 같았다. 그리고 아이가 이제 철이 들어서 아버지를 찾는데 억지로 혼자 양육하기에는 험난을 자초 할 것 같았다. 오히려 친아버지가 더 교육을 잘 시킬 것이라 믿었다. 그리고 스스로는 해방된 자유를 만끽하는 것이 좋을 것 같았다. 그래서 결심하기를 이 아이를 유진에게 보내고 그녀는 수녀로 귀의하고 싶었다. 그리고 보니 딸을 유진에게 보내더라도 받아줄 것인가도 걱정이었다. 며칠간 이런 걱정 저런 걱정을 하였다. 이때 친구라도 만나서 상담을 하면 좋겠지만 그동안 지인과 소식이 끊고 산지 오래되어 마땅한 사람이 없었다. 이런 가운데 일단 유진의 주소지를 찾아보기 위해서 경찰서를 찾아가서 알아보았다. 한 달 정도 기다리니 동해안 해안가에서 가정을 이루고 산다는 것을 알았다. 그런데 아이를 어떻게 보낼까도 문제는 여전히 남았다. 참 머리가 복잡하였다. 대신 보낼 사람을 찾으려 하여도 말 잘하는 여자를 찾아야 되었다. 그렇게 생각을 하다가 대구에 산다는 친구 하나가 생각이 났다. 이 친구를 통해서 이 아기를 보내면 좋겠다고 생각을 하였다. 집으로 전화를 하여 출가한 집 전화를 알아서 겨우 서로 연결이 되었다. 눈썰미가 좋은 이 친구를 보내면 안성 마침이다. 친구 경숙이는 고등학교 때 옆 자리에 앉아 지내서 친했기 때문에 도와 줄 것 같았다. 아침에 경숙에게 전화를 걸었다.

"여보세요."

"말씀하세요."

"경숙 씨 집이 맞나요?"

"맞는데요. 아~ 나 혜은이야."

"혜은이? 정말 오랜만이구나. 어떻게 지내?"

"그냥 잘 지내. 안동에서 살아. 그런데 한 번 만나."

이렇게 하여 둘은 지나온 이야기로 수다를 떨다가 대구에서 만나기로 하였다. 동대구 호텔에서 만나기로 하였다. 혜은은 먼저 와서 커피숍에서 초조하게 기다렸다. 드디어 경숙이가 나타났다. 오랜만이라 반가워서 일어섰다.

"어마나~ 어떻게 지냈어."

둘은 몰라볼 정도로 변했다. 동창회 때 한 번 만났는데 한 9년은 되는 것 같았다.

"어떻게 산다구?"

"서울에서 살다가 서울을 멀리하고 안동에서 살아."

"딸 하나 데리고 산다구 하였지. 딸을 어떻게 한다구?"

"사실 나는 수녀원에 들어가서 하느님을 섬기며 살고 싶어. 나의 인생이 너무 기구해서 곰곰이 생각해 보니 그곳에서 나머지 삶을 사는 것이 보람 있을 것 같아."

"어마나! 그냥 혼자 살면 안 돼? 아니면 재혼하던지."

"부모가 파산해서 풍비박산이 되었고, 나도 중병인 암에서 겨우 헤어났는데 이 세상을 신경 쓰고 살고 싶지는 않아. 게다가 노처녀가 다 되었어. 내가 가진 재산도 사회에 기부하고 싶어. 딸 혜숙이만 친아버지 곁에 가서 잘 살게 하는 것이 나의 임무라 생각해."

"네가 정 그렇게 생각한다면 내가 어떻게 도와주면 좋겠어?"

"마침 부탁하고 싶은 말이야. 꼭 들어줘야 돼. 내 딸 혜숙이를 강원도 화진포에 있는 화포리조트 사장한테 꼭 전해 주는 거야. 헤어진 지 6년이 다 되어서 딸이 있는지는 꿈에도 생각 못 할 거야. 그래서 지금 늦게야 내가 이야기를 하면 모른다고 할 거야. 그 남자는 예쁜 여자의 말은 들어줄 수 있을 거야. 그래서 생각해 보니 네가 안성맞춤이야. 너는 내 성격도 잘 알고 있지? 이런 일은 아무한테 부탁을 못하는 거야. 수고비는 넉넉히 줄 게. 가면 하룻밤은 필요할 거야."

"듣고 보니 딱하구나. 그런 큰 일이면 내가 남편한테 가서 허락받고 올게. 남편은 이해심이 많아 외출을 들어줄 거야. 집에 갔다 올게. 내일 안으로 준비해 놓아. 내일 안동역에서 10시경에 만나는 걸로 해."

혜은이는 경숙 친구와 혜숙이 옷을 한 복으로 준비를 하였다. 10시에 안동역에서 경숙이를 만났다. 곁에는 혜숙이가 있었다. 둘다 준비한 한복을 한복집에 가서 입혔다. 그리고 미장원에 가서 머리도 하였다. 혜은은 경숙에게 봉투 하나를 전해 주고 화진포서 유진이를 만나면 건네주라고 하였다. 이 속에 유전자 감식표, 위임장, 입양에 필요한 서류가 다 들어 있다고 하였다. 어떤 일이 있어도 유진이를 설득하여 경숙이를 넘겨받도록 하라고 신신 당부하였다. 혜은은 딸에게 마지막 인사를 하였다.

"너는 지금 아빠를 만나러 간다. 가면 돌아오고 싶어?"

"다 크면 돌아오고 싶어. 지금은 아빠 곁에서 살 거야."

"그래~ 그때는 엄마가 어떻게 될 줄 모른다. 아빠 말 잘 들어."

이렇게 말하며 울먹였다. 딸과 경숙이는 터미널로 마지막 떠나는 길에 혜은은 딸과 서로 이별의 키스를 하였다. 혜은은 딸을 껴안고 마지막 통곡을 하였다. 봉투 안에는 이런 내용도 있었다. 별지를 동봉하니 살펴주시기 바랍니다.

사랑했던 유진 씨에게

우선 하느님께 간단히 기도를 드립니다.

마리아, 자비의 어머니시여,
저희가 하느님의 빛 안에 머무르며 어디서든 하느님의 사랑을 나누며
저희의 삶의 여정에 함께 하여 주소서.

기도를 마쳤습니다. 유진 씨에게 이 편지를 드리는 것이 마음 무겁습니다. 직장에 처음 근무할 때 유진 씨는 무척 성실했습니다. 기품도 좋았습니다. 그래서 마음이 끌렸지요. 그래서 유진 씨가 나를 리드하기를 원했으나 둘 사이서 그렇게 되지 않고 어긋장이 났습니다. 그래서 기껏 생각한 것이 옛 학교 선배 김 정인과 데이트를 하였지요. 유진 씨가 눈치 챌 분위기를 만들어서까지 말입니다. 그랬더니 유진 씨는 질투를 하지 않고 혼자 고민을 하는 것 같았습니다. 그러다가 한 번은 정인을 같은 부서에 임명시켜서 질투를 유발시키려고까지 하였습니다. 그러나 그것이 오히려 나의 연인이 이미 있다고 생각을 하고 유진 씨는 돌아섰습니다. 나는 이런 상황을 막으려고 수 없이 눈빛을 주었지만 모든 것은 허사였습니다. 그래서 우리는 모

든 것을 체념하고 마지막 대화를 남기고 직장을 떠났습니다. 결국 인연이 없다는 것입니다. 그러다가 다시 우연한 기회가 와서 동거생활을 하였는데 내가 억세서 그런지 아니면 잠자리가 불편해서 그런지 둘은 관심이 멀어졌습니다. 그렇게 무료한 가운데 여직원인 숙희가 유진 씨가 바람피운다는 이야기를 듣고 나서 화가 와락 났습니다. 그래서 이 문제를 가지고 옛 연인인 정인과 상담을 하다가 보니 그와 내연녀 사이로 변해서 허전한 마음을 채웠습니다. 결국은 불륜을 저지른 죄인이 되었습니다. 그동안 필리아 우정과 에로스 사랑을 조화 있게 베풀어야 하는데 나는 어쩌다가 보니 에로스 사랑 쪽으로 기울어진 삶을 향유한 것입니다. 이로 인해서 유진 씨는 단칼에 집을 떠나고 나는 회오(悔悟)의 나날을 보냈습니다. 그러다가 인생을 정리하고 새로운 자유를 찾아본 것이 수녀원 생활이었습니다. 수녀들은 대부분 기존의 옷을 벗고 새로운 옷을 입어 새로운 삶의 방식으로 살기 때문에 생각보다 자유롭습니다. 따라서 나는 개인적인 삶을 포기했다고 생각하지 않고 오히려 완성하고 더 자유롭게 살고 있다고 느낍니다. 그래서 이미 수녀원에 입교 절차를 밟았습니다.

그리고 보내는 사람은 친구인 경숙이며 나를 위임하여 보내오니 딸 혜숙이를 친자로 입양하여 행복하게 살기를 바랍니다. 내가 그동안 할 바를 제대로 못해서 속죄하는 바입니다. 살아가자면 우리는 온갖 역경에 부딪칩니다. 역경에 부딪칠 때나 감정이 격할 때 눈물이 솟구칠 때가 자주 있습니다. 그럴 때마다 신을 찾습니다.

신의 본질에 대해서 방황해 봅니다.

스스로 존재하셨던 하나님은 영계를 창조하였다. 천사들을 창조하셨는데 창조된 천사들도 영이었다. 하나님이 천사를 창조할 때, '자유 의지'를 주셨다. 평화롭게 지낼 수도 있지만 싸울 수도 있었으며 노래할 수도 있지만 악 쓰고 소리 지를 수도 있었다. 천사는 하나님에게 충성할 수도 있지만, 하나님을 배신할 수도 있도록 창조된 것이다.

하느님께서 자신의 형상대로 사람을 창조하기 시작하셨으니, 곧 하느님의 형상대로 사람을 창조하였다. 그분은 그들을 남자와 여자로 창조하였다. 하느님께서 그들을 축복하며 이렇게 말씀하였다. "생육하고 번성하여 땅을 가득 채우고 땅을 정복하여라. 바다의 물고기와 하늘의 날짐승과 땅에서 움직이는 모든 생물을 다스려라.

O월 O일 혜은 드림

마지막 정성들여 옷을 차려 입힌 혜숙은 경숙의 손에 넘겨지고 혜은은 그 이상 인사를 하지 못하고 집으로 돌아섰다. 경숙이도 따라서 슬프지만 꾹 참고 혜숙의 손을 잡고 버스에 올랐다. 경숙이가 입은 옷은 혜은이가 맞추어 준 옷이다. 머리도 미장원에서 새로 올린 머리를 하였다. 옷은 겉 무늬는 약간 얼룩진 미색이나 한 없이 미색에 가까운 미색이었다. 복사꽃을 생각한 계절을 연상했는지 모른다. 혜숙은 연 붉은 빛 무궁과 꽃 치마에 역시 머리는 빗어 올렸다. 둘은 오후 3시가 넘어서 거진 터미널에 내렸다. 그리고 경숙은 화포리조트에 전화를 하였다. 여자가 받았다. 여자는 깜짝 놀랐다.

"혹시 유진 씨 사장 댁이 아닌가요?"
"맞습니다만."
"바꾸어 주실래요?"
"어디신대요?"
"우선 바꾸어주세요. 대구서 왔습니다."
"잠깐만요. 여보 지금 처음 듣는 여자로부터 전화가 왔어요."

아내는 무슨 일인가 싶어서 깜짝 놀랐다.

"알았어. 바꾸어 주어."

"누구십니까?"

"혜은 친구입니다. 만나 뵙고 싶어서요."

"옛!? 어떻게 알고서 오셨는지요?"

"지금 버스 터미널에서 내렸는데 약 40분 있다가 화진포 이승만 별장 있는데 가 있겠습니다. 가서 기다릴 터이니 그 시간에 맞추어서 오세요."

"용건은 무엇인지요?"

"만나면 알 것입니다."

이 말을 듣고 도대체 무슨 일인지 궁금하기 짝이 없었다. 유진의 과거사는 위자료 또는 보상으로 다 끝나서 정리된 상태다. 지금 그는 도시를 피해서 귀촌해서 생활하는 사람이다. 무슨 일일까? 나도 모르는 족적을 남겼는가? 순간 이런 생각이 들었다. 은근히 걱정이 되었다.

"하여튼 가겠습니다."

경숙은 터미널에 내려서 혜숙이와 같이 택시에 올랐다. 운전기사에게는 웃돈을 줄 터이니 우리가 일이 끝나면 다시 터미널로 돌아와 달라는 부탁을 하였다. 그리고 혜숙에게는 이제 아빠를 만날 터이니 마음을 단단히 하여라. 네 아빠는 아주 훌륭한 분이란다. 나는 너를 아빠에게 손목을 넘겨주고 헤어지는 것이다.

"알아들었지?"

"예 알아들었어요."

"해변가라 마음껏 놀 수 있고 친구도 많이 사귈 수 있단다."

"아이~ 좋겠다."

이렇게 대화를 하다가 이승만 별장 앞에 택시가 섰다. 이승만 별장은 큰 호수 가운데 있다. 둘은 택시에서 내려 별장 정원으로 갔다. 그 자리서 경숙은 혜숙에게 이곳은 큰 호수이며 우리가 서 있는 곳은 우리나라 첫 대통령인 이승만이 쉬는 곳이라 이야기를 하였다. 이곳에서 북으로 조금 가면 북한이 있고 저기 보이는 곳이 동해 바다라고 하였다.

"아줌마 그렇게 북으로 왔어요? 신기하네요."

"그렇단다. 너의 아빠는 이곳에서 사업을 벌릴려고 준비를 하고 있단다."

"조용한 바닷가에 있는 모든 것이 신기하네요."

한편 유진이는 40분이 지나거든 도착하라고 하여 집에서 외출복에 단단히 신경을 쓰고 준비 하였다. 혜은이 친구이니 몸가짐이 조심스러웠다. 아내는 남편이 말을 하지 않으니 은근히 걱정이 되었다. 유진은 아내에게 무엇을 예감하였는지 어떤 일이 있더라도 현실을 받아드리라고 하였다. 지금 만나는 내용은 별 것이 없을 것이니 걱정하지 말고 설령 변화가 있더라도 사실 관계를 의심 없이 설명하겠다고 이용하였다. 그는 리조트서 천천히 이런저런 상상을 하면서 나섰다. 시간이 많이 남아서이다. 그리고 거진을 벗어나서 화진포로 향했다. 손목시계를 보니 시간 여유가 있었다. 길을 돌아서서 이승만 별장을 바라보니 어떤 여자와 아이가 있었다. 그는 상상 밖의 상황이 벌어져서 깜짝 놀랐다. 여자를 보니 옷은 미색으로 하고 머리는 현대 여성이 하는 올린 머리였다. 아이는 열 붉은 무궁화 무늬의 치마를 입고 있었다. 둘이 나란히 정원 주변을 바라보고서 대화를 나누고 있었다. 도저히 짐작이 가지 않는 모습이 나타난 것이다. 그러면서 잘못 본 것이려니 하고 서서히 별장을 향했다. 도착하였더니 몇 사람의 관광객이 있었고 아무도 없었다. 두리번거렸더니 오는 모습을 바라본 그 여자가 혹시 화포리조트 사장 아니냐고 물었다. 그렇다고 하였다. 화사한 옷을 한 미인이 쌩긋 웃으며 말을 거니 어리둥절하였다.

"저는 혜은이 친구입니다."
"아~ 그래요? 어찌 이곳 까지."
"나는 임무를 수행하러 왔습니다. 우선 안에 들어가서 앉읍시다."
"그러지요. 혜은 씨는 잘 있고요?"
"…"
"음. 우선 이 편지를 읽어보시지요. 다 읽으실 동안 우리는 바깥 풍경을 구경할 것입니다. 반시간 동안 밖에서 기다리겠습니다."

날씨는 싸늘한데 한참을 기다린다고 하니 무엇이 잘못 되었나 싶어 가슴이 출렁거렸다. 아주 중대한 내용이 있으니 잘 생각하라는 뜻인 것으로 들렸다. 어쨌든 휴게실 안에서 글자 하나하나를 다 짚어 가면서 읽어 보았다. 결론은 딸을 보내니 받아서 양육하라는 것이다. 그는 갑작스런 제안이라 어리둥절하였다. 판단이 서지 않았다. 현재의 아내의 입장을 생각해서 이런저런 일을 상상하면서 곰곰이 생각하였다. 편지 중에는 나에게 인생의 길을 가르치는 내용도 있었다. 아무리 갑자기 닥친 일이라도 가볍게 생명의 길을 저버릴 수 없었다. 더구나 혜은이는 수녀원에 가기로 결심한 마당에서 짧은 시간에 결심을 하지 않을 수 없었다. 음료수 한 컵을 하였다. 생명을 함부로 취급한다는 것은 세상을 황막하게 만드는 것이다. 그렇게 생각하자 눈에는 눈물이 글썽거렸다. 정들지 않았지만 이 딸을 받아들이자. 앞으로 잘 양육하자. 이렇게 결심을 하고 밖을 나왔다. 친구 분은 초조하게 기다리고 있었다. 한참을 나오지 않았기 때문이다.

"친구 혜은 씨를 헌신적으로 도와 주서서 감사합니다. 딸을 인수하겠습니다."

비장한 결심을 하면서 받아드렸다. 한 동안 짝사랑으로 나에게 수많은 화살을 쏘았으며, 그것도 다른 상대를 끌어드린 선정에 불탄 여성의 유전자를 가진 딸을 받아드리는 것으로 결심하였다.

"아~ 그래요. 장말 축하할 일입니다. 저도 감격하여 말을 잇지 못하겠습니다."
"딸을 이리 데리고 오세요."
"혜숙아~ 이리 오너라."
"이 분이 너의 아빠란다. 자~ 가서 배운 대로 인사하렴."
"아빠~ 인사드려요. 오랜 동안 보고 싶었어요."
"내 가슴에 안기렴."
"이제, 같이 사는 것이지요?"

"아하 똑똑하구먼 아무렴! 그렇구 말구."

그렇게 답하고 나서 눈에는 만감이 교차하여 그는 눈물을 글썽였다. 이렇게 인수를 받고 혜은이 친구에게 인사를 하였다. 찾아오시느라고 고생을 하였는데 경비로 쓰세요. 하고 수표를 건네주었다.

"뭘, 이렇게까지. 무슨 전해 줄 이야기는 없으세요."
"'창조주가 자본주의를 만들었다'라고 전해 주세요. 덧붙여서 많은 뜻을 내포하고 있다고요."

전송하고 나서 유진이는 딸의 손목을 잡고 별장 길을 따라서 집으로 걸어서 향했다. 자연을 보여주기 위해서 천천히 걸었다. 호수 주변은 물이 그득하다. 조금 가더니 딸은 '집은 여기서 멀어?' 하고 물었다. 그래서 조금만 가면 된다고 하였다. 조금 갔더니 혜숙이는 동해를 보면서 저 하늘 보아요. 구름 속에 하늘이 있어요, 라고 신기한 듯 외쳤다. 아~ 그래, 그렇구나! 파란 것은 혜숙의 꿈이란다. 그렇게 대화하면서 걷다니 어느덧 석양이 붉게 빛나고 있었다. 딸은 석양이 짙게 물든 것이 신기한지 아빠 저것 좀 보세요, 태양 주변에 구름이 가리고 있어요, 하고 어리광을 부렸다. 그러면서 딸은 주변을 구경하다가 '아직 집이 멀었어요?'하고 물어온다. 그럴 때마다 조금만 가면 도착한다고 하였다. 집이 그리운 모양이다. 그리고 그곳에 가면 평화가 깃들어 있다고 설명하면서 한참 걷다가 '저기 보이는 것이 우리 집이다.' 하고 일러 주었다. 그랬더니 '와~ 우리 집 크다,' 라고 하면서 혜숙은 앞서 쫓아갔다. 교육자 어머니의 배려로 아들, 딸과 함께 화목하게 행복한 생활을 누렸다.

이야기를 마무리하며
멋스러운! 행운의 터널

사람은 살아가면서 수많은 터널을 통과한다. 험한 터널을 지난다는 것은 운이 없거나 소극적인 태도로 달음박질친 것이고 좋은 터널을 통과했다는 것은 대체로 적극적인 태도로 임했다는 것을 의미한다. 우리는 적극적인 태도를 많이 가질수록 행운의 터널을 많이 맞이하게 된다. 그리고 삶의 보람도 많이 느끼게 된다.

남자 주인공은 어느 젊은이와 마찬가지로 취직을 하게 되자 자신의 앞날과 가족의 생계를 떠올리며 더 좋은 세상을 꿈꾸는 일에 몰두한다. 이러한 노력에는 고통이 따르게 마련이다. 노력하던 중 아름다운 환상은 깨어지고 사랑도 떠나게 되어 몸담았던 직장을 떠난다. 그리고 자유 자본주의에서는 돈을 버는 것이 급선무라는 생각에 빠진다. 고심 끝에 사회는 자유와 규제의 원리가 작동하고 이 원리를 부동산 사업에 적용시키기로 하였다. 그 결과 주인공은 큰 돈을 벌게 된다. 물론 이전에 관공서 일을 하였는데 빚만 홀라당 쓴 일이 있었다. 새로운 환경에서 돈도 벌고 사업도 안정을 찾아갈 무렵 옛 직장 연인이 그를 찾아온다. TV에 보도된 부동산 전문가가 옛 연인임을 알고 주인공을 찾아온 것이다. 주인공은 그녀의 어려웠던 얘기를 듣게 된다. 퇴짜 놓고 떠난 옛 애인이 경제적, 건강 양면에서 고통을 받다가 병은 치유되었으나 경제가 엉망이라 동정을 구하고 싶어 한 것이다. 딱한 이야기를 듣고 고민하던 끝에 그녀를 돕기 위해서 살던 집의 방 하나를 우선 사용하도록 하였다. 이후 주인공은 그녀의 유인에 동거를 하게 되고 부러울 것 없는 생활을 이어간다. 그러나 가정이 살만해지자 불미스러운 일이 생겼다. 그녀가 불륜을 저지르게 된 것이다. 이로 인하여 그는 집을 넘겨주고 여직원과 산속으로 떠났다. 주인공은 자본의 위력을 새삼 깨닫게 되고 생명의 생성 소멸에 대해서 생각을 하게 되었다. 주변 종교들을 다른 각도에서 직관해 보기 시작했다. 결국은 주어진 모든 생명의 생성 소멸은 창조주에 딸린 문제란 것을 생각하고 모든 것은 운명으로 돌렸다.

소설은 주인공이 운이 좋아서 복을 누리며 산다는 것을 생생히 그리고 있다. 운을 잘 만나서 돈을 많이 벌게 되고 여인들과의 사랑도 누려가며 자기 주도적인 풍족함을 누리고 산다. 주인공이 40세 정도의 젊은 나이에 재산을 크게 키워서 행복한 가정생활을 이룬 과정을 그린 것이다. 소설은 많은 부분이 낭만으로 차 있다. 물론 현대 욜로(Yolo) 풍조도 들어 있다. 이런 삶이 조화된 가운데 마지막에서는 화진포에서 숙박업소를 운영하며 귀촌 생활을 한다. 정착 과정에서 제대할 때 만난 첫 연인과 재회하게 되고 불륜으로 헤어진 여인에게서 낳은 자식도 유전자 확인을 한 다음에 합류하게 된다.

그리고 작가는 문학적인 측면에서 보아 잊혀져가는 중세문학, 근세문학 등의 한 부분을 인용하여 대화 속에 담아내려 하였다. 소설책의 첫째는 재미가 있어야 하고 둘째는 적극적인 사고방식과 운명의 조화를 아름답게 표현해야 한다. 결국 인생은 살만하다고 보았으며, 이 책에서도 그런 측면이 함축되어 있다.